NOS ANNÉES SAUVAGES

Karen Joy Fowler

NOS ANNÉES SAUVAGES

Roman

Traduit de l'anglais (États-Unis)
par Karine Lalechère

PRESSES DE LA CITÉ

Titre original : *We Are All Completely Beside Ourselves*
First published in the United States of America by G. P. Putnam's Sons,
a member of Penguin Group (USA) Inc., 2013.

Toutes les citations de Franz Kafka mises en exergue dans cet ouvrage sont extraites de *Ein Bericht für eine Akademie* et ont été traduites de l'allemand par Éliane Rosenberg Mounier.

ISBN 978-2-258-11843-0

Presses de la Cité — un département **place des éditeurs**

place des éditeurs

En mémoire de la merveilleuse Wendy Weil, avocate des livres et des animaux et donc, dans les deux catégories, de moi-même

Votre simianité, Messieurs, pour autant que vous êtes passés par quelque chose de ce genre, ne peut être plus éloignée de vous que de moi la mienne. Mais elle agace les talons de quiconque foule la Terre ici-bas : le petit chimpanzé comme le grand Achille.

Franz KAFKA,
Ein Bericht für eine Akademie

Prologue

Ceux qui me connaissent aujourd'hui seront surpris d'apprendre qu'enfant j'étais une vraie pipelette. Nous avons un film amateur tourné quand j'avais deux ans, un film vieillot, sans le son, aux couleurs délavées – un ciel blanc, mes baskets rouges d'un rose spectral –, mais on voit bien que je parle beaucoup.

Je fais un peu d'aménagement paysager : je ramasse un caillou dans l'allée, le porte jusqu'à une baignoire en fer-blanc, le laisse tomber et retourne chercher le suivant. Je ne ménage pas ma peine et je veux que tout le monde le sache. J'écarquille les yeux comme une star du muet. J'exhibe un morceau de quartz translucide que je mets dans ma bouche, gonflant ma joue.

Ma mère apparaît dans le champ et le retire. Puis elle recule et sort du cadre. Je parle avec emphase, à présent – on s'en rend compte à mes grands gestes –, alors, elle revient et place le caillou dans la baignoire. La séquence dure environ cinq minutes pendant lesquelles je babille sans interruption.

Quelques années plus tard, quand ma mère nous lirait un conte au sujet de deux sœurs, l'une (l'aînée) crachant des crapauds et des serpents dès qu'elle prononce un mot, et l'autre (la cadette) laissant échapper des fleurs et des joyaux, c'est l'image qui me viendrait aussitôt à l'esprit : cette scène où ma mère met la main dans ma bouche et en extrait un diamant.

Le film montre une fillette blonde, plus jolie que je ne le suis devenue, pomponnée pour la caméra. Ma frange trop longue est lissée avec de l'eau et plaquée sur le côté à l'aide d'une barrette arrondie ornée de strass. Chaque fois que je tourne la tête, elle scintille au soleil. Ma petite main désigne d'un geste ample la baignoire remplie de cailloux et je pourrais être en train de déclarer : Tout cela sera à toi un jour.

Mais pas nécessairement. Peu importaient les mots. Ce qui comptait aux yeux de mes parents, c'était leur extravagante abondance, leur flot intarissable.

Malgré tout, ils devaient parfois tempérer mon enthousiasme. Si tu as envie de dire deux choses, choisis-en une, me suggéra un jour ma mère, espérant m'inculquer un minimum de savoir-vivre à l'aide de cette règle, qui passa bientôt à une sur trois. Tous les soirs, quand mon père apparaissait sur le seuil de ma chambre pour me souhaiter de beaux rêves, je me lançais dans une tirade et je parlais sans reprendre mon souffle, m'efforçant de le retenir par le seul pouvoir de ma voix. Je voyais sa main sur la poignée, la porte qui allait se refermer. J'ai quelque chose à dire ! m'écriais-je alors, et le battant s'immobilisait.

Commence au milieu, me proposait-il, la lumière du couloir éclairant sa silhouette à contre-jour, et lui fatigué, à la manière des adultes en fin de journée. La lampe se reflétait sur la vitre, comme une étoile invitant à faire un vœu.

Passe le début. Commence au milieu.

Première partie

La tourmente de mon passé, dont le souffle me poursuivait encore, s'est apaisée [...].

Franz KAFKA,
Ein Bericht für eine Akademie

1

Le milieu de mon histoire se situe pendant l'hiver 1996. Ce petit film de mon enfance avait ceci de prémonitoire qu'il semblait annoncer ce qu'il resterait de ma famille quelques années plus tard : moi, ma mère et mon père, invisible, mais sa présence implicite derrière la caméra. En 1996, dix ans s'étaient écoulés depuis la dernière fois que j'avais vu mon frère, dix-sept depuis la disparition de ma sœur. Le milieu de mon histoire ne parle que de leur absence, pourtant, vous ne l'auriez sans doute jamais deviné si je ne vous l'avais pas dit. En 1996, il pouvait s'écouler des jours entiers sans que je pense ni à l'un ni à l'autre.

1996. Année bissextile. Année du Rat de feu. Le président Clinton venait d'être réélu ; cela finirait mal. Kaboul était tombée aux mains des talibans. Le siège de Sarajevo était terminé. Charles et Diana avaient divorcé récemment.

La comète Hale-Bopp apparut dans notre ciel. En novembre, on mentionna pour la première fois un objet astronomique entouré d'un anneau saturnien dans son sillage. La brebis clonée Dolly et le superordinateur spécialiste des échecs Deep Blue étaient des stars. On pensait avoir découvert des signes de vie sur Mars. L'objet saturnien à la remorque de Hale-Bopp était peut-être un vaisseau spatial. Quelques mois plus tard, en mars 1997, trente-neuf personnes se suicideraient collectivement afin de pouvoir monter à bord.

À côté, j'ai l'air très ordinaire. En 1996, à vingt-deux ans, j'entamais sans conviction ma cinquième rentrée à l'université de Californie, à Davis. J'étais en licence, ou même pas ; en tout cas, les subtilités des unités d'enseignement obligatoires et optionnelles me passaient si haut au-dessus de la tête que je n'étais pas près d'obtenir un diplôme. Mon instruction, ainsi qu'aimait à le faire remarquer mon père, était plus large que profonde. Il le disait souvent.

Pour ma part, je ne voyais aucune raison de me presser. Je n'avais pas d'ambition plus précise que d'être universellement admirée ou occultement influente. Je me sentais tiraillée entre les deux, mais cela n'avait pas grande importance dans la mesure où aucun cursus ne semblait conduire de manière certaine à l'un ni à l'autre.

Mes parents, qui finançaient toujours mes études, me trouvaient exaspérante. Ma mère était souvent sujette à l'exaspération, à cette époque. C'était nouveau pour elle, ces bouffées analeptiques d'agacement. Elle s'en trouvait toute ragaillardie. Quelque temps plus tôt, elle avait décrété qu'elle en avait assez de jouer les interprètes et les intermédiaires entre mon père et moi. Depuis, lui et moi avions à peine échangé deux mots. Cela ne me dérangeait pas plus que cela. Mon père était professeur d'université, et pédant jusqu'à la moelle. De même que chaque cerise contient un noyau, chaque conversation avec lui recelait une leçon. Aujourd'hui encore, la seule mention de la méthode socratique me donne envie de mordre.

L'automne arriva d'un coup cette année-là, comme une porte qui s'ouvre. Un matin où j'allais en cours à vélo, un grand vol de bernaches du Canada passa dans le ciel. Je ne pouvais pas les voir, je ne pouvais pas voir grand-chose tout court, mais j'entendis leur cacardement retentissant. Une nappe de brouillard stagnait au-dessus des champs et je pédalais dans les nuages. Le brouillard des basses terres a ceci de particulier qu'il n'est pas clairsemé ; il ne flotte pas, il est dense et immobile. Une personne normalement constituée aurait sans doute éprouvé de l'inquiétude à l'idée de se déplacer à vive allure dans un monde invisible, mais j'ai – ou j'avais, enfant – un certain goût pour la comédie burlesque et les péripéties, et je trouvais l'aventure plutôt stimulante.

Je me sentais lustrée par l'air humide et peut-être un peu migrante, moi aussi, un peu sauvage. Ce qui signifiait que je draguerais à la bibliothèque si j'avais un voisin potable ou que je rêvasserais en cours. J'avais souvent des élans de sauvagerie, en ce temps-là ; j'aimais cette sensation, même si cela n'allait jamais bien loin.

À midi, je déjeunai sur le pouce, peut-être d'un sandwich grillé au fromage, disons que c'était un sandwich grillé au fromage, à la cafétéria de l'université. J'avais l'habitude de poser mes livres sur la chaise à côté de moi. Ainsi, je pouvais rapidement la débarrasser si quelqu'un d'intéressant se présentait et cela suffisait à décourager les autres. À vingt-deux ans, j'avais une conception très puérile de ce que signifiait être intéressant et, d'après mes propres critères, j'étais moi-même loin de l'être.

Un couple se disputait à une table voisine, la voix de la fille grimpant jusqu'au point où il devint impossible de l'ignorer.

— Tu as besoin d'air ? disait-elle.

Elle portait un court tee-shirt bleu et un pendentif en verre représentant un poisson-ange. Une longue tresse brune échevelée lui tombait dans le dos. Elle se leva et balaya d'un geste ce qui se trouvait sur la table. Elle avait des biceps magnifiques ; je me rappelle avoir pensé que j'aurais aimé en avoir de pareils.

La vaisselle se fracassa par terre. Le ketchup et le Coca se répandirent et se mêlèrent parmi les débris. Il devait y avoir de la musique en fond sonore, car c'est devenu systématique de nos jours, nos vies entières sont accompagnées d'une bande-son (souvent trop ironique pour être le fruit du hasard), mais honnêtement je ne m'en souviens plus. Peut-être n'y avait-il que le silence mélodieux et le crépitement de la graisse sur le gril.

— Ça te va ? Et ne me dis pas de me calmer. Tu me demandes de l'air, je te donne de l'air.

Elle empoigna la table, la fit basculer et la laissa choir.

— C'est mieux comme ça ? Est-ce que tout le monde pourrait quitter la salle, maintenant ? ajouta-t-elle d'une voix claironnante. Mon mec a besoin d'air. Il a besoin d'un maximum d'air.

Elle s'empara de sa chaise et la balança sur le tas de vaisselle et de ketchup. Un nouveau fracas et, à présent, des effluves de café.

Autour d'eux, nous étions tous médusés, la fourchette en suspens entre l'assiette et la bouche, la cuillère plongée dans la soupe, pétrifiés, comme à Pompéi après l'éruption du Vésuve.

— Ne fais pas ça, chérie, la supplia son ami, ce qui n'était pas très malin puisqu'elle était précisément en train de le faire – d'ailleurs il ne prit pas la peine de le répéter.

Elle s'approcha d'une autre table, sur laquelle était posé un plateau de vaisselle sale. Elle cassa méthodiquement tout ce qui était cassable, jeta tout ce qui était jetable. Au sol, une salière tournoya jusqu'à mon pied.

Un jeune homme se leva et lui conseilla en bégayant de rester zen. Elle lui lança une cuillère qui rebondit avec un bruit distinct sur son front.

— Toi, personne t'a sonné. De toute façon, ce connard a pas besoin qu'on prenne sa défense ! glapit-elle, d'une voix qui était tout sauf zen.

L'autre se laissa retomber sur sa chaise, les yeux écarquillés.

— Ça va, bredouilla-t-il dans un premier temps à l'intention de la salle, avant de se secouer d'un air surpris. Putain ! Elle m'a agressé !

— Cette fois, tu dépasses les bornes, déclara le petit ami.

Il était grand et athlétique, avait le visage fin, un jean lâche et un long manteau. Le nez comme un couteau.

— Vas-y, fous le bordel si ça t'amuse, espèce de tarée. Mais rends-moi d'abord ma clé.

Elle lança une autre chaise, qui rata ma tête d'un mètre – et encore, je suis généreuse, c'était sans doute beaucoup moins – avant de se fracasser sur ma table. Je rattrapai mon verre et mon assiette de justesse. Mes livres tombèrent avec un claquement sonore.

— Viens la chercher, lui dit-elle.

Je trouvai ça drôle, comme une invitation à manger sur un tas de vaisselle brisée, et je laissai échapper un étrange gloussement convulsif de canard qui fit se tourner toutes les têtes. Puis je me tus, car il n'y avait pas de quoi rire, et l'on se désintéressa de moi. Je voyais que, dans la cour, les gens alertés par le grabuge nous observaient à travers les baies vitrées. Un groupe de trois étudiants venus déjeuner s'immobilisa sur le seuil.

— Si tu crois que tu me fais peur !

Il fit un pas dans sa direction. Elle ramassa une poignée de sucres imbibés de ketchup et les lança.

— Tout est fini entre nous, reprit-il. Terminé. Je fous tes affaires dans le couloir et je change la serrure.

Il lui tourna le dos et elle lui jeta un verre qui rebondit sur son oreille. Il trébucha, chancela, toucha son lobe et vérifia s'il y avait du sang sur ses doigts.

— Tu me dois du fric pour l'essence. Envoie-le-moi par la poste, dit-il avant de quitter la cafétéria.

Il y eut un silence après la fermeture de la porte. Puis la fille s'en prit à nous.

— Qu'est-ce que vous regardez, bande de nases ?

Elle ramassa une chaise. Je me demandai si elle allait la remettre à sa place ou la lancer. Je ne pense pas qu'elle le savait elle-même.

Un agent de sécurité du campus arriva. Il s'approcha prudemment de moi, la main sur son étui. Moi ! Debout, ma table et ma chaise renversées devant moi, tenant toujours mon innocent verre de lait et mon assiette avec mon sandwich entamé tout aussi innocent.

— Pose ça, d'accord ? Et assieds-toi un moment.

Les poser où ? M'asseoir où ? C'était une hécatombe autour de moi.

— On peut discuter, tu peux m'expliquer ce qui ne va pas. Tu n'as encore rien fait de grave.

— Pas elle ! lui cria la femme derrière le comptoir.

Elle était grosse et vieille – au moins quarante ans –, avec un grain de beauté au-dessus de la lèvre et du khôl accumulé au coin de l'œil. « Vous vous conduisez tous comme si cet endroit vous appartenait, m'avait-elle dit une fois où j'avais renvoyé mon steak haché parce qu'il n'était pas assez cuit. Mais vous ne faites que passer. Vous ne pensez même pas que, moi, je reste. »

— La grande, ajouta-t-elle en la montrant à l'agent, tellement concentré sur ce que je risquais de faire qu'il ne lui prêta aucune attention.

— Du calme, tu n'as encore rien fait de grave, répéta-t-il d'une voix douce et amicale.

Il passa devant la fille à la tresse, qui tenait toujours la chaise. Je voyais ses yeux par-dessus l'épaule de l'homme.

— C'est bien les flics, jamais là quand on a besoin d'eux, me dit-elle.

Elle me sourit et c'était un super sourire. De grandes dents blanches.

— Pas de repos pour les affreux, ajouta-t-elle en brandissant la chaise au-dessus de sa tête. Privés de dessert !

Elle lança le siège loin de nous, en direction de la porte, et il atterrit sur le dossier.

Au moment où le policier se retourna, je laissai tomber mon assiette et ma fourchette. Le pire, c'est que je ne l'avais pas fait exprès. Les doigts de ma main gauche s'étaient desserrés tout seuls. Mais le bruit attira de nouveau l'attention sur moi.

Je tenais toujours mon verre à demi plein. Je le levai un peu, comme si je m'apprêtais à porter un toast.

— Ne fais pas ça, me dit-il, d'une voix soudain beaucoup moins amicale. Je ne plaisante pas. Ma patience a des limites.

Alors, je jetai mon verre par terre. Il se brisa et du lait aspergea une de mes chaussures, éclaboussant ma chaussette. Je ne l'avais pas simplement lâché. Je l'avais lancé de toutes mes forces.

2

Quarante minutes plus tard, la tarée et moi étions serrées comme des sardines à l'arrière d'une voiture de police du comté de Yolo, l'affaire ayant pris des proportions qui dépassaient les candides flics du campus.

Être arrêtée avait grandement amélioré l'humeur de ma camarade.

— Je lui avais bien dit que je ne plaisantais pas, déclara-t-elle, ce qui était presque mot pour mot ce que m'avait dit l'agent à la fac, si ce n'est qu'il paraissait chagriné alors qu'elle jubilait. Je suis hyper-contente que t'aies décidé de m'accompagner. Je me présente : Harlow Fielding. Département d'études théâtrales.

Sans blague.

— C'est la première fois que je rencontre une Harlow.

Je parlais du prénom. Le patronyme, je connaissais.

— Le prénom de ma mère, qui le doit à Jean Harlow. Parce que Jean Harlow était belle et intelligente, pas parce que mon grand-père était un vieux pervers. Même pas en rêve. Mais franchement, à quoi ça l'a avancée, d'être belle et intelligente ? C'est pas comme si c'était un exemple pour la jeunesse.

Je ne savais rien de Jean Harlow, si ce n'est qu'elle avait peut-être joué dans *Autant en emporte le vent*, que je n'avais jamais vu ni voulu voir. Cette guerre est finie, circulez.

— Moi, c'est Rosemary Cooke.

— Sérieux ? Comme dans *Hamlet* : *There's rosemary, that's for remembrance*, « Voilà du romarin, c'est pour le souvenir », trop cool ! Totalement, totalement enchantée.

Elle passa ses mains sous ses fesses puis autour de ses jambes afin que ses poignets menottés se retrouvent devant elle. Si je l'avais imitée, nous aurions pu nous serrer la main, ce qui paraissait être son intention, mais j'en étais incapable.

On nous conduisit à la prison du comté, où cette manœuvre remporta un franc succès. Les policiers appelèrent leurs collègues et Harlow se prêta obligeamment au jeu, se baissant pour enjamber ses mains attachées dans un sens et dans l'autre, plusieurs fois. Elle tempéra leur enthousiasme avec une modestie charmante.

— J'ai les bras très longs. Je ne trouve jamais de manches à ma taille.

Le policier qui nous avait arrêtées se nommait Arnie Haddick. Lorsqu'il ôta sa casquette, il révéla un front dégarni suivant une courbe parfaitement nette, qui dégageait son visage et lui donnait un air de smiley.

Il retira nos menottes, nous annonçant que le comté allait maintenant s'occuper de notre cas.

— Qu'il nous lâche un peu avec son comté, il ne va pas en faire un fromage, non plus ! pouffa Harlow.

Tout portait à croire qu'elle était une habituée de ce genre de situation.

Je ne pouvais pas en dire autant. L'instinct sauvage qui m'habitait au matin s'était dissipé depuis belle lurette et quelque chose d'autre s'était insinué à la place, une forme de tristesse ou peut-être de nostalgie, le désir de rentrer à la maison. Qu'avais-je fait ? Et pourquoi ? Des tubes fluorescents bourdonnaient comme des mouches au-dessus de nous, soulignant les cernes, nous donnant à tous un air vieux et désespéré, et un teint verdâtre.

— Excusez-moi. Combien de temps est-ce que cela va prendre ? demandai-je avec une politesse exemplaire.

Je venais de me rendre compte que j'allais manquer mon cours de l'après-midi. Histoire de l'Europe médiévale. Vierges de fer, oubliettes et bûchers.

— Ça prendra le temps que ça prendra, me répondit la préposée avec un regard torve. Et ça ira plus vite si on ne me met pas en rogne avec des questions idiotes.

Mais il était manifestement trop tard. Dans la foulée, elle m'envoya en cellule pour que je ne lui casse pas les pieds pendant qu'elle s'occupait de Harlow.

— Te bile pas, boss, me lança celle-ci. Je te rejoins dans une minute.

— Boss ? répéta la femme.

Harlow haussa les épaules.

— Le boss. Le chef. Le cerveau. *El Capitán*, ajouta-t-elle en m'adressant son sourire Ultra Brite.

Un jour viendra peut-être où les policiers et les étudiants ne seront plus mes ennemis naturels. On peut toujours rêver. En attendant, on me fit retirer ma montre, mes chaussures et ma ceinture, avant de m'inviter à entrer pieds nus dans une cage au sol poisseux. La femme qui prit mes affaires déploya des trésors de mesquinerie. Il flottait une odeur puissante dans l'air, un mélange de bière, de lasagnes de cafétéria, d'insecticide et de pisse.

Les barreaux montaient jusqu'au plafond. Je pris la peine de le vérifier, car je grimpe plutôt bien, pour une fille. Il y avait d'autres tubes de néon au plafond, qui bourdonnaient plus bruyamment encore, et l'un d'eux clignotait, si bien que la lumière diminuait et augmentait dans la cellule, comme si des jours entiers défilaient en accéléré. Bonjour, bonsoir, bonjour, bonsoir. Et j'aurais préféré avoir des chaussures aux pieds.

Deux femmes occupaient déjà les lieux. L'une était assise sur l'unique matelas nu. Elle était jeune et fragile, noire et ivre.

— J'ai besoin d'un médecin, me dit-elle.

Elle me montra son coude ; le sang suintait lentement d'une étroite coupure, passant du rouge au pourpre sous la lumière intermittente. Elle poussa un cri si soudain que je tressaillis.

— J'ai besoin d'aide ! Pourquoi est-ce que personne ne m'aide ?

Personne, moi y compris, ne répondit et elle n'ouvrit plus la bouche.

L'autre femme, la quarantaine, était blanche, nerveuse et maigre comme un clou. Elle avait des cheveux rêches décolorés et portait un ensemble saumon, presque chic étant donné les circonstances. Non seulement elle avait défoncé l'arrière d'une voiture de police, mais, à peine une semaine auparavant, elle avait été arrêtée pour avoir fauché des chips de maïs et de la sauce mexicaine pour un dimanche foot chez elle.

— Ça se présente mal, me confia-t-elle. Franchement, j'ai vraiment pas de chance.

Enfin, on s'occupa de mon cas. Je ne saurais dire combien d'heures s'étaient écoulées puisque je n'avais pas de montre, mais j'avais abandonné toute espérance depuis longtemps. Harlow était toujours dans le bureau, se trémoussant sur une chaise branlante dont elle faisait claquer les pieds tout en peaufinant sa déposition. Elle était accusée de destruction de biens et de trouble à l'ordre public. Du vent, m'annonça-t-elle. Elle ne s'inquiétait pas et je ne devrais pas m'inquiéter non plus.

Elle téléphona à son petit ami, celui de la cafétéria. Il vint la chercher aussitôt et ils étaient partis avant que j'aie terminé.

Avoir un copain pouvait être utile. Ce n'était pas la première fois que je le constatais.

On retint contre moi les mêmes chefs d'accusation, avec un ajout de taille : agression sur la personne d'un représentant des forces de l'ordre. Et là, personne ne suggéra que c'était du vent.

Entre-temps, je m'étais convaincue que je n'avais rien à me reprocher et que mon seul tort était de m'être trouvée au mauvais endroit au mauvais moment. Je téléphonai à mes parents. Qui d'autre aurais-je appelé, de toute façon ? J'espérais que ma mère décrocherait, comme d'habitude, malheureusement elle était au bridge. Entre nous, c'est une tricheuse invétérée et je suis sidérée qu'il y ait encore des gens qui acceptent de jouer avec elle, mais les bridgeurs sont prêts à tout, c'est une véritable drogue. Elle serait rentrée d'ici une heure ou deux avec ses gains mal acquis tintant dans son sac à fermoir en argent, plus heureuse qu'à l'accoutumée.

Jusqu'à ce que mon père lui annonce la nouvelle.

— Tu as fait quoi ?

Sa voix excédée suggérait que j'avais interrompu quelque chose de très important, mais qu'il s'y attendait.

— Rien. Je me suis pris la tête avec un agent de sécurité à la fac.

Je sentis que je me dépouillais de mes inquiétudes comme le serpent de sa mue. C'était souvent l'effet que me faisait mon père. Plus il s'irritait, plus je devenais douce et amusée, ce qui bien sûr l'énervait encore plus. Mais pour être honnête, cela aurait énervé n'importe qui.

— Rien d'étonnant. Plus le travail est insignifiant, plus on est aigri, déclara mon père, transformant aussitôt mon arrestation en leçon de vie. J'ai toujours pensé que ce serait ton frère qui nous appellerait un jour de prison, ajouta-t-il.

Cette rare allusion à mon frère me stupéfia. Mon père était plus circonspect, en général, surtout quand il parlait au téléphone, car il nous croyait sur écoute.

Je m'abstins de souligner ce qu'il savait aussi bien que moi : même si mon frère allait en prison, ce qui arriverait probablement un jour, il n'appellerait jamais à la maison.

Quelques mots étaient écrits au stylo-bille bleu sur le mur au-dessus de l'appareil. *Panse-bête : réfléchis avant d'agir.* Je songeai que c'était un bon conseil, mais qui venait sans doute un peu tard quand on utilisait ce téléphone. Je songeai également que Panse-bête ferait un nom parfait pour une clinique vétérinaire.

— Je n'ai pas la moindre idée de ce qu'on est censé faire dans ce genre de situation, me dit mon père. Il va falloir que tu me guides.

— C'est ma première fois aussi, papa.

— Tu es mal placée pour faire la maligne.

Sans crier gare, j'éclatai en sanglots. Je pleurais si fort que j'étais incapable de parler. Je pris plusieurs inspirations bruyantes et enrhumées, fis plusieurs tentatives, mais aucun mot ne sortait.

Mon père s'adoucit.

— Je suppose que tu t'es laissé entraîner. Tu as toujours été une suiveuse. Ne bouge pas, je vais voir ce que je peux faire.

De toute manière, je n'avais pas vraiment le choix.

Parce qu'il était qui il était, un homme autoritaire habitué à obtenir ce qu'il voulait, il parvint à avoir au téléphone le policier qui avait procédé à l'interpellation. Ce dernier avait des enfants, lui aussi, et il traita mon père avec toute l'empathie que celui-ci estimait mériter. Bientôt, ils s'appelaient Vince et Arnie et l'agression se transforma en entrave à la justice, pour être finalement abandonnée. Ne restaient que destruction de biens et trouble à l'ordre public. Puis plus rien, car la femme aux yeux maquillés de la cafétéria se présenta au poste et fit une déposition en ma faveur. Elle affirma que j'étais un témoin innocent et que je n'avais jamais eu l'intention de casser mon verre.

— Nous étions tous en état de choc, dit-elle. C'était une scène surréaliste.

Mais mon père m'avait déjà fait promettre de rentrer à la maison pour le pont de Thanksgiving afin que nous discutions de l'affaire. C'était cher payer le verre de lait renversé. Sans même parler de la préventive.

3

L'idée que nous pourrions passer un week-end de quatre jours à parler d'un sujet aussi potentiellement explosif que mon arrestation relevait de la pure fiction et nous le savions tous les trois au moment où mes parents me faisaient promettre de venir. Ils persistaient à prétendre que nous étions une famille unie, qui discutait à cœur ouvert et se soutenait dans l'adversité. Quand on songeait à l'absence de mon frère et de ma sœur, une telle aptitude à se leurrer tenait du prodige. C'en était presque admirable. Mais soyons clairs. Nous n'avons jamais été cette famille.

Un exemple au hasard : la sexualité. Mes parents estimaient qu'ils étaient à la fois des scientifiques capables de regarder en face la réalité crue et des enfants des orgasmiques années 1960. Pourtant, les rares choses que je croyais savoir sur le sujet, je les tenais des documentaires animaliers et géographiques de PBS, de romans dont les auteurs n'étaient sans doute pas experts en la matière et d'expériences réalisées à froid, qui posaient plus de questions qu'elles ne donnaient de réponses. Un jour, je trouvai sur mon lit un paquet de tampons taille mini, avec un opuscule qui semblait aussi technique qu'ennuyeux. Je m'abstins de le lire et je ne reçus aucune espèce d'explication au sujet des tampons. C'est pure chance si je ne les ai pas fumés.

J'ai grandi à Bloomington, dans l'Indiana, où mes parents vivaient encore en 1996. Ce n'était donc pas une mince affaire de rentrer pour une brève période et je ne parvins pas à rester les quatre jours promis. Il n'y avait déjà plus aucun billet à un prix raisonnable pour le mercredi et le dimanche. Finalement, j'arriverais à Indianapolis le jeudi matin et repartirais le samedi soir.

Hormis lors du repas de Thanksgiving, je vis à peine mon père. Il avait reçu une bourse des National Institutes of Health et se laissa joyeusement accaparer par l'inspiration. Il passa la majeure partie de mon séjour dans son bureau, remplissant son tableau d'équations comme : _0' = [001] et P(S1n+1) = P(S1n)(1–e)q + P(S2n)(1–s) + P(S0n)cq. C'est à peine s'il mangea. Je ne suis pas sûre qu'il dormît. Il ne se rasa pas, lui qui d'habitude se rasait deux fois par jour, en raison de son abondante pilosité. Grand-mère Donna comparait sa barbe de 16 heures à celle de Nixon, comme si c'était un compliment alors qu'elle savait pertinemment que cela le mettait hors de lui. Il ne quittait son bureau que pour se faire un café ou s'entraîner à la canne à pêche devant la maison. Tout en lavant la vaisselle, maman et moi regardions par la fenêtre de la cuisine sa ligne s'envoler et la mouche ricocher sur la bordure gelée de la pelouse. C'était sa nouvelle activité méditative de prédilection et il y avait trop d'arbres dans le jardin à l'arrière. Les voisins étaient encore en phase d'adaptation.

Quand il travaillait ainsi, il ne buvait pas, ce qui était appréciable. On lui avait diagnostiqué un diabète quelques années plus tôt et il était censé ne pas avaler une goutte d'alcool. Alors, il buvait en secret. Ma mère était perpétuellement en état d'alerte et je craignais parfois que leur mariage ne soit devenu comparable à la relation entre l'inspecteur Javert et Jean Valjean.

C'était au tour de grand-mère Donna de nous inviter pour Thanksgiving, avec mon oncle Bob, sa femme et mes deux jeunes cousins. Nous alternions entre grands-parents maternels et paternels pour ne pas faire de jaloux et parce qu'il n'y avait pas de raison qu'un seul côté de la famille ait tout le plaisir. Grand-mère Donna était la mère de ma mère, grand-mère Fredericka, celle de mon père.

Chez grand-mère Fredericka, la nourriture vous laissait sur l'estomac un poids humide à haute teneur glucidique. Il en fallait peu pour être rassasié, mais il n'y en avait jamais peu. Sa maison était remplie de bibelots asiatiques bon marché, un bric-à-brac d'éventails peints, de figurines de jade et de baguettes laquées. Elle avait aussi des lampes assorties qui me faisaient froid dans le dos : abat-jour de soie rouge et pieds sculptés représentant deux vieux sages à longues et minces barbes, leurs mains de pierre incrustées de véritables ongles humains. Quelques années plus tôt, grand-mère Fredericka m'avait confié que le troisième étage du Rock and Roll Hall of Fame était le plus bel endroit qu'elle avait jamais vu. « Ça donne envie de se surpasser », m'avait-elle dit.

Grand-mère Fredericka pensait qu'il était impoli de ne pas obliger ses invités à se resservir une ou deux fois. Pourtant, nous mangions plus chez grand-mère Donna, où personne ne nous forçait à remplir nos assiettes, où la pâte à tarte était feuilletée et les muffins à l'orange et aux canneberges aussi légers que des nuages, où il y avait des bougies argentées dans des bougeoirs assortis et un centre de table composé de feuilles mortes, le tout sans faute de goût.

Grand-mère Donna fit passer la farce aux huîtres et demanda à mon père sur quoi il travaillait, tant il était évident qu'il avait la tête ailleurs. C'était censé être une réprimande. Mais il était le seul à table à ne pas l'avoir compris ou alors il avait décidé de l'ignorer. Il lui répondit qu'il analysait le conditionnement d'évitement à l'aide d'une chaîne de Markov. Il se racla la gorge. Il s'apprêtait à développer.

Nous réagîmes aussitôt, opérant un virage à cent quatre-vingts degrés dans un ensemble parfait, tel un banc de poissons parfaitement synchronisés. C'était sublime. C'était pavlovien. C'était la danse du conditionnement d'évitement.

— Passe-moi la dinde, maman, dit mon oncle Bob, enchaînant sur sa traditionnelle diatribe au sujet de l'élevage industriel qui privilégiait le blanc au détriment des cuisses. Les pauvres bêtes peuvent à peine marcher. On en fait des monstres.

C'était aussi une pique dirigée contre mon père et les excès de la science, comme le clonage ou les expériences d'apprentis sorciers qui créaient des animaux à partir d'une poignée de gènes. Dans ma famille, l'hostilité se présente toujours emballée dans plusieurs couches de codes, de feintes, de détours et de déni pur et simple.

Mais je suppose que c'est pareil dans beaucoup de familles.

Bob se servit ostensiblement un morceau de cuisse.

— Elles ne tiennent pas sur leurs pattes maigrelettes avec leur poitrine hypertrophiée.

Mon père fit une blague salace. Ce devait être la même, ou une légère variante, qu'à chaque fois que l'oncle Bob lui donnait une ouverture, autrement dit une année sur deux. Si la blague avait été drôle, je vous l'aurais racontée, mais elle ne l'était pas. Vous auriez une mauvaise opinion de lui et, cela, j'en fais mon affaire.

Il s'ensuivit un silence lourd de pitié pour ma mère, qui aurait pu épouser Will Barker si elle n'avait pas perdu la tête et choisi mon père, un athée d'Indianapolis qui fumait comme un pompier, buvait comme un trou et pêchait à la mouche. La famille Barker possédait une papeterie en ville et Will était avocat en droit immobilier. Mais ce qui importait, ce n'était pas tant ce qu'il était que ce qu'il n'était pas. Il n'était pas psychologue.

À Bloomington, pour quelqu'un de la génération de ma grand-mère, le mot « psychologue » évoquait Kinsey et ses sulfureuses études sur la sexualité, Skinner et ses ridicules « boîtes à bébé », des berceaux à air filtré. Les psychologues ne laissaient pas leur travail au bureau. Ils le rapportaient à la maison. Ils faisaient des expériences autour de la table du petit déjeuner, transformaient les membres de leur famille en monstres de foire, tout cela pour répondre à des questions qui n'auraient pas effleuré l'esprit d'un honnête citoyen.

« Pour Will Barker, ta mère était la huitième merveille du monde », me disait toujours grand-mère Donna. Avait-elle songé, me demandais-je souvent, que je ne serais pas là si ce mariage avantageux s'était réalisé ? Et, le cas échéant, voyait-elle en ma non-existence un inconvénient ou un simple aléa ?

Je pense aujourd'hui qu'elle était de ces femmes qui aiment tant leurs enfants qu'il n'y a de place pour personne d'autre. Elle tenait beaucoup à ses petits-enfants, mais seulement parce que ses enfants y tenaient eux-mêmes. Ce n'est pas une critique. Je suis heureuse que ma mère ait été aimée.

Tryptophane : substance chimique naturellement présente dans la chair de dinde qui, selon la rumeur, expliquerait la somnolence après les repas de fête. Une allégation sans fondement scientifique qui était l'un des nombreux terrains minés dans le paysage des Thanksgiving familiaux.

Sujet miné numéro 2 : la belle vaisselle. À cinq ans, j'avais mordu dans un des verres en cristal de grand-mère Donna, par curiosité. Après cet incident, on avait pris l'habitude de me servir mon lait dans un gobelet en plastique à l'effigie de Ronald McDonald (qui pâlissait d'année en année). En 1996, j'étais en âge de boire du vin, mais le gobelet était toujours le même. Certaines plaisanteries ne prennent jamais une ride.

Je ne me souviens pas de tous les sujets que nous abordâmes cette année. En revanche, je peux fournir une liste de ceux qui furent évités.

Les membres de la famille absents. Ils auraient aussi bien pu n'avoir jamais existé.

La réélection de Clinton. Deux ans plus tôt, la réaction de mon père quand l'oncle Bob avait affirmé que Bill Clinton avait violé une femme, voire plusieurs, dans l'Arkansas avait plombé la fête. L'oncle Bob voyait le monde entier à travers un miroir déformant de fête foraine, sur lequel était inscrit au rouge à lèvres criard NE FAITES CONFIANCE À PERSONNE. Plus de politique, avait décrété grand-mère Donna, contrainte d'établir une nouvelle règle permanente, puisque chacun restait campé sur sa position et que nous avions des couverts à portée de main.

Mes problèmes avec la justice, dont personne ne savait rien, hormis mes parents. Tous ces gens attendaient depuis longtemps de me voir mal tourner ; ils pouvaient bien attendre encore un peu. C'était même bon pour eux, cela les maintenait en forme.

Les résultats tragiques de mon cousin Peter au SAT, le test d'évaluation requis pour entrer dans la plupart des universités, résultats que nous connaissions tous et prétendions tous ignorer. En 1996, il avait dix-huit ans, mais, à sa naissance, il était déjà plus adulte que je le serais jamais. Sa mère, ma tante Vivi, détonnait autant dans la famille que mon père – nous sommes un club très sélect, semble-t-il. Vivi était sujette à de mystérieuses crises de palpitations, de sanglots et d'angoisse. À dix ans, Peter était capable de préparer un repas pour quatre avec ce qu'il trouvait dans le réfrigérateur à son retour de l'école. À six, il maîtrisait la béchamel, un talent que les adultes adoraient louer devant moi, avec une insistance aussi peu subtile qu'inique.

Par ailleurs, Peter était sans doute le seul violoncelliste doué de toute l'histoire de l'humanité à avoir remporté le titre de plus beau garçon de son lycée. Il avait les cheveux bruns, des pommettes constellées de taches de rousseur très pâles, une cicatrice ancienne qui épousait l'arête du nez et se terminait beaucoup trop près de l'œil.

Tout le monde aimait Peter. Mon père l'aimait parce qu'il était adepte de la pêche et qu'ils s'échappaient souvent ensemble pour aller taquiner la perche au lac Lemon. Ma mère l'aimait parce qu'il aimait mon père, ce dont personne d'autre n'était capable dans sa famille.

Je l'aimais parce qu'il veillait sur sa sœur. En 1996, à quatorze ans, Janice était une adolescente maussade, acnéique et un peu barge, quoique pas plus que les gens en général (autrement dit complètement azimutée). Mais Peter l'emmenait au collège en voiture tous les matins et allait la chercher tous les après-midi. Quand elle faisait une blague, il riait. Quand elle était triste, il l'écoutait. Il lui offrait des bijoux ou du parfum pour son anniversaire, prenait sa défense quand ses parents ou ses camarades de classe l'attaquaient. Il était si gentil que ça faisait mal.

Il voyait en elle quelque chose de spécial. Et qui la connaissait mieux que son propre frère ? Si son frère l'aimait, ça voulait dire quelque chose.

Juste avant le dessert, Vivi demanda à mon père ce qu'il pensait des tests standardisés. Il ne répondit pas. Il contemplait ses patates douces, sa fourchette traçant de petits cercles et des points dans le vide comme s'il écrivait quelque chose.

— Vince ! Les tests standardisés ? lui souffla ma mère.

— Très imprécis.

Ce qui était exactement ce que Vivi souhaitait entendre. Peter avait toujours eu d'excellentes notes. Il travaillait dur. Ses résultats au SAT étaient terriblement injustes. Alors que le délicieux repas de grand-mère s'achevait, nous connûmes un moment de communion agréable. On servit la tarte : potiron, pommes et noix de pecan.

Puis mon père gâcha tout.

— Rosie a obtenu un très bon score à son SAT.

Comme si depuis le début nous n'évitions pas tous d'évoquer le SAT, comme si Peter souhaitait entendre louer mes résultats. Mon père avala poliment sa bouchée de tarte avant de me sourire, la tête pleine de visions de chaînes de Markov appliquées à l'évitement s'entrechoquant dans un tintamarre de couvercles de casseroles.

— Elle a refusé d'ouvrir l'enveloppe pendant deux jours entiers alors qu'elle avait réussi haut la main. En particulier la section vocabulaire, bien sûr, dit-il avec un petit salut dans ma direction.

La fourchette de l'oncle Bob tinta sur le bord de son assiette.

— C'est grâce à tous les tests qu'elle a passés quand elle était enfant, intervint ma mère, s'adressant directement à Bob. Elle sait comment ça marche. Elle a l'habitude, c'est tout. Nous sommes très fiers de toi, ajouta-t-elle alors en se tournant vers moi, comme si je n'avais pas entendu la première partie de son discours.

— Nous attendions de grandes choses, dit mon père.

— Attendons ! s'écria ma mère avec une gaieté désespérée, un sourire inoxydable sur les lèvres. Nous attendons de grandes choses ! De vous tous ! conclut-elle, ses yeux se posant sur Peter et Janice.

La bouche de tante Vivi était dissimulée derrière sa serviette. Oncle Bob regardait fixement une nature morte au mur : des fruits à la peau brillante et un faisan au corps flasque. Sans poitrine hypertrophiée, tel que Dieu l'avait fait. Mort, certes, mais cela faisait partie de la volonté divine.

— Un jour où il pleuvait pendant la récréation, sa classe a joué au pendu. Quand son tour est venu, elle a choisi *nitescent*, vous vous souvenez ? demanda mon père. Elle avait sept ans. Elle est rentrée en pleurant parce que la maîtresse l'avait accusée d'avoir triché en inventant un mot.

(Mon père se trompait, aucun enseignant de mon école n'aurait proféré une telle accusation. Ce que mon institutrice avait dit, c'était qu'elle était sûre que je n'avais pas eu l'intention de tricher. Son ton était généreux, son visage respirait la bonté.)

— Je me souviens des résultats de Rose, déclara Peter avec un sifflement appréciateur. À l'époque, j'ai été impressionné, mais pas autant que je l'aurais dû. C'est un examen difficile. J'ai trouvé, en tout cas.

Un garçon adorable, vous dis-je. Mais ne vous attachez pas à lui ; il ne fait pas vraiment partie de cette histoire.

Ma mère entra dans ma chambre le vendredi, la veille de mon départ. J'étais en train d'établir le plan de ma dissertation sur l'économie médiévale. C'était du pur kabuki – regardez comme je travaille dur ! Tout le monde est en vacances, sauf moi –, et un cardinal de l'autre côté de la fenêtre avait fini par me distraire. Il bataillait avec une brindille dans un but mystérieux. Il n'y a pas d'oiseau rouge en Californie et leur absence se fait cruellement sentir.

Entendant ma mère à la porte, je fis courir mon crayon sur la feuille. *Mercantilisme. Monopole des guildes. L'*Utopie *de Thomas More.*

— Maman, tu savais que la guerre existe encore dans l'*Utopie* de Thomas More ? Et les esclaves aussi ?

Elle l'ignorait.

Elle s'affaira un peu, lissa le couvre-lit, prit et reposa les pierres sur la commode, surtout des géodes qui s'ouvraient sur leurs entrailles de cristal comme des œufs de Fabergé.

Ces minéraux m'appartenaient. Je les avais trouvés quand j'étais petite, au cours d'expéditions dans des carrières ou dans les bois, et je les avais cassés à coups de marteau ou en les laissant tomber du premier étage. Mais pas dans cette maison, car ce n'était pas celle où j'avais grandi et cette chambre n'était pas la mienne. Nous avions déménagé trois fois depuis ma naissance et mes parents ne s'étaient installés ici qu'après mon départ pour l'université. Toutes ces pièces vides la déprimaient, prétendait ma mère. Surtout, ne pas regarder en arrière. Nos maisons, comme notre famille, rétrécissaient. Chacune aurait pu rentrer dans la précédente.

Notre première maison se trouvait à l'extérieur de la ville : une grande ferme avec huit hectares de cornouillers, de sumacs, de verges d'or et d'herbes à puce. Il y avait des grenouilles et des lucioles ainsi qu'un chat sauvage aux yeux couleur de lune. Je ne me rappelle pas tant la maison que la grange, et je ne me rappelle pas tant la grange que le ruisseau, et le ruisseau que le pommier qu'escaladaient mon frère et ma sœur pour entrer et sortir de leur chambre. J'étais trop petite pour atteindre la branche la plus basse, si bien qu'un jour, à quatre ans, je montai au premier étage et tentai de descendre par cette voie. Je me cassai la clavicule. « Tu aurais pu te tuer », déclara ma mère. Sans doute, si j'étais tombée d'en haut. Mais j'étais déjà presque en bas, ce que personne ne semblait avoir remarqué. « Qu'as-tu appris ? » me demanda mon père. Je n'avais pas les mots à l'époque, mais rétrospectivement je dirais ceci : quelles que soient les victoires, c'est toujours l'échec qu'on retient.

À peu près à la même époque, je m'inventai une amie. Je lui donnai la moitié de mon prénom que je n'utilisais pas, Mary, et divers éléments de ma personnalité dont je n'avais pas un besoin immédiat. Nous passions beaucoup de temps ensemble, Mary et moi. Puis j'entrai à la maternelle et ma mère m'annonça que Mary ne pouvait pas venir avec moi. C'était inquiétant. J'avais l'impression qu'on me disait que je ne pouvais pas être moi-même à l'école, pas moi tout entière.

Mon appréhension se révéla fondée : à la maternelle, on apprenait justement quelles parties de notre personnalité devaient rester à la porte. À la maternelle, par exemple, on était censé passer beaucoup, beaucoup plus de temps à se taire qu'à parler, et tant pis si ce que l'on racontait était mille fois plus intéressant pour le reste de la classe que tout ce que disait la maîtresse.

« Mary n'aura qu'à rester à la maison avec moi », proposa ma mère.

Encore plus inquiétant, et très rusé de la part de mon amie. Ma mère ne l'appréciait guère et c'était ce qui me rendait Mary si précieuse. Mais elle risquait d'apprendre à l'aimer si elles passaient du temps ensemble. Ma mère finirait peut-être même par la préférer. Pendant que j'étais à l'école, je laissais donc Mary dormir dans un caniveau près de la maison, où il n'y avait personne à charmer. La fois où elle ne rentra pas, on cessa de parler d'elle du jour au lendemain, conformément à une tradition familiale désormais établie.

Nous quittâmes la ferme l'été de mes cinq ans. La ville finirait par l'engloutir dans un raz-de-marée immobilier, emportant les champs, les granges et les vergers pour les remplacer par des villas neuves et des impasses. Mais nous avions emménagé depuis longtemps dans un pavillon voisin de l'université, officiellement afin que mon père puisse aller à pied au travail. C'est ce pavillon que, dans mon imaginaire, j'associerais à mon enfance, alors que pour mon frère ce serait toujours la ferme ; il était furieux de déménager.

Le pavillon avait un toit pentu sur lequel je n'avais pas le droit de grimper, un petit jardin à l'arrière et pas de pièce en trop. Ma chambre était rose bonbon, avec des rideaux en vichy achetés chez Sears, jusqu'au jour où grand-père Joe, le père de mon père, repeignit tout en bleu pendant que j'étais à l'école, sans m'avoir demandé mon avis. « Dans une chambre rose, on est morose. Dans une chambre bleue, on est heureux », répondit-il lorsque je protestai, se figurant manifestement qu'il suffisait de quelques rimes pour me réduire au silence.

Nous étions à présent dans la troisième maison. Sols de pierre, hautes fenêtres, lampes encastrées et vitrines : un minimalisme géométrique aéré, sans couleurs vives. Grège, sable et ivoire. Et toujours étrangement vide, trois ans après le déménagement, comme s'ils ne pensaient pas y rester longtemps.

Je reconnaissais mes minéraux, mais pas la commode, ni le couvre-lit matelassé gris velouté, ni le tableau au mur, une chose dans les tons de bleu et noir représentant des nénuphars et des cygnes, ou peut-être des algues et des poissons, ou bien des planètes et des comètes. Les géodes ne semblaient pas à leur place ici. Je me demandais s'ils les avaient sorties en prévision de ma visite et comptaient les ranger aussitôt après mon départ. J'eus le soupçon fugace que tout cela n'était qu'une savante mascarade. Lorsque je retournerais à Davis, mes parents regagneraient leur véritable maison, celle où il n'y avait pas de chambre pour moi.

Ma mère s'assit sur le lit et je posai mon crayon. Il y eut certainement une entrée en matière, une conversation préliminaire en guise de raclement de gorge, malheureusement, j'ai oublié. Sans doute : « Ton père est blessé que tu ne lui parles pas. Tu crois qu'il ne fait pas attention, mais détrompe-toi. » C'était un classique des fêtes : comme *La vie est belle*, il était rare qu'on y échappe à cette période de l'année.

Enfin, elle en vint au fait.

— Ton père et moi avons discuté de mes carnets et de ce que je devrais en faire. J'estime toujours qu'ils relèvent du privé, mais ton père pense qu'ils seraient à leur place dans une bibliothèque. Peut-être une de ces collections qui ne peuvent être ouvertes que cinquante ans après la mort du donateur, bien que j'aie entendu dire que les bibliothèques n'aimaient pas trop cela. Nous pourrions éventuellement faire une exception pour les membres de la famille.

J'étais prise de court. Ma mère était presque – pas tout à fait mais presque – en train de parler de quelque chose que jamais, au grand jamais, nous n'évoquions. Le passé. Le cœur tambourinant, je répondis comme un automate :

— Tu devrais faire ce que toi tu veux, maman. Il ne s'agit pas de ce que papa veut.

Elle m'adressa un bref regard déçu.

— Je ne te demande pas ton avis, ma chérie. J'ai décidé de te les donner. Ton père a sans doute raison, une bibliothèque les accepterait, même si je crains que ces carnets ne soient moins scientifiques que dans son souvenir.

« Mais ce sera à toi de voir. Tu n'en veux peut-être pas. Tu n'es peut-être pas prête. Jette-les. Fais-en des cocottes en papier. Je te promets que je ne te poserai aucune question.

Je cherchai quelque chose à dire, une manière de prendre acte de son geste sans aborder le sujet sensible. Même aujourd'hui, alors que j'ai eu des années pour y réfléchir, j'ignore comment j'aurais pu m'y prendre. J'espère que je parvins à bafouiller une parole aimable, un mot généreux, mais j'en doute.

Je ne me souviens de rien d'autre, si ce n'est que mon père nous rejoignit après dans la chambre d'amis avec un cadeau, trouvé des mois plus tôt dans un *fortune cookie*, un de ces biscuits chinois renfermant des devises. Il avait conservé celle-ci dans son portefeuille, parce que, selon lui, elle m'était manifestement destinée. *N'oublie pas que nous pensons toujours à toi.*

Il y a des moments où l'histoire et la mémoire semblent une brume, comme si ce qui s'était réellement passé importait moins que ce qui aurait dû arriver. La brume se lève et nous sommes tous là, mes gentils parents et leurs gentils enfants, leurs enfants reconnaissants qui les appellent juste pour bavarder et leur souhaiter bonne nuit, qui se réjouissent de rentrer pour les fêtes. Alors, je vois que, dans notre famille, l'amour n'est pas un sentiment qui doit se gagner et qu'on risque de perdre. Pendant un instant, je nous vois ainsi, je nous vois tous. Réparés et réunis. Resplendissants. Nitescents.

4

Bien que touchée, je n'avais aucune envie de récupérer les carnets de ma mère. À quoi bon éviter de parler du passé si c'est pour tout mettre par écrit et le garder précieusement ?

Ces carnets étaient volumineux, de la taille d'un album de croquis, mais plus épais, au nombre de deux, attachés par un vieux ruban de Noël vert. Je dus vider ma valise et la refaire, puis m'asseoir dessus pour la fermer.

À un moment du voyage, sans doute à Chicago, où j'avais une correspondance, je poursuivis mon chemin vers Sacramento et la valise partit de son côté. À l'arrivée, j'attendis une heure devant le tapis roulant, puis passai une autre heure à parlementer avec des employés qui avaient une bonne conscience et de mauvaises manières. Je pris le dernier bus pour Davis, les mains vides.

Je me sentais coupable parce que j'avais perdu ces carnets alors qu'ils étaient en ma possession depuis moins de vingt-quatre heures. Et je me sentais heureuse parce que, pour une fois, une compagnie aérienne avait mis son incompétence au service du bien. Sans qu'on puisse me reprocher autre chose qu'une confiance naïve dans la capacité des autres à accomplir leur travail, je ne les reverrais peut-être jamais. Je me félicitai d'avoir gardé mes manuels universitaires avec moi dans l'avion.

Mais surtout, j'étais épuisée. Lorsque je sortis de l'ascenseur, je reconnus « One of Us » de Joan Osborne, la musique devenant de plus en plus forte à mesure que je me rapprochais de l'appartement. J'étais étonnée. Non seulement Todd, mon colocataire, n'était pas censé rentrer avant le dimanche, mais j'avais toujours cru qu'il honnissait « One of Us » envers et contre tous.

J'espérais qu'il n'aurait pas envie de bavarder. La dernière fois qu'il avait rendu visite à son père, ils avaient eu une longue conversation au sujet de tout ce en quoi ils croyaient, ce qu'ils désiraient et qui ils étaient. C'était tellement merveilleux que Todd était redescendu après avoir souhaité bonne nuit, pour avouer à son père qu'il ne s'était jamais senti aussi proche de lui. Du seuil, il l'avait surpris en train de dire à sa seconde épouse : « Purée ! Quel couillon ! Je me suis toujours demandé s'il était vraiment mon fils. » Todd n'aurait pas avancé son retour pour une broutille.

Mais lorsque j'ouvris la porte, je découvris Harlow sur mon canapé. Elle était emmitouflée dans le châle que m'avait crocheté grand-mère Fredericka quand j'avais les oreillons et buvait un de mes sodas sans sucre. Elle bondit pour baisser la musique. Ses cheveux bruns enroulés en chignon étaient retenus par un crayon. À l'évidence, je l'avais surprise.

Un jour, à une réunion parents-enseignants, ma maîtresse de maternelle avait déclaré que j'avais tendance à envahir l'espace vital de mes camarades. Je devais apprendre à contrôler mes mains. Cela m'avait mortifiée. J'ignorais sincèrement qu'on n'était pas censé toucher les autres ; en fait, je pensais même que c'était l'inverse. Mais j'étais coutumière de ce genre d'erreurs.

C'est donc à vous de me dire quelle est la réaction normale quand on trouve chez soi quelqu'un qu'on connaît à peine. J'étais déjà exténuée et à bout de nerfs. Je me contentai d'ouvrir la bouche comme un poisson rouge.

— Tu m'as fait peur ! s'écria Harlow.

Moi, toujours ahurie.

Elle attendit un instant.

— Zut, j'espère que ça ne te dérange pas ?

Comme si elle venait seulement d'y penser. Des accents de sincérité, de contrition. Elle poursuivit, plus vite :

— Reg m'a foutue dehors parce qu'il imagine que je n'ai pas d'argent et nulle part où aller. Il croyait qu'au bout d'une heure ou deux je reviendrais à genoux et que je le supplierais de me reprendre. Je suis furax.

Solidarité féminine.

— Alors, je suis venue ici, pensant que tu ne rentrerais pas avant demain.

Raison. Sang-froid.

— Écoute, je vois que tu es fatiguée.

Compassion.

— Je ne vais pas t'embêter plus longtemps.

Promesse.

Elle s'évertuait à décrypter mon attitude, mais il n'y avait rien à décrypter. J'étais recrue de fatigue, épuisée jusqu'à la moelle de mes pauvres os, jusqu'à la racine de mes cheveux raplaplas.

Ma foi, peut-être un peu curieuse aussi. Un tout petit peu.

— Comment est-ce que tu as su où j'habitais ?

— J'ai vu ton adresse sur ta déposition.

— Et comment tu es entrée ?

Elle ôta le crayon et sa chevelure tomba comme de la soie sur ses épaules.

— J'ai offert au gardien mon plus beau sourire et une histoire larmoyante à souhait. Je crains qu'il ne soit pas vraiment digne de confiance.

À présent, sa voix débordait de sollicitude.

J'avais dû me mettre en colère pendant mon sommeil, car je me réveillai furieuse. Le téléphone sonnait : c'était la compagnie aérienne qui m'annonçait qu'on avait retrouvé mon bagage et qu'il me serait livré dans l'après-midi. On espérait avoir le plaisir de me revoir sur un prochain vol.

J'allai aux toilettes. La cuvette déborda. Après plusieurs vaines tentatives pour tirer la chasse, j'appelai le gardien, gênée à l'idée de lui demander d'évacuer mon urine, mais soulagée que ce ne fût pas pire.

Il était pourtant plein de bonne volonté. Il arriva aussitôt, vêtu d'une chemise propre, les manches retroussées, brandissant sa ventouse telle une rapière. Il chercha Harlow du regard, sans résultat. Étant donné la taille de l'appartement, si on ne la voyait pas, c'était qu'elle n'était pas là.

— Où est ton amie ? demanda-t-il.

Il s'appelait Ezra Metzger, un nom poétique s'il en est. Ses parents avaient dû nourrir des ambitions pour lui.

— Chez elle, avec son copain.

Je n'étais pas d'humeur à enrober la nouvelle. De plus, j'avais été gentille avec Ezra en d'autres occasions. Une fois, deux individus insignifiants avaient frappé à ma porte pour m'interroger à son sujet. J'avais ainsi appris qu'il avait postulé à la CIA, ce qui m'avait paru une très mauvaise idée, quelle que soit la manière d'envisager la chose. Malgré tout, je leur avais donné la meilleure recommandation qui m'était venue à l'esprit. « Je ne le vois jamais, à moins qu'il ne désire être vu », avais-je affirmé.

— Ah oui ! son copain. Elle m'en a parlé.

Ezra me regardait. Il avait la manie de passer sa langue sur ses dents, si bien que sa moustache se déployait et se contractait. Cela dura un certain temps. Puis il ajouta :

— Il est dangereux. Tu n'aurais pas dû la laisser y retourner.

— Tu n'aurais pas dû la laisser entrer. Sans personne à l'intérieur ? Est-ce que c'est seulement légal ?

Ezra m'avait confié une fois qu'il ne se sentait pas tant le gardien que le cœur de l'immeuble. La vie était une jungle, avait-il ajouté. Et il y avait ici des locataires qui avaient juré sa perte. Une cabale au deuxième étage. Il les connaissait, même si eux ne le connaissaient pas. Ils ne savaient pas à qui ils avaient affaire. Mais ils n'allaient pas tarder à l'apprendre. Ezra voyait des complots partout. C'était une obsession chez lui.

Il attachait aussi beaucoup d'importance à l'honneur. Et un frémissement d'angoisse agitait sa moustache tandis qu'il me parlait ; s'il avait pu se faire hara-kiri sur-le-champ avec la ventouse, il n'aurait pas hésité. Puis, après réflexion, il décida qu'il n'avait rien à se reprocher et l'angoisse se mua en indignation.

— Bon sang, est-ce que tu sais combien de femmes sont tuées chaque année par leur petit copain ? Je m'excuse d'avoir essayé de sauver la vie de ton amie.

Chacun se retrancha dans un silence sibérien. Quinze minutes s'écoulèrent avant qu'il ne parvienne à extraire un tampon de la cuvette. Un tampon qui ne m'appartenait pas.

Je tentai de me recoucher, mais il y avait de longs cheveux bruns sur mon oreiller et une odeur de parfum vanillé sur mes draps. Je trouvai des sachets de poudre pétillante acidulée dans la poubelle et des rayures récentes sur le Formica pailleté d'or où elle avait coupé quelque chose sans utiliser de planche. Harlow ne passait pas sans laisser de traces. Le yaourt à la mûre que je comptais manger au déjeuner avait disparu. Todd rentra en claquant la porte derrière lui. Il était d'une humeur de chien, et cela ne s'arrangea pas quand il apprit que nous avions été squattés.

Todd était le fruit de l'union d'un Irlandais de troisième génération et d'une Américano-Japonaise de seconde génération qui se détestaient cordialement. Enfant, il passait ses étés chez son père et rentrait avec des listes détaillées de frais imprévus que sa mère était censée régler. Remplacement d'un tee-shirt Star Wars : dix-sept dollars soixante. Lacets neufs : un dollar quatre-vingt-quinze. « Ça doit être génial d'avoir une famille normale comme la tienne », me disait-il.

Autrefois, il rêvait de fusion expérimentale, il voulait être celui qui combinerait la harpe celtique et le manga japonais. Mais il avait fini par se rendre compte que c'était une entreprise incommensurable. Selon ses propres mots : la matière et l'antimatière. La fin du monde.

Depuis l'Incident du couillon, Todd puisait dans son héritage japonais dès qu'il avait besoin d'une insulte. *Baka* (idiot). *O-baka-san* (honorable idiot). *Kisama* (abruti).

— Il faut être complètement *kisama* pour faire un truc pareil ! s'exclama-t-il. Est-ce qu'on va devoir changer les serrures ? Tu as une idée de ce que ça va nous coûter ?

Il se rendit dans sa chambre afin de compter ses CD puis sortit faire un tour. Je serais volontiers aller prendre un café en ville, moi aussi, mais j'attendais la livraison de ma valise.

En vain. À 16 h 55, je composai le numéro de la compagnie aérienne – 800-FUCK-YOU –, qui me renvoya vers le service bagages de l'aéroport de Sacramento. Personne ne pouvait me répondre à Sacramento, mais on attachait une grande importance à mon appel.

Vers 19 heures, le téléphone sonna. C'était ma mère qui voulait vérifier que j'étais bien rentrée.

— Je sais que j'ai dit que je n'en parlerais plus, mais je me sens tellement mieux depuis que je t'ai donné ces carnets. Comme soulagée d'un poids. Voilà, cette fois, c'est fini.

Todd revint vers 21 heures avec une pizza d'excuse achetée au Symposium. Sa copine, Kimmy Uchida, nous rejoignit et nous mangeâmes tous les trois devant un épisode de *Mariés, deux enfants*. On ne tarda pas à se sentir à l'étroit sur le canapé, car Kimmy et Todd ne s'étaient pas vus depuis quatre jours. Je me retirai dans ma chambre et je lus un peu. Je crois que je lisais *Mosquito Coast* à l'époque. Il semblait n'y avoir aucune limite aux trucs aberrants que les pères étaient capables d'infliger à leur famille.

5

Le lendemain matin, le téléphone me réveilla. C'était la compagnie aérienne qui m'annonçait qu'elle avait ma valise et la livrerait cet après-midi. Je serais en cours, mais on me promit qu'on la laisserait au gardien.

Il s'écoula trois jours avant que je recroise Ezra. Entre-temps, je passai une soirée en compagnie de Harlow. Elle se présenta à ma porte vêtue d'un blouson en jean, avec de minuscules anneaux aux oreilles. Ses cheveux étaient constellés de paillettes dorées, car, m'expliqua-t-elle en s'époussetant, elle avait traversé une fête en venant chez moi. Des noces d'or.

— Avoir un seul mari toute sa vie ? Comme s'il y avait de quoi se vanter ! Écoute, ajouta-t-elle en voyant que je ne répondais pas. Je sais que tu m'en veux. C'était débile de m'inviter chez toi sans demander. Je comprends tout à fait.

— N'en parlons plus, dis-je.

Elle déclara que, dans ce cas, elle tenait à m'offrir une bière, même si on n'était que mardi, un peu tôt pour la traditionnelle bacchanale du week-end (qui, si j'ai bonne mémoire, commençait encore le jeudi en 1996 ; il paraît que c'est le mercredi, à présent). On alla dans le centre à pied, passant devant la librairie Sweet Briar Books, la tomate géante en mousse de polyuréthane du supermarché coopératif, le fast-food Jack in the Box et Valley Wine pour nous rendre au Paragon, le bar juste en face de la gare. Le soleil avait disparu, mais une entaille écarlate déchirait encore l'horizon. Des corbeaux se disputaient bruyamment dans les arbres.

Je n'avais pas toujours aimé ce ciel immense, ni les jardins plats entourés de clôtures, ni l'odeur persistante de bouse de vache. Mais j'avais fini par accepter les clôtures, cesser de prêter attention à l'odeur et j'étais devenue une adepte du ciel. Le coucher de soleil qu'on voit sera toujours plus beau que celui qu'on ne voit pas. Mieux vaut trop d'étoiles que pas assez. Et j'en pense autant des corbeaux, même si je connais certaines personnes qui ne seraient pas de cet avis. Tant pis pour elles.

Je ne fréquentais pas le Paragon. Les étudiants allaient ailleurs. C'était un bar craignos selon les critères de Davis, ce qui signifiait que la clientèle était limite alcoolique et que ça se voyait, une armée de morts-vivants, des anciens du lycée pour la plupart, qui imaginaient que la vie se résumerait toujours au football américain, au skate et à la bringue. Il y avait un match de basket à la télévision, le son à fond – les Knicks contre les Lakers – et un max de nostalgie zombifiée dans la salle. L'ensemble créait une cacophonie intermittente.

Tout le monde semblait connaître Harlow. Le barman nous apporta nos pintes en personne. Chaque fois que je mangeais quelques cacahuète, il remplissait le bol. Chaque fois que nos verres étaient vides, de nouvelles bières arrivaient, de la part de tel ou tel type qui s'approchait de notre table seulement pour se faire rembarrer par Harlow. « Je suis désolée, disait-elle avec un sourire étincelant, mais nous sommes en pleine conversation. »

Je lui demandai : d'où elle était (Fresno), depuis combien de temps elle était à Davis (trois ans) et ce qu'elle comptait faire après la fac. Son rêve était de vivre à Ashland, dans l'Oregon, et de concevoir les décors et les lumières de la Shakespeare Company.

Elle me demanda : est-ce que je préférerais être sourde ou aveugle, belle ou intelligente ? Est-ce que j'épouserais un homme que je haïssais pour sauver son âme ? Avais-je déjà eu un orgasme vaginal ? Quel était mon super-héros préféré ? Quel politicien serais-je prête à sucer ?

Jamais on ne m'avait aussi méthodiquement tiré les vers du nez.

Est-ce que je préférais ma mère ou mon père ?

Voilà qu'on s'aventurait en terrain glissant. Quand on veut éviter certains sujets, le plus simple est parfois de se taire. Mais, dans certaines circonstances, il vaut encore mieux parler pour ne rien dire. Je peux parler si besoin est. Je n'ai pas oublié comment on fait.

J'évoquai donc un été de mon enfance, l'été où nous avions quitté la ferme. C'est une anecdote que je raconte souvent, mon histoire de dépannage quand on m'interroge sur ma famille. Elle est censée avoir l'air personnelle, donner l'impression que je m'ouvre et que je vais chercher profondément en moi. Cela dit, elle ne fait pas autant d'effet si je dois hurler à tue-tête par-dessus le vacarme assourdissant d'un bar.

L'histoire commence au milieu, lorsqu'on m'envoie chez grand-père Joe et grand-mère Fredericka. C'était arrivé comme ça, sans avertissement. Je ne sais plus quelle raison mes parents avaient invoquée, mais de toute manière je ne les avais pas crus. J'étais capable de reconnaître le vent de l'adversité quand il soufflait. J'étais convaincue que j'avais commis une bêtise si grave qu'ils s'étaient résolus à m'abandonner.

Mes grands-parents Cooke vivaient à Indianapolis. Leur maison était une véritable fournaise et il y régnait une drôle d'odeur, une odeur presque agréable mais pas tout à fait : ça sentait le biscuit rassis. Dans ma chambre, il y avait un tableau représentant un couple en masques d'arlequin et, dans le salon, toute la bimbeloterie asiatique déjà évoquée. Que du faux. Du faux faux. Vous vous souvenez de ces sages sinistres avec leurs ongles humains ? Essayez donc de dormir dans une maison pareille.

Les rares enfants qui vivaient dans leur rue étaient beaucoup plus âgés que moi. Je les regardais, plantée derrière la porte moustiquaire, espérant qu'ils me poseraient une question dont je connaissais la réponse. Je pouvais toujours attendre. Parfois, je demandais à sortir, mais mon grand-père avait coulé du béton à l'arrière de la maison pour ne pas avoir de jardin à entretenir et il y faisait encore plus chaud qu'à l'intérieur. Je jouais toute seule au ballon ou j'étudiais les fourmis dans les parterres de fleurs avant de rentrer et de réclamer une sucette glacée en pleurnichant.

Mes grands-parents passaient la plupart de leur temps à regarder la télévision ou à dormir devant. Ils me laissaient regarder les dessins animés du samedi, alors que c'était interdit chez moi, et je vis au moins trois épisodes du *Plein de Super*, ce qui signifie que j'y restai au moins trois semaines. Presque tous les après-midi, il y avait un feuilleton que nous suivions ensemble. C'était l'histoire d'un type qui s'appelait Larry et de sa femme Karen. Larry dirigeait un hôpital et Karen recevait des messieurs pendant qu'il était au travail, ce qui ne me semblait pas très grave, alors que manifestement ça l'était.

— *On ne vit qu'une fois*, intervint Harlow.

— Si tu le dis.

Grand-mère Fredericka s'énervait parce que je bavardais sans arrêt pendant le feuilleton. Pourtant, elle se plaignait qu'il était devenu trop olé olé. Avant, ça parlait de la famille, soupirait-elle. Grand-père Joe, en revanche, trouvait que mes commentaires amélioraient plutôt le niveau. Il m'avertit néanmoins que, dans la vraie vie, les gens ne se conduisaient pas ainsi, comme si je risquais de rentrer chez moi persuadée qu'il était normal de se faire passer pour son frère jumeau afin de simuler sa propre mort ou de voler le bébé de quelqu'un d'autre quand on perdait son enfant.

La plupart du temps, cependant, il n'y avait rien à faire. Chaque jour identique au précédent et chaque nuit des cauchemars de doigts griffus et de masques d'arlequin. Beaucoup d'œufs brouillés au petit déjeuner avec des petites taches blanches dégoûtantes, qu'on continuait à me servir même si je n'y touchais pas. « Tu resteras une crevette toute ta vie », se lamentait grand-mère Fredericka en jetant tristement le contenu de mon assiette à la poubelle. Et aussi : « Est-ce que tu peux te taire une minute ? On ne s'entend pas penser. » Le genre de chose qu'on me répétait depuis que j'étais toute petite. À l'époque, la réponse était non.

Puis elle rencontra chez le coiffeur une femme qui lui dit que je pouvais venir jouer avec ses enfants. Il fallait y aller en voiture. Les enfants en question se révélèrent être deux solides gaillards : le plus jeune n'avait que six ans, mais il était déjà énorme. Ils avaient un trampoline et je portais une jupe qui s'envolait chaque fois que je sautais, si bien que tout le monde voyait ma culotte. Se moqua-t-on de moi ou me sentis-je humiliée par principe ? Toujours est-il que ce fut la goutte d'eau. Profitant d'un moment où personne ne faisait attention, je me glissai dehors, bien décidée à rentrer à pied à la maison. Ma vraie maison. À Bloomington.

J'étais consciente qu'il me faudrait marcher longtemps. En revanche, je ne pense pas avoir envisagé un instant que je risquerais de partir dans la mauvaise direction. Je privilégiai les rues avec des pelouses ombragées et des arroseurs. Une femme sur le pas de sa porte me demanda où étaient mes parents et je répondis que j'étais en visite chez mes grands-parents. Elle n'insista pas. Il devait déjà être tard lorsque je pris la route, car la nuit tomba rapidement et, à cinq ans, je n'avais pas pu aller très loin, même si j'avais l'impression d'avoir parcouru des kilomètres.

Je choisis une maison dont j'aimais la couleur. Bleu vif avec une porte rouge. Elle était minuscule, comme une maison de conte de fées. Je frappai et un homme en peignoir et maillot de corps m'ouvrit. Il me fit entrer, m'invita à m'asseoir à la table de la cuisine et m'offrit un verre de Tang. Il était gentil. Je lui parlai de Larry et Karen, des arlequins, des garçons énormes, et je lui expliquai que je rentrais à pied à Bloomington. Il m'écouta avec le plus grand sérieux, puis me signala quelques faiblesses dans mon plan. Si je frappais aux portes et réclamais à dîner ou à déjeuner, on risquait de me servir des choses que je n'aimais pas. On voudrait peut-être que je termine mon assiette, car c'était la règle dans certaines maisons, alors que ferais-je si on m'obligeait à manger des choux de Bruxelles, du foie ou ce que je détestais le plus au monde ? De toute manière, à ce stade, je ne demandais qu'à être persuadée de renoncer.

Je lui dis donc que mes grands-parents étaient les Cooke et il appela quelques Cooke dans l'annuaire jusqu'à tomber sur les bons. Ils vinrent me chercher et me renvoyèrent à Bloomington le lendemain, parce que, selon eux, j'étais une petite fille difficile, et très bruyante par-dessus le marché.

— Ta mère n'avait pas accouché ? demanda Harlow.

— Non.

— C'est juste que je pensais… je veux dire, c'est la raison habituelle pour laquelle on envoie un gamin chez ses grands-parents, non ? C'est un classique.

Ma mère n'avait pas accouché ; elle faisait une dépression nerveuse, mais je n'avais aucune intention d'en parler à Harlow. La beauté de l'histoire, ce qui faisait tout son intérêt, c'était son pouvoir de distraction.

— Je ne t'ai pas encore raconté le plus tordu, ajoutai-je.

Harlow referma ses mains avec un claquement retentissant. Boire, comme être arrêtée, la rendait curieusement charmante.

Un homme vêtu d'un maillot des Celtics s'approcha de notre table, mais elle le congédia d'un geste. Elle le fit avec sur le visage cette expression qui semblait dire : « Ça me fait plus de mal qu'à toi. »

— On arrive juste à la partie tordue, expliqua-t-elle.

Il s'attarda, espérant en profiter, mais c'était une information exclusive et j'attendis qu'il s'éloigne.

— À un moment, lorsque j'étais dans la petite maison bleue, j'ai demandé à aller aux toilettes, repris-je, baissant la voix et m'approchant si près que je sentais l'haleine houblonnée de Harlow. L'homme en peignoir m'a dit que c'était la deuxième porte à droite, mais j'avais cinq ans et je me suis trompée. Je me suis retrouvée dans une chambre, et sur le lit il y avait une femme allongée sur le ventre, les mains et les pieds attachés avec des bas. Troussée comme une volaille. Elle avait quelque chose dans la bouche. Peut-être des chaussettes d'homme.

« Lorsque j'ai ouvert, elle a tourné la tête vers moi. Je ne savais pas quoi faire. Je ne savais pas quoi penser. Mais j'étais consciente qu'il se passait quelque chose de grave. Puis…

Il y eut un bref courant d'air glacé quand quelqu'un poussa la porte du bar, entra et la referma.

— Elle m'a fait un clin d'œil.

Un homme vint se placer derrière Harlow et posa la main sur sa nuque. Il portait un bonnet en laine noir orné d'une feuille d'érable canadienne et avait un nez pointu qui partait légèrement à gauche. Un peu le genre surfeur, mais sans ostentation. Il était séduisant. La dernière fois que je l'avais vu, c'était à la cafétéria de la fac et il essayait d'éviter les sucres dont Harlow le bombardait.

— Rose, je te présente Reg, dont je t'ai parlé si tendrement.

Reg m'ignora.

— Je croyais que tu avais du travail.

— Je croyais que tu étais à la bibliothèque.

— Je croyais qu'il y avait un souci avec la pièce. Tout le monde sur le pont.

— Je croyais que tu avais un examen important et des révisions à faire. Que ton avenir était en jeu.

Reg prit une chaise à la table voisine et but dans le verre de Harlow.

— Tu me remercieras plus tard.

— Compte là-dessus, susurra Harlow. Au fait, le super-héros préféré de Rosemary est Tarzan.

— Impossible, rétorqua-t-il. Tarzan n'a pas de super-pouvoirs. Ce n'est pas un super-héros.

— C'est exactement ce que je lui ai dit !

En effet. Je n'avais jamais eu de super-héros préféré avant qu'elle m'interroge. Et j'avais répondu au hasard, comme à ses autres questions, un exercice d'association libre. Mais plus elle avait critiqué mon choix, plus je m'étais entêtée. J'ai tendance à faire ça quand on me contredit. Demandez à mon père.

Il n'empêche, c'était lâche de relancer la dispute maintenant. Elle avait fait semblant d'être convaincue alors qu'elle attendait simplement l'arrivée des renforts.

Mais ce n'était pas parce qu'on était en minorité qu'on devait capituler, pas chez les Cooke, en tout cas.

— Tout dépend du contexte. Des pouvoirs qui seront normaux dans un monde peuvent devenir des super-pouvoirs dans un autre. Prenez Superman.

Mais Reg refusa de prendre Superman.

— Batman, je n'irai pas plus loin.

Sous son petit bonnet sexy, il avait le cerveau d'un bivalve et j'étais heureuse de ne pas être celle qui couchait avec lui.

6

En fait, je n'avais jamais lu Edgar Rice Burroughs ; ce n'était pas le genre de littérature que mes parents souhaitaient voir à la maison. Je ne savais de Tarzan que ce que tout le monde en disait. Lorsque Reg entreprit de me faire la leçon sur son racisme, j'ignorais si c'étaient les livres qui étaient racistes, auquel cas Tarzan n'y était pour rien, ou bien Tarzan lui-même, ce qui était plus embêtant. Mais je ne pensais pas pouvoir gagner en admettant mon inculture. Je me rabattis donc sur l'unique solution à ma disposition, un soudain « Mon Dieu, vous avez vu l'heure », assorti d'une retraite précipitée.

Je rentrai seule à travers les rues au tracé régulier. À ma droite, un train défila dans un boucan d'enfer, déclenchant les lumières et les sonneries du passage à niveau. Un vent froid retroussait les feuilles sur les arbres. Quelques hommes se pressaient devant Woodstock's Pizza. Je traversai pour les éviter. L'un d'eux me fit une proposition désavantageuse que j'ignorai.

Todd n'était pas couché et il n'avait pas lu Burroughs non plus, mais il m'apprit qu'il en existait une version manga – *Le Nouveau Roi de la jungle Tar-chan* – qu'il connaissait très bien. Tar-chan avait des super-pouvoirs. Ça ne faisait aucun doute. Todd tenta de me décrire la série (qui me parut être un joyeux mélange de cuisine et de pornographie) et il offrit de m'en rapporter des numéros la prochaine fois qu'il rentrerait chez lui. Je n'avais pas bien saisi si j'étais censée apprendre le japonais pour les lire.

Mais il ne voyait pas où je voulais en venir, autrement dit que Reg était un sale con, car il était obnubilé par ce qu'il voulait me faire comprendre, autrement dit que Masaya Tokuhiro était un génie. De toute manière, je commençais à me demander si Reg avait réellement dépassé les bornes. Et que m'avait-il pris de pérorer sur Tarzan ? C'était imprudent. Je devais être dans un état d'ébriété avancé.

Un ou deux jours plus tard, je tombai enfin sur Ezra. Il avait ma valise, mais il était du genre rancunier ; il n'avait pas le temps de me la donner tout de suite.

— Tu es trop occupé ? demandai-je, incrédule.

Combien d'étages imaginait-il qu'il y avait dans cet immeuble ?

— Affirmatif. Et ta surprise ne fait que souligner ton ignorance.

Deux jours s'écoulèrent encore avant qu'il ne sorte ma valise du placard à balais. (On y trouvait des saloperies qui pouvaient bousiller le réseau d'eau potable, de quoi empoisonner la ville entière, m'avait un jour confié Ezra. Et c'était sa mission d'empêcher que ces produits ne tombent entre les mains de terroristes comme la racaille du deuxième étage.) Elle était rigide et bleu ciel.

— Au fait, j'oubliais, ajouta Ezra. Un type est passé hier. Ton frère Travers. Il voulait t'attendre à l'intérieur, mais je lui ai dit que tu allais piquer une crise de nerfs si je laissais entrer un ami ou un membre de ta famille en ton absence.

J'étais partagée entre l'incrédulité, une stupéfaction ravie à l'idée que mon frère était enfin venu me chercher et une amère déception quand je pensais qu'Ezra l'avait renvoyé, sans doute à jamais. C'était un mélange détonnant. Mon cœur tressautait dans ma poitrine comme un poisson au bout d'un hameçon.

Si mes parents recevaient encore une carte postale de temps en temps, la dernière fois que j'avais eu droit à un mot personnel de mon frère, c'était lorsque j'avais quitté le lycée. *Le monde est grand*, avait-il écrit au dos d'une photo d'Angkor Vat. *Grandis.* Le cachet de la poste indiquait Londres, ce qui signifiait qu'il pouvait être n'importe où, sauf là-bas. Le fait que mon frère ne s'appelait pas Travers était le détail le plus convaincant. Jamais il n'aurait utilisé son véritable nom.

— Est-ce qu'il a dit s'il repasserait ?

— Peut-être. Peut-être dans quelques jours.

— Quelques jours, ça veut dire un jour ou deux ? Ou cinq ou six ? Il a précisé ?

Mais Ezra en avait assez. Pour lui, toute information non vitale relevait du secret-défense. Il se passa la langue sur les dents et prétendit ne plus s'en souvenir. Il était débordé. Il avait un immeuble à gérer.

Quand nous étions petits, mon frère était la personne que j'aimais le plus au monde. Il pouvait être odieux, et il l'était souvent, mais il y avait des moments qui rattrapaient tout. Il était capable de passer des heures à m'apprendre à jouer à chat perché et aux cartes. À la scopa et au pouilleux, au gin-rami, à la pêche et à l'atout pique. Il était doué au poker, mais, sous sa tutelle, je ne tardai pas à le dépasser, même si c'était seulement parce que personne ne voulait croire qu'une fillette de mon âge bluffe avec un tel aplomb. Nous prenions des paris avec ses amis. Ils le payaient en espèces et il me donnait ma part en cartes des Crados, une devise autrement universelle. J'en avais des centaines. Ma préférée était la Mouche Armelle. Elle avait un sourire sympa.

Un jour, Steven Claymore me lança une boule de neige avec un caillou à l'intérieur, car je lui avais dit qu'il était inéluctable, ce qui l'avait vexé. Malgré tout, sa réaction prouvait que j'avais raison. Je rentrai à la maison avec une bosse spongieuse sur le front et des graviers incrustés dans le genou. Le lendemain, mon frère m'accompagna à l'école et fit une clé de bras à Steven jusqu'à ce qu'il s'excuse, puis il m'emmena au Dairy Queen et m'offrit une glace au chocolat avec son argent de poche. Cela créa bien quelques remous, la clé de bras et notre escapade dont personne à l'école n'avait été averti, mais les règles familiales étaient devenues confuses et tarabiscotées en ce qui concernait mon frère, et personne ne fut puni.

J'avais plusieurs raisons de venir étudier à Davis.

D'abord, c'était assez loin de la maison pour que personne n'y ait jamais entendu parler de moi.

Ensuite, mes parents étaient d'accord. Nous avions visité le campus ensemble et la ville avait quelque chose qui leur rappelait le Midwest. Ils avaient été particulièrement séduits par les larges pistes cyclables.

Enfin et surtout, j'étais venue pour mon frère, ce dont mes parents devaient se douter et qui devait nourrir leurs propres espoirs. D'habitude, mon père avait des oursins dans les poches et toutes les pistes cyclables du monde ne l'auraient pas convaincu de payer le prix fort pour que j'aille étudier dans un État où nous n'étions pas résidents, quand il y avait d'excellentes universités publiques dans l'Indiana, l'une d'elles à quelques rues de chez nous.

Mais le FBI nous avait dit que mon frère se trouvait à Davis au printemps 1987, un an après qu'il avait quitté la maison, et le gouvernement ne peut pas avoir toujours tort, même une horloge cassée donne l'heure juste deux fois par jour, j'en passe et des meilleures. De toute manière, c'était le seul indice dont nous disposions.

En outre, je ne me sentais plus la force d'être la fille unique de mes parents. Dans mes fantasmes, mon frère frappait à la porte de mon appartement et je lui ouvrais, pensant qu'il s'agissait peut-être d'Ezra qui venait emprunter la Game Boy de Todd ou nous informer du nouveau protocole qu'il avait mis en place concernant les déchets toxiques. Je le reconnaissais sur-le-champ. Tu ne peux pas savoir comme tu m'as manqué, s'écriait mon frère en me prenant dans ses bras. Raconte-moi tout ce qui s'est passé depuis que je suis parti.

La dernière fois que je l'avais vu, j'avais onze ans et il me détestait.

La valise n'était pas la mienne. Cela va sans dire.

7

L'anecdote racontée à Harlow – celle où je me retrouve chez mes grands-parents à Indianapolis – n'appartient pas vraiment au milieu de mon histoire. Le récit, oui, dans la mesure où je le fis bien à Harlow à ce moment-là, mais le moment de l'action et le moment de la narration sont deux choses distinctes. Cela ne signifie pas que ce n'est pas vrai, seulement que je ne sais plus si je me souviens réellement de ce qui s'est passé ou si je me souviens seulement de la manière de le raconter.

Le langage a cet effet sur les souvenirs : il les simplifie, les solidifie, les momifie. Une histoire souvent répétée est comme une photographie dans un album de famille ; elle finit par remplacer l'événement qu'elle était censée représenter.

Et maintenant que mon frère est arrivé, j'ai atteint un point où il m'est impossible de poursuivre sans revenir en arrière, revenir à la fin de l'histoire dans l'histoire, quand je rentrai chez moi après mon séjour chez mes grands-parents.

Ce qui correspond au moment précis où s'achève la partie que je sais raconter et où débute celle que je n'ai jamais dite.

Deuxième partie

[…] une durée peut-être courte à l'échelle du calendrier, mais infiniment longue à galoper partout, comme je l'ai fait, accompagné en des parties du périple d'humains remarquables et d'excellents conseils, d'applaudissements au son de l'orchestre, mais, dans le fond, seul […].

Franz KAFKA,
Ein Bericht für eine Akademie

1

Nous sommes maintenant en 1979. L'année de la Chèvre. La Chèvre de terre.

Voici quelques événements dont vous vous souvenez peut-être. Margaret Thatcher venait d'être élue Premier ministre. Idi Amin Dada avait fui l'Ouganda. Jimmy Carter devrait bientôt gérer la crise des otages en Iran. En attendant, il se trouvait être le premier et dernier Président à subir l'attaque d'un lapin aquatique. Cet homme n'avait jamais un instant de répit.

En voici quelques autres auxquels vous n'avez peut-être pas prêté attention à l'époque. En 1979, Israël et l'Égypte signèrent un traité de paix et il neigea pendant une demi-heure dans le Sahara. L'Animal Defense League fut créée. Sur les îles de la Madeleine, au large du Canada, huit membres d'équipage du *Sea Shepherd* aspergèrent un millier de bébés phoques de peinture rouge, inoffensive mais indélébile. Le but était d'ôter toute valeur commerciale à leur fourrure pour les sauver des chasseurs. Les activistes furent arrêtés pour avoir enfreint la loi sur la protection des phoques, une aberration que n'aurait pas reniée l'auteur de *1984*.

On écoutait « We Are Family » des Sister Sledge à la radio et on regardait *Shérif, fais-moi peur* à la télé. Au cinéma, on passait *La Bande des quatre*. Gros plan sur Bloomington.

Parmi tous ces événements, le seul qui me marqua fut *La Bande des quatre*, un film d'adolescents qui se déroulait dans la ville où j'habitais. En 1979, j'avais cinq ans et des problèmes de mon âge. Mais c'est dire l'hystérie qui régnait à Bloomington : même les enfants malheureux ne pouvaient échapper à la chaleur incandescente des projecteurs de Hollywood.

Mon père voudrait sûrement que je précise qu'à cinq ans, en ce qui concernait mon développement cognitif et émotionnel, j'étais encore dans la période préopératoire définie par Jean Piaget. Il voudrait que vous compreniez qu'en racontant ce récit avec le recul de la maturité je replace les événements dans un cadre logique qui n'existait pas pour moi à l'époque. Les émotions, pendant la période préopératoire, sont dichotomiques et extrêmes.

Tenez-vous-le pour dit.

Cependant, cela ne signifie pas que le dichotomique et l'extrême ne soient pas légitimes dans certaines circonstances. Ne compliquons pas les choses inutilement et ajoutons seulement qu'à ce point de mon histoire, dans ma famille, nous étions tous, petits et grands, très, très bouleversés.

Mon père arriva le lendemain de mon expédition du trampoline à la maison bleue. Mes grands-parents l'avaient appelé pour qu'il vienne me chercher, mais on ne m'avait rien dit, si bien que je croyais qu'on allait me placer dans une autre famille, puisque ni mes parents ni mes grands-parents ne voulaient de moi. Où m'emmenait-on maintenant ? Qui m'aimerait ? Je sanglotais aussi dignement que possible, car je savais que la vue des pleurs irritait mon père et je n'avais pas perdu tout espoir. Mais personne n'admira mon héroïque retenue et mon père ne sembla même pas remarquer mes larmes. Mon sort, manifestement, ne le concernait plus.

On me fit sortir de la pièce, d'où s'échappaient des chuchotements menaçants, et même une fois assise sur le siège arrière avec mon sac, la voiture m'emportant loin d'Indianapolis, j'ignorais toujours que je rentrais à la maison. Ce qui n'était pas plus mal, car ce n'était pas vraiment le cas.

Enfant, pour me soustraire aux situations désagréables, je dormais. Ce que je fis ce jour-là. Et je me réveillai dans une chambre inconnue. Mais le plus déconcertant, c'était la présence d'objets connus dans cette pièce inconnue. Ma commode se trouvait près de la fenêtre. Le lit dans lequel je dormais était le mien, la couverture matelassée était la mienne – cousue par grand-mère Fredericka du temps où elle m'aimait, brodée de tournesols sur toute sa longueur. Mais les tiroirs étaient vides et, sous la couverture, le matelas était nu.

Il y avait des cartons alignés sous la fenêtre à deux battants, dont un casier à bières. À travers le trou de la poignée, je distinguai mon exemplaire de *Max et les Maximonstres*, avec sa tache de chocolat en forme d'œuf. Je grimpai sur un des cartons et regardai dehors. Je ne vis ni pommier, ni grange, ni champs terreux. À la place s'étendait le jardin de quelqu'un d'autre, avec un barbecue, une balançoire rouillée et un potager bien entretenu : tomates rouge vif, cosses de petits pois gonflées. À la ferme où j'habitais, ces légumes auraient déjà été ramassés, mangés ou jetés avant d'avoir mûri sur pied.

La ferme où j'habitais grondait, sifflait et grinçait ; il y avait toujours quelqu'un qui martelait le piano, faisait tourner le lave-linge, sautait sur un lit, tapait sur les casseroles ou criait à tout le monde de se taire parce qu'il n'y avait pas moyen de parler au téléphone. La maison où je me trouvais à présent était plongée dans un silence onirique.

Je ne sais plus ce que je pensai alors, peut-être que je devrais désormais vivre seule dans cet endroit. En tout cas, je me recouchai en sanglotant et me rendormis. En dépit de mes espoirs les plus fervents, je me réveillai au même endroit, avec les mêmes larmes, appelant désespérément ma maman.

Ce fut mon père qui apparut à la place et me prit dans ses bras.

— Chut. Maman dort à côté. N'aie pas peur. C'est notre nouvelle maison et c'est ta nouvelle chambre.

— Tout le monde va vivre ici avec moi ? demandai-je prudemment, n'osant espérer.

Je sentis mon père tressaillir comme si je l'avais pincé et il me reposa sur le lit.

— Tu as vu comme ta chambre est grande ? Bien plus que l'ancienne. Je pense que nous allons être très heureux ici. Tu devrais visiter, ma puce. Mais n'entre pas dans la chambre de maman, ajouta-t-il en indiquant leur porte, qui était à côté de la mienne.

À la ferme, nous avions de vieux parquets abîmés ou du lino, des sols faciles à laver avec une serpillière et de l'eau. Cette maison était tapissée de moquette grise rêche, sans démarcation entre ma chambre et le couloir. Je ne pourrais pas glisser en chaussettes là-dessus. Je ne pourrais pas faire de trottinette.

Au premier étage se situaient ma chambre, celle de mes parents, le bureau de mon père avec son tableau noir déjà appuyé contre le mur et une salle de bains où il y avait une baignoire bleue mais pas de rideau de douche. Mon nouveau domaine était peut-être plus grand que la chambrette lumineuse qui m'était dévolue à la ferme, mais je voyais bien que la maison elle-même était plus petite. Ou peut-être étais-je incapable de m'en rendre compte à cinq ans. Demandez à Piaget.

Au rez-de-chaussée, il y avait un salon doté d'une cheminée, la cuisine avec notre table, une autre salle de bains, plus exiguë, avec seulement une cabine de douche, et à côté la chambre de mon frère, sans literie, car, ainsi que je devais l'apprendre le soir même, mon frère avait refusé de mettre les pieds dans la nouvelle maison et il était allé chez son copain Marco, où il resterait jusqu'à ce qu'on en ait assez de lui.

C'était toute la différence entre mon frère et moi : j'avais toujours peur qu'on ne m'oblige à partir et lui partait tout le temps.

Des cartons s'entassaient partout et presque aucun d'entre eux n'avait été ouvert. Il n'y avait rien sur les murs, rien sur les étagères. Un peu de vaisselle dans la cuisine, mais pas trace de notre mixeur, de notre grille-pain, de notre machine à pain.

Alors que je visitais pour la première fois la maison où je vivrais jusqu'à l'âge de dix-huit ans, je commençais à entrevoir la vérité. Je ne voyais aucune pièce ici pour les étudiants de troisième cycle. J'avais beau chercher, remonter au premier étage et redescendre, je ne comptais que trois chambres. Il y avait celle de mon frère. Il y avait celle de mes parents. Il y avait la mienne. Je n'avais pas été abandonnée.

Mais quelqu'un d'autre, si.

Lorsque je quittai Bloomington pour l'université, dans l'intention de prendre un nouveau départ, je me promis que je ne parlerais jamais à quiconque de ma sœur, Fern. Pendant mes années étudiantes, je ne l'évoquai jamais, pensai rarement à elle. Si on m'interrogeait sur ma famille, j'avouais deux parents encore mariés et un frère plus âgé qui voyageait beaucoup. Ne pas mentionner Fern fut d'abord une décision, puis devint une habitude, de plus en plus difficile et douloureuse à briser. Même aujourd'hui, des années plus tard, en 2012, je ne supporte pas qu'on en parle de but en blanc. Je dois me faire à l'idée. Je dois choisir le moment.

Je n'avais que cinq ans lorsqu'elle disparut de ma vie, mais je me souviens d'elle. Je me souviens d'elle avec précision : son odeur, son contact, des images morcelées de son visage, ses oreilles, son menton, ses yeux. Ses bras, ses pieds, ses doigts. En revanche, je ne me la rappelle pas en entier, pas comme Lowell.

Lowell est le véritable nom de mon frère. Nos parents se sont connus à l'observatoire Lowell, dans l'Arizona, dans un centre de vacances scientifiques. « J'étais venu voir les cieux, aimait dire notre père. Mais les étoiles étaient dans ses yeux. » Une phrase qui me ravissait autant qu'elle me mettait mal à l'aise. Des jeunes intellos amoureux.

J'aurais une meilleure opinion de moi-même aujourd'hui si, comme Lowell, la disparition de Fern m'avait rendue furieuse, mais il me semblait trop dangereux à cette époque d'être en colère contre nos parents. J'avais trop peur. Une part de moi était soulagée aussi, immensément soulagée, et une autre, honteuse d'être celle qu'on avait gardée. Chaque fois que j'y pense, j'essaie de me souvenir que je n'avais que cinq ans. J'aimerais être équitable, y compris avec moi. Ce serait agréable de pouvoir aller jusqu'au pardon, mais je n'en suis pas là et j'ignore si j'y arriverai un jour. Ou s'il est souhaitable que j'y arrive.

Ces semaines passées chez mes grands-parents à Indianapolis sont la ligne de démarcation la plus extrême dans ma vie, mon Rubicon personnel. Avant, j'avais une sœur. Après, non.

Avant, plus je parlais, plus mes parents semblaient heureux. Après, ils se joignirent au reste du monde pour me demander de me taire. Je finis par le faire. (Mais pas avant un certain temps et pas parce qu'on me le demandait.)

Avant, mon frère faisait partie de la famille. Après, il se contentait de tuer le temps en attendant de pouvoir tirer un trait sur nous.

D'avant, il ne me reste que des bribes de souvenirs, réduits à l'essentiel, comme dans les contes de fées. Il était une fois une maison avec un pommier dans le jardin, un ruisseau et un chat aux yeux couleur de lune. En revanche, j'ai gardé des images d'une clarté suspecte de ce qui s'est passé après, au cours des mois suivants. Prenez n'importe quel souvenir de ma petite enfance et je pourrai vous dire aussitôt s'il date d'avant ou d'après la disparition de Fern. Je peux le faire parce que je me rappelle quel moi était là. Le moi avec Fern ou le moi sans elle. Deux personnes entièrement différentes.

Néanmoins, le doute est permis. Je n'avais que cinq ans. Comment se fait-il que je me rappelle certaines conversations mot pour mot, la chanson qui passait à la radio à tel moment, les vêtements que je portais ? Pourquoi y a-t-il tant de scènes que je revois sous un angle impossible, d'en haut, comme si, ayant littéralement grimpé aux rideaux, j'étudiais ma famille au-dessous ? Et pourquoi y a-t-il un événement en particulier dont je me souviens avec précision, en couleurs et en stéréo, tout en étant intimement persuadée qu'il n'a jamais eu lieu ? Gardez ça dans un coin de votre esprit. Nous y reviendrons plus tard.

Cependant, si je sais qu'on me demandait souvent de me taire, je ne me rappelle pas vraiment ce que je disais, à l'époque. D'après mon récit, on pourrait penser que déjà je parlais peu. Mais il faut imaginer que je bavarde sans interruption dans toutes les scènes qui vont suivre, jusqu'à mention du contraire.

Nos parents, eux, s'étaient tus, et le reste de mon enfance se déroula dans un étrange silence. Ainsi, jamais ils n'évoquèrent la fois où, alors que nous rentrions d'Indianapolis, nous avions dû faire demi-tour à mi-chemin parce que j'avais oublié Dexter Poindexter, mon pingouin en tissu-éponge (râpé, usé, ravagé par l'amour, comme nous tous) dans les toilettes d'une station-service. Pourtant, ils parlaient souvent de cette autre fois où notre amie Marjorie Weaver avait oublié sa belle-mère exactement au même endroit. L'anecdote est plus savoureuse, je l'admets.

C'est grand-mère Fredericka, et pas nos parents, qui me raconta qu'un jour je disparus pendant suffisamment longtemps pour qu'on appelle la police. Il s'avéra que j'avais suivi le père Noël à la sortie d'un grand magasin jusqu'au bureau de tabac, où il avait acheté des cigares et m'avait offert la bague de l'un d'eux, ce qui fait que l'intervention de la police n'avait sans doute été pour moi que la cerise sur le gâteau d'une journée déjà très réussie.

Je tiens de grand-mère Donna, et non de nos parents, que j'avais une fois glissé une pièce de dix cents dans la pâte à gâteau pour faire une surprise. Une étudiante s'ébrécha une dent dessus et tout le monde crut que Fern était la coupable, jusqu'à ce que je me dénonce, prouvant que j'étais courageuse et honnête. Et généreuse avec ça, car j'avais sacrifié une de mes pièces.

Qui sait donc à quelles débauches, à quels jeux se sont livrés mes souvenirs quand ils rencontraient si peu de contradiction, si peu de frein ? Si on fait abstraction des railleries à l'école, les seules personnes qui parlaient encore de Fern étaient ma grand-mère Donna, jusqu'à ce que ma mère la fasse taire, et mon frère Lowell, jusqu'à ce qu'il nous quitte. Et tous les deux avaient des objectifs trop évidents pour être fiables : grand-mère Donna voulait exonérer notre mère de toute responsabilité, Lowell aiguisait ses histoires pour en faire des couteaux.

Il était une fois un père et une mère qui avaient deux filles, qu'ils avaient promis d'aimer exactement de la même manière.

2

Dans la plupart des familles, il y a un préféré. Les parents le nient, et peut-être n'en sont-ils réellement pas conscients, mais pour les enfants, c'est flagrant. L'injustice perturbe beaucoup les enfants. C'est dur d'être toujours le second.

C'est dur également d'être le préféré. Mérité ou non, le favoritisme est un fardeau.

J'étais la préférée de notre mère. Lowell était le préféré de notre père. J'aimais notre père autant que notre mère, mais c'était Lowell que je préférais. Fern préférait notre mère. Lowell aimait Fern plus qu'il ne m'aimait.

Lorsque j'énumère ces faits, ils paraissent relativement bénins. Chacun a sa part, après tout. Plus qu'il n'en faut pour tout le monde.

3

Les mois qui suivirent mon retour d'Indianapolis furent les plus éprouvants de ma vie. Notre mère était devenue un être flou. Elle ne sortait de sa chambre que le soir, toujours en chemise de nuit, un halo de flanelle fleurie avec un col orné d'un nœud enfantin dérangeant. Ses cheveux, qu'elle avait cessé de coiffer, s'enroulaient autour de son visage comme des volutes de fumée et ses yeux étaient si enfoncés qu'ils semblaient meurtris. Elle commençait à parler, levait les mains pour se taire aussitôt, réduite au silence par ce geste, le simple mouvement de ses propres mains.

Elle ne mangeait presque rien et ne cuisinait pas. Notre père assurait l'intérim, mais sans conviction. Il rentrait du campus et fouillait dans les placards. Je me souviens d'avoir dîné de crackers tartinés de beurre de cacahuète, de soupe à la tomate en boîte en entrée, suivie de crème de palourdes en boîte en plat principal. Chaque repas, un cri de protestation silencieux.

Grand-mère Donna commença à venir chaque jour pour me garder, ce qui à Bloomington en 1979 ne signifiait pas que je devais rester sous sa surveillance constante. On me laissait vagabonder dans le quartier, comme on m'avait laissée vagabonder autour de la ferme, à la différence que, désormais, j'étais censée faire attention à la route plutôt qu'au ruisseau. Je n'avais pas le droit de traverser sans un adulte, mais j'étais généralement capable d'en dénicher un si nécessaire. C'est ainsi que je rencontrai la plupart de nos voisins : en leur tenant la main et en regardant à droite et à gauche. Je me souviens que M. Bechler me demanda si je m'entraînais pour les jeux Olympiques de la parole. J'avais l'étoffe d'une championne, selon lui.

Il n'y avait pas beaucoup d'enfants dans le quartier et aucun de mon âge. Les Anderson avaient une petite Eloise, mais c'était un bébé. Il y avait aussi un Wayne de dix ans deux maisons plus loin et un lycéen au croisement, en face. Personne avec qui on pouvait raisonnablement me demander de jouer.

Je me liai donc avec les animaux de la rue. J'avais un faible pour Snippet, la chienne des Bechler, un épagneul marron et blanc à la truffe rose. Ils la laissaient attachée dans le jardin, car elle s'enfuyait à la moindre occasion et avait déjà été heurtée par une voiture au moins une fois. Je passais des heures en compagnie de Snippet, sa tête sur ma jambe ou mon pied, les oreilles dressées, buvant mes paroles. Lorsque les Bechler s'en rendirent compte, ils me sortirent une chaise, une petite chaise qu'ils avaient achetée du temps qu'ils recevaient leurs petits-enfants, avec un coussin en forme de cœur.

J'étais très souvent seule, ou seule avec Mary (vous savez, Mary, mon amie imaginaire que personne n'aimait), ce qui était nouveau pour moi et ne me plaisait pas du tout.

Grand-mère Donna changeait les draps et faisait la lessive, mais uniquement en l'absence de notre père ; elle ne supportait pas de se trouver dans la même pièce que lui. Si Lowell était furieux que Fern ne fasse plus partie de notre vie, grand-mère Donna était furieuse qu'elle en ait fait partie un jour. Je suis sûre qu'elle aurait nié et prétendu l'avoir toujours aimée, mais, j'avais beau avoir cinq ans, je n'étais pas idiote. J'avais trop souvent entendu cette histoire au sujet de mon premier anniversaire, quand Fern avait vidé son sac à main et mangé la dernière photo prise avant la mort de grand-père Dan, un Polaroid qu'elle conservait dans son portefeuille et regardait quand elle se sentait triste.

Selon Lowell, s'il y en avait eu une seconde, je l'aurais sans doute mangée, puisque j'imitais presque toujours Fern. Il disait aussi que papa avait trouvé très révélateur que grand-mère laisse un sac rempli d'objets toxiques à la portée de Fern, mais hors de la mienne.

Notre père avait souhaité nous prénommer, Fern et moi, l'une Donna et l'autre Fredericka, en hommage à nos grands-mères. Il proposait de tirer à pile ou face qui serait qui, mais chacune voulait me donner son nom. Notre père, qui pensait accomplir un geste aimable, voire pacificateur, s'irrita de voir la tournure que prenait l'affaire. Il s'attendait sans doute à ce genre de réaction de la part de Donna, mais pas de sa propre mère. Il y avait menace de déchirure, de rupture dans la continuité spatio-temporelle des Cooke, mais notre mère intervint à temps, décrétant que je serais Rosemary et que Fern serait Fern, vu que c'était elle la mère et elle qui décidait. J'appris l'existence du plan initial uniquement parce que grand-mère Donna le mentionna un jour, un élément parmi tant d'autres confirmant la bizarrerie de papa.

Personnellement, je suis heureuse qu'ils y aient renoncé. Je suppose que c'est parce que ma grand-mère s'appelle ainsi, mais il n'empêche, Donna est pour moi un nom de grand-mère. Quant à Fredericka, ce n'est qu'un nom, certes, cependant j'ai du mal à croire que celui-ci n'aurait pas pesé lourd sur mon destin. J'ai du mal à croire qu'un tel prénom ne m'aurait pas laissé de graves séquelles psychologiques. (Mais ce n'est pas comme si je n'avais pas de séquelles, de toute manière.)

Grand-mère Donna nettoyait donc la cuisine et déballait la vaisselle ou une partie de mes vêtements quand elle se sentait d'attaque, vu qu'il était évident à présent que personne d'autre n'ouvrirait ces cartons. Elle me faisait à déjeuner et préparait une collation, quelque chose de reconstituant comme un œuf à la coque, qu'elle portait à notre mère. Elle l'asseyait sur une chaise pendant qu'elle changeait les draps, réclamait sa chemise de nuit pour la laver et la suppliait de manger. Parfois, elle était d'humeur charitable et elle dissertait sur son sujet préféré : la santé et les problèmes conjugaux de gens qu'elle n'avait jamais rencontrés. Grand-mère Donna affectionnait particulièrement les morts ; grande lectrice de biographies historiques, elle avait un faible pour les Tudors, chez qui les désaccords matrimoniaux étaient un sport extrême.

Si cela ne marchait pas, elle tentait la brusquerie. C'était un péché de gâcher une si belle journée, affirmait-elle, même si la journée n'était pas si belle. Ou : « Tes enfants ont besoin de toi. » Ou encore elle lui rappelait que j'aurais dû aller au jardin d'enfants l'année précédente et entrer à la maternelle cette année. (J'y avais échappé parce que Fern ne pouvait pas y aller. Ni Mary.) Et que quelqu'un devrait discipliner Lowell, il avait onze ans, bonté divine, on n'allait quand même pas le laisser diriger la maison. Elle aurait aimé voir un de ses enfants essayer de s'en tirer avec ce petit chantage affectif ; il aurait tâté de la ceinture de son père.

Elle se rendit une fois chez Marco, avec la ferme intention de ramener Lowell de force, mais elle revint vaincue, le visage comme un pruneau. Les garçons étaient allés se promener à vélo, personne ne savait où. Notre père l'avait remerciée de s'occuper de Lowell, avait ajouté la mère de Marco, et elle ne le renverrait que quand il le lui demanderait. Cette femme laissait les garçons livrés à eux-mêmes, dit grand-mère Donna à notre mère. Et, en plus, elle était très impolie.

Grand-mère partait toujours avant le retour de notre père, me faisant parfois promettre de ne pas dire qu'elle était venue, car le goût de la conspiration était aussi essentiel à sa personnalité que le blanc d'œuf l'est à la génoise. Mais papa savait, bien sûr. M'aurait-il laissée seule à la maison sinon ? Quand il rentrait, il allait chercher dans la chambre ce qu'elle avait cuisiné pour maman et le jetait à la poubelle. Il se prenait une bière, puis une autre, avant de passer au whisky. Il me tartinait un cracker de beurre de cacahuète.

Le soir, de mon lit, je les entendais se disputer : la voix de ma mère trop douce pour parvenir jusqu'à moi (ou bien elle ne disait rien), celle de mon père altérée (je le sais à présent) par l'alcool. « Vous me rendez responsable de tout, se plaignait-il. Mes propres enfants, ma propre femme. Qu'est-ce que je pouvais faire d'autre ? Je suis aussi bouleversé que vous. »

Enfin, un soir, Lowell rentra à la maison. Il monta l'escalier dans le noir sans bruit et entra dans ma chambre pour me réveiller.

— Si seulement, dit-il (ses onze ans face à mes cinq ans, me donnant un coup sur l'épaule afin que la manche de mon tee-shirt cache le futur bleu), si seulement pour une fois, rien qu'une fois, tu avais pu la fermer !

Jamais de toute ma vie, ni avant ni après, je n'ai été aussi heureuse de voir quelqu'un.

4

Je conçus une phobie de la porte close de la chambre de nos parents. En pleine nuit, je l'entendais battre comme un cœur. Quand Lowell acceptait de m'ouvrir, je me blottissais dans son lit, le plus loin possible de cette porte.

Parfois, mon frère avait pitié de moi. Et parfois, il me semblait qu'il avait peur lui aussi. La disparition de Fern et la dépression de notre mère nous pesaient à tous les deux et c'était un fardeau qu'il nous arrivait de porter ensemble, pendant de brèves périodes. Lowell me lisait une histoire ou me laissait jacasser pendant qu'il faisait des réussites élaborées nécessitant deux ou trois paquets de cartes, presque impossibles à gagner. Si n'importe qui pouvait gagner, quel intérêt ?

Parfois, s'il était à demi endormi, il m'autorisait à me glisser à côté de lui pour que je n'aie plus à entendre les cris de mon père. D'autres fois, il se souvenait qu'il me détestait et je remontais au premier étage, sanglotant sans bruit. Changer de lit était une coutume établie à la maison : Fern et moi finissions rarement la nuit là où nous l'avions commencée. Mes parents, qui estimaient qu'il était naturel et mammalien de ne pas vouloir dormir seul, nous laissaient faire, même s'ils auraient préféré, c'est sûr, que chacun reste dans son lit et qu'on ne sème pas la pagaille.

Lorsque Lowell dormait, je me calmais en jouant avec ses cheveux. Je m'amusais à coincer une mèche entre l'index et le majeur et à passer mon pouce sur les pointes rêches. Lowell avait la coupe de Luke Skywalker, mais la couleur était cent pour cent Han Solo. Bien sûr, je n'avais pas vu le film, à l'époque. J'étais trop jeune et en plus Fern n'aurait pas pu m'accompagner. Mais nous avions les cartes à collectionner. Je savais à quoi ressemblaient les personnages.

Et Lowell, qui l'avait vu plusieurs fois, nous l'avait joué. Luke était mon préféré : « Je suis Luke Skywalker. Je viens à votre secours. » Fern, qui avait des goûts plus sophistiqués, préférait Han : « Allez, Chico, on met la gomme. »

L'injustice perturbe beaucoup les enfants. Quand je vis enfin *La Guerre des étoiles*, je découvris avec stupeur que Luke et Han obtenaient une médaille à la fin, mais pas Chewbacca. Lowell ayant rectifié cette erreur dans son récit, je ne m'y attendais pas et cela me gâcha le film.

La chambre de Lowell sentait le cèdre humide à cause de la cage où trois rats rescapés du laboratoire de notre père couinaient et faisaient grincer leur roue toute la nuit. Rétrospectivement, il semble bizarre et incompréhensible que des rats de laboratoire puissent se retrouver propulsés du rang d'objets d'étude à celui d'animaux familiers du jour au lendemain, avec des noms, des privilèges et des rendez-vous chez le vétérinaire. Quel destin de conte de fées ! Mais je n'en prendrais conscience que plus tard. À l'époque, Herman Munster, Charlie Cheddar et Petit Chaperon Templeton ne représentaient rien d'autre qu'eux-mêmes à mes yeux.

Lowell sentait également, non pas mauvais, mais un peu fort pour mes narines, parce que son odeur avait changé. Je croyais que c'était parce qu'il était furieux, je croyais sentir la colère sur lui, mais c'était aussi qu'il grandissait, il avait perdu l'odeur sucrée de l'enfance et commençait à s'aigrir. Il transpirait dans son sommeil.

Presque tous les matins, il sortait quand tout le monde dormait encore. On l'ignorait à ce moment-là, mais il prenait le petit déjeuner chez les Byard. Les Byard étaient un couple sans enfants, des chrétiens dévots qui habitaient en face de chez nous. M. Byard avait mauvaise vue et Lowell lui lisait la page sportive tandis que Mme Byard préparait des œufs au bacon. Elle disait que Lowell était un vrai chou et qu'il était toujours le bienvenu.

Elle était plus ou moins au courant de la situation à la maison. Comme la plupart des habitants de Bloomington, même si personne ne comprenait vraiment.

— Je prie pour vous tous, me dit-elle un matin, se présentant à notre porte avec une boîte de cookies au chocolat, une silhouette d'ange en contre-jour, nimbée par la douce lumière du soleil d'automne. Souviens-toi que tu as été faite à l'image de Dieu. Accroche-toi à cette pensée et tu traverseras la tempête sans encombre.

« Seigneur tout-puissant, on croirait que Fern est morte », soupirait grand-mère Donna. C'est peut-être ce que vous imaginiez également, vous figurant qu'à cinq ans, bien sûr, je ne pouvais pas comprendre si on ne me le disait pas clairement, mais que tout le monde autour de moi savait.

Je suppose que mes parents m'expliquèrent ce qui s'était passé, plusieurs fois peut-être, et que je le refoulai.

Il est impossible qu'ils n'en aient pas dit un mot. Mais il y a un détail dont je me souviens nettement : je me levais chaque matin et me couchais chaque soir dans un état de terreur indéfinie. Ne pas savoir pourquoi ne rendait pas la chose moins effrayante. C'était peut-être même pire.

Quoi qu'il en soit, Fern était vivante et elle l'est toujours.

Lowell avait commencé à voir une thérapeute et c'était devenu un sujet récurrent des soliloques nocturnes de notre père. Dès que la thérapeute suggérait quelque chose – une réunion familiale, une séance avec les parents seuls, des exercices de visualisation –, notre père explosait. La psychanalyse était une arnaque, fulminait-il, juste bonne pour la théorie littéraire. Quand on créait une intrigue, c'était peut-être utile d'imaginer que la vie de quelqu'un pouvait être déterminée par un traumatisme qui remontait à la petite enfance et dont il ne se souvenait même pas. Mais où étaient les études en aveugle, les groupes témoins ? Où était la reproductibilité ?

Selon notre père, la nomenclature de la psychanalyse ne s'était revêtue d'un vernis scientifique que lorsqu'elle avait été traduite en anglais avec des termes latinisés. En allemand, elle était d'une modestie rafraîchissante. (Il faut se le représenter hurlant cela. Dans la maison où j'ai grandi, il était parfaitement ordinaire au cours d'une scène de ménage d'entendre des mots tels que « latinisé » ou « nomenclature » ou « reproductibilité ».)

Pourtant, c'était lui qui avait proposé la thérapie. Comme beaucoup de parents d'enfants perturbés, il éprouvait le besoin de faire quelque chose, et comme beaucoup de parents d'enfants perturbés, la thérapie était la seule solution à laquelle il avait pensé.

Pour moi, il avait engagé une baby-sitter. Melissa était une étudiante avec des lunettes de hibou, dont les mèches bleues dessinaient des éclairs dans ses cheveux. La première semaine, tous les jours, j'allais me coucher à l'instant où elle arrivait et ne me relevais qu'après son départ. L'enfant idéale pour une baby-sitter, il faut l'admettre.

C'était un comportement acquis. Quand j'avais quatre ans, une certaine Rachel avait usé d'un stratagème malhonnête pour me faire taire. Elle m'avait fourré une cuillerée de grains de maïs dans la bouche, affirmant qu'ils éclateraient et se transformeraient en pop-corn si je gardais la bouche fermée. Enchantée, je tins aussi longtemps que possible. Mon échec me déçut horriblement, jusqu'à ce que Lowell me révèle la supercherie. Cet épisode m'avait dégoûtée des baby-sitters.

Mais je finis par m'habituer à Melissa et je décidai que je l'aimais bien. C'était un coup de chance. J'avais échafaudé un plan dans le but de réconcilier ma famille avec la seule chose de valeur que j'avais à offrir, mon éloquence, et je ne pouvais y parvenir sans aide. Je m'efforçai d'expliquer à Melissa les jeux auxquels j'étais censée jouer pour mon père, les exercices que j'étais supposée faire, mais elle ne pouvait ou ne voulait pas comprendre.

On arriva à un compromis. Chaque fois qu'elle viendrait, elle m'apprendrait un mot du dictionnaire. Il n'y avait qu'une règle : le mot devait être si désuet et poussiéreux qu'elle ne le connaîtrait pas non plus. Le sens m'importait peu, ce qui rendait la tâche plus simple et moins fastidieuse. En échange, je m'engageais à ne pas parler pendant une heure. Elle mettait le minuteur du four, ce qui en général signifiait que je lui demandais toutes les cinq minutes si l'heure était bientôt écoulée.

Les choses que j'avais à dire s'accumulaient dans ma poitrine jusqu'à ce que je sois sur le point d'éclater.

« Tu as passé une bonne journée, Rosie ? » lançait mon père quand il rentrait et je lui répondais que ma journée avait été melliflue. Ou ubéreuse. Ou dodécaèdre. « Tu m'en vois ravi », rétorquait-il.

Rien de tout cela n'avait de valeur informative. À l'évidence, cela n'avait même pas besoin d'être cohérent. Catachrèse ? Un point supplémentaire.

Je m'efforçais simplement de lui montrer que moi, au moins, je poursuivais notre travail. Quand il serait disposé, il me trouverait, manches retroussées et dure à la tâche.

Un jour, grand-mère Donna força notre mère à sortir : café et emplettes. L'été était loin et l'automne s'acheminait vers sa date de péremption. Melissa était supposée me surveiller, mais le petit écran accaparait toute son attention.

Melissa faisait désormais partie de la famille et regardait la télévision tous les après-midi, ce qui était jusque-là interdit en pleine journée, les enfants étant censés s'amuser avec un bout de ficelle.

Melissa suivait un feuilleton. Ce n'était pas le même que celui de mes grands-parents, il n'y avait ni Karen ni Larry. Dans le feuilleton de Melissa, il n'y en avait que pour Ben et Amanda, Lucille et Alan. Et si celui de mes grands-parents était devenu olé olé, celui-ci était une véritable orgie. Melissa me laissait le regarder parce qu'elle savait que je n'y comprendrais rien et, comme je n'y comprenais rien, j'avais rarement envie de le regarder. D'autant plus que nous n'étions pas d'accord en ce qui concernait mon droit à faire des commentaires pendant l'émission.

Melissa commençait à se relâcher. Elle venait de m'apprendre un mot qu'elle m'avait fait jurer de ne jamais répéter devant mes parents : « ithyphallique ». Au moment de passer le SAT, si « ithyphallique » avait figuré parmi les questions, j'aurais sans doute décroché la timbale. Mais il ne faut pas rêver. Ce n'est pas un mot si utile que cela.

Et vous n'avez qu'à demander à Lowell si je suis du genre à tenir une promesse. Dès que mon père apparut, je me précipitai sur lui pour lui annoncer que ma journée avait été ithyphallique, au lieu du mot du jour officiel, qui était « catoptromancie ». Cependant, je ne saurais dire si cela joua un rôle déterminant dans sa décision de se séparer de Melissa.

Quoi qu'il en soit, avant de dire « ithyphallique » à mon père, je le dis à Lowell. Il était censé être à l'école, mais il était rentré plus tôt. Il s'était glissé par la porte de derrière et m'avait fait signe de le suivre dehors, ce que je fis, bien que pas aussi silencieusement qu'il l'aurait souhaité. Lowell, qui ne portait aucun intérêt à mes nouveaux mots, me fit taire d'un geste impatient.

Un de nos voisins attendait devant la maison, le garçon qui habitait au carrefour, le lycéen. Appuyé contre la Datsun bleue de notre mère, Russell Tupman alluma une cigarette fatiguée. Jamais je n'aurais imaginé trouver un jour Russell Tupman dans notre allée. J'étais charmée. J'étais flattée. Je tombai aussitôt amoureuse.

Lowell agita la main. Les clés de la voiture tintèrent.

— Tu es sûr d'elle ? demanda Russell, me désignant du regard. Il paraît qu'elle est bavarde.

— Nous avons besoin d'elle, répondit Lowell.

On m'ordonna de monter derrière et mon frère attacha ma ceinture, ce qu'il faisait toujours consciencieusement, même quand ce n'était pas Russell qui conduisait. J'appris plus tard que ce dernier n'avait pas son permis. Pas officiellement. Mais il avait pris des cours et tout, il savait conduire. Je ne me souviens pas d'avoir été inquiète un seul instant, en dépit de l'émoi que cela devait causer.

Lowell m'expliqua que nous partions en expédition, que c'était un secret, une mission d'espionnage, et que j'avais le droit d'emmener Mary, parce que Mary savait se taire et qu'elle était un exemple pour nous tous. J'étais aux anges, très honorée que les grands m'autorisent à les accompagner. Aujourd'hui, je me rends compte que Lowell n'avait que onze ans alors que Russell en avait seize, ce qui devait représenter un fossé énorme, mais à mes yeux d'enfant, ils étaient aussi prestigieux l'un que l'autre.

De toute façon, j'aurais donné n'importe quoi pour sortir de la maison. J'avais fait un cauchemar la nuit précédente. Quelqu'un frappait à la porte de nos parents, mais de l'intérieur. D'abord sur un rythme enjoué, comme des claquettes, puis les coups forcissaient et j'avais l'impression que mes tympans allaient exploser. Je m'étais réveillée terrifiée. Le drap sous moi était trempé et j'avais dû aller chercher Lowell pour qu'il change mon pyjama et la literie.

À la place de la station de notre mère, Russell mit WIUS, la radio étudiante. Je ne connaissais pas la chanson qui passait, mais cela ne m'empêcha pas de chanter à tue-tête sur la banquette arrière, jusqu'à ce qu'il me dise que je le soûlais.

Soûlais. Je le répétai plusieurs fois, mais tout bas, pour ne pas l'irriter. J'aimais la façon dont il roulait sur ma langue.

Je ne voyais pas le pare-brise, seulement le crâne de Russell qui rebondissait de temps en temps contre l'appuie-tête. Je cherchais une idée pour me faire aimer de lui. Quelque chose en moi me soufflait que les grands mots n'étaient pas le meilleur moyen de gagner son cœur, mais je n'avais rien d'autre à offrir.

Il y eut encore des chansons à la radio et une publicité pour une pièce radiophonique qui serait diffusée le jour de Halloween. Puis un auditeur appela pour parler d'un professeur qui avait obligé toute sa classe à lire *Dracula*, même les chrétiens qui pensaient que cela mettait leur âme en danger. (Faisons une courte pause pour imaginer ce que doit éprouver aujourd'hui quelqu'un qui se sentait menacé par les vampires en 1979.)

D'autres auditeurs réagirent. La plupart aimaient *Dracula*, mais pas tous, et personne n'aimait les professeurs qui se croyaient autorisés à dire à leurs élèves ce qu'ils devaient lire.

La voiture tressauta et je sentis des cailloux sous les pneus. Elle s'arrêta. Je reconnus la cime du tulipier à l'entrée du chemin qui menait à notre ancienne ferme, ses feuilles dorées s'agitant dans un ciel bleu-blanc. Lowell descendit pour ouvrir le portail et remonta.

J'ignorais que c'était notre destination. Ma bonne humeur s'envola. J'étais inquiète. Bien que personne n'ait jamais rien dit de tel, je supposais qu'on avait laissé Fern à la ferme avec les étudiants de troisième cycle. J'imaginais que sa vie n'avait pas beaucoup changé, en tout cas qu'elle avait connu moins de bouleversements que la mienne : maman devait lui manquer, bien entendu (elle nous manquait à tous), mais papa devait continuer à passer pour superviser les exercices ainsi que les jeux avec les jetons de poker et les raisins secs. Quand, dans deux mois, elle aurait six ans, je présumais que, comme tous les ans, elle aurait droit à un gâteau d'anniversaire avec les roses en sucre qu'elle et moi adorions. (Je ne peux pas affirmer qu'elle ne l'a pas eu.)

Je trouvais triste qu'elle ne voie plus notre mère et je n'aurais pas voulu être à sa place, mais je me disais que ce n'était pas si terrible que ça. Les étudiants étaient gentils et ils ne criaient jamais contre elle, parce qu'ils n'avaient pas le droit et que de toute manière ils aimaient Fern. Ils l'aimaient plus que moi. Parfois, je devais m'accrocher à leurs jambes et ne plus les lâcher pour qu'ils s'intéressent à moi.

À présent, nous roulions sur le chemin cahoteux. Fern entendait toujours quand une voiture approchait ; elle devait déjà être à la fenêtre. Je ne savais pas si je voulais la voir, mais j'étais sûre qu'elle n'en avait aucune envie.

— Mary ne veut pas voir Fern, dis-je à Lowell.

Il se retourna et me décocha un regard atterré.

— Non ? Tu ne pensais quand même pas que Fern était toujours là ? Putain, Rosie !

Je ne l'avais jamais entendu prononcer le mot « putain » avant. Quand j'y repense, je suppose qu'il s'efforçait d'impressionner Russell. « Putain » était un autre mot dont j'aimais la sonorité. Putain, putain, putain. P'tain, p'tain, p'tain.

— Quel bébé tu fais ! Il n'y a personne. La maison est vide.

— Je ne suis pas un bébé.

C'était un réflexe, j'étais trop soulagée pour me sentir insultée. Pas de retrouvailles désagréables, dans ce cas. Le feuillage des arbres flottait au-dessus de nous comme des nuages dorés ; en dessous, le gravier familier craquait sous les pneus. Je me souvins que je trouvais parfois des morceaux de quartz dans l'allée, transparents et cristallins. Comme les trèfles à quatre feuilles, c'était juste assez fréquent pour m'inciter à chercher. Il n'y avait pas de gravier devant la nouvelle maison et donc rien à chercher.

La voiture s'immobilisa. On descendit pour se diriger vers la porte de la cuisine, sur le côté, mais elle était verrouillée. Toutes les portes l'étaient, dit Lowell à Russell, et les fenêtres du premier étage avaient été munies de barreaux au cours de notre dernière année à la ferme, bloquant l'accès au pommier avant que j'aie le temps de peaufiner ma technique.

Notre seul espoir était l'ouverture pratiquée pour le chien. Je ne me souvenais pas d'en avoir jamais eu, mais apparemment si, un gros terrier, une femelle appelée Tamara Press que Fern aimait à la folie, au point de toujours vouloir dormir sur elle. Elle était morte du cancer juste avant mes deux ans. À la différence de la majorité des chatières, celle-ci était équipée de verrous extérieurs.

Lowell l'ouvrit. Je reçus l'ordre d'entrer.

Je ne voulais pas. J'avais peur. J'avais le sentiment que la maison était vexée de ne plus être ma maison, qu'elle se sentait abandonnée.

— Ce n'est qu'une maison vide, m'encouragea Lowell. Et Mary sera avec toi.

Comme si je pouvais penser qu'elle me serait d'une aide quelconque dans une bagarre. Mary ne servait à rien. C'était Fern que je voulais. Quand est-ce que Fern aurait le droit de rentrer à la maison ?

— Hé !

Russell me parlait ! Il me parlait à moi !

— On compte sur toi, microbe.

Alors, je le fis par amour.

Je me glissai dans l'ouverture et me relevai dans un rayon de soleil, où se carambolaient des grains de poussière scintillants comme des paillettes. Je n'avais jamais vu la cuisine vide. Le lino élimé était plus brillant et plus lisse à l'endroit où aurait dû se trouver la table. Fern et moi nous étions une fois cachées dessous pour dessiner sur le sol avec des feutres. On discernait encore le fantôme de notre œuvre, en cherchant bien.

La pièce vide se referma sur moi avec un bourdonnement, m'empêchant de respirer. Je sentais la cuisine entière vibrer de rage, mais j'ignorais si c'était la maison ou Fern qui était en colère. J'ouvris vite la porte aux garçons, et dès qu'ils entrèrent, la maison me relâcha. Elle n'était plus fâchée. Seulement infiniment triste.

Ils s'éloignèrent, parlant à voix basse pour que je n'entende pas, ce qui me rendit soupçonneuse et m'incita à les suivre. Il y avait tant de choses qui me manquaient. Le grand escalier. On le dévalait en glissant dans des poufs poires. La cave me manquait. En hiver, nous avions toujours des paniers de pommes et de carottes qu'on pouvait manger sans demander la permission, autant qu'on en voulait, même s'il fallait descendre dans le noir pour aller les chercher. Aujourd'hui, je ne descendrais pas dans le noir, pas question. Sauf si les garçons y allaient. Auquel cas, pas question que je ne descende pas.

L'espace et l'animation me manquaient. Avoir un jardin dont je ne voyais pas la limite me manquait. La grange, les stalles où s'entassaient chaises, vélos cassés, magazines, berceaux en osier, poussette et sièges-autos me manquaient. Le ruisseau et le brasero où nous faisions rôtir des pommes de terre ou du pop-corn en été me manquaient. Les bocaux de têtards sur la véranda, que nous gardions pour nos observations scientifiques, les constellations peintes au plafond, la carte du monde sur le sol de la bibliothèque, où nous pouvions nous installer avec notre casse-croûte pour déjeuner en Australie, en Équateur ou en Finlande. *Mes paumes couvrent les continents*, était-il écrit en lettres rouges incurvées à l'extrémité occidentale, tout en bas de la carte. Les miennes ne couvraient même pas l'Indiana, mais j'étais capable de le reconnaître à sa forme. J'espérais savoir lire bientôt. Avant le déménagement, ma mère avait commencé à m'apprendre dans les livres de mon père : « Le produit de deux nombres est un nombre. »

— Bonjour l'angoisse. C'est le musée des horreurs, ici, dit Russell.

Le lieu perdit aussitôt son lustre à mes yeux. Quel dépotoir ! Ma chambre dans la nouvelle maison était beaucoup plus grande que celle que j'avais ici.

— Est-ce que la pelouse est toujours électrifiée ? demanda Russell.

Le jardin était envahi de pissenlits, de boutons-d'or et de trèfles, mais on voyait que c'était censé être une pelouse.

— Qu'est-ce que tu racontes ? fit Lowell.

— J'ai entendu dire que si on marchait dans l'herbe, on s'électrocutait. Que c'était électrifié pour empêcher les gens d'entrer.

— Non, c'est juste de l'herbe normale.

Finalement, le feuilleton de Melissa s'acheva et elle remarqua que j'avais disparu. Elle fit le tour du quartier et les Byard finirent par la convaincre d'alerter notre père, qui venait d'apprendre que Lowell n'était pas à l'école. Il dut annuler son cours, ce qui nous fut répété à plusieurs reprises durant les jours suivants : ce n'était pas seulement lui qui avait été dérangé, mais une classe entière d'étudiants. Comme si son absence n'avait pas été le meilleur moment de leur semaine. En arrivant à la maison, il découvrit que la voiture de notre mère avait disparu.

Aussi, quand, à notre retour, il me souleva de la banquette arrière, il ne me demanda pas si j'avais passé une bonne journée. Ce qui ne m'empêcha pas de la lui raconter.

5

Il y a un détail que vous ignorez encore au sujet de Mary. Mon amie imaginaire n'était pas une petite fille. C'était un chimpanzé.

Tout comme ma sœur Fern, bien entendu.

Certains d'entre vous l'auront déjà compris. Les autres me reprocheront peut-être d'avoir tardé à révéler une chose aussi essentielle que le caractère simien de Fern.

À ma décharge, j'avais mes raisons. Pendant les dix-huit premières années de ma vie, j'ai été définie par le fait d'avoir été élevée avec un chimpanzé. J'ai dû traverser la moitié du pays pour mettre cette particularité loin derrière moi. Ce n'est certainement pas ce que je vais confier en premier à des inconnus.

Mais beaucoup, beaucoup plus important, je voulais que vous compreniez ce que cela signifiait vraiment. Je vous dis que Fern est un chimpanzé et déjà vous ne la voyez plus comme ma sœur. Vous pensez que nous l'aimions comme un animal familier. Après le départ de Fern, grand-mère Donna nous raconta, à Lowell et à moi, qu'à la mort de notre chienne Tamara Press notre mère était effondrée. En d'autres termes : exactement comme aujourd'hui. Lowell le répéta à notre père et tout le monde se sentit si offusqué qu'elle dut retirer ses propos.

Fern n'était pas le chien de la famille. Elle était la petite sœur de Lowell, son ombre, sa fidèle complice.

Nos parents avaient promis de l'aimer comme leur fille et, après, pendant des années, je me demandai s'ils avaient tenu cette promesse. Je prêtai une oreille plus attentive aux histoires qu'ils me racontaient, aux romans que je lus bientôt seule, pour découvrir à quel point les parents aimaient réellement leurs filles. J'étais fille en plus d'être sœur. Ce n'était pas seulement pour Fern que j'avais besoin de savoir.

Dans les livres, je trouvai des filles choyées et des filles opprimées, des filles qui parlaient fort et des filles muselées. Je trouvai des filles emprisonnées dans des donjons, battues et transformées en servantes, des filles chéries et néanmoins livrées à des monstres hideux. La plupart du temps, les filles qu'on envoyait loin de chez elles étaient orphelines, comme Jane Eyre ou Anne Shirley de la maison aux pignons verts, mais pas toujours. Gretel et son frère sont abandonnés en pleine forêt. Dicey Tillerman est laissée avec ses frères et sa sœur sur le parking d'un centre commercial. Sara Crewe a beau être la petite princesse adorée de son père, elle se retrouve en pension loin de lui. Il existait un large éventail de possibilités. Le sort de Fern n'avait somme toute rien d'exceptionnel.

Souvenez-vous de ce conte de fées que j'ai évoqué tout au début : la cadette dont les mots se transforment en pierres précieuses et en fleurs, l'aînée qui crache des serpents et des crapauds. Voici comment s'achève l'histoire : l'aînée est abandonnée dans la forêt, où elle meurt seule et malheureuse. Sa propre mère s'est retournée contre elle, apprend-on, un fait si dérangeant que j'aurais préféré ne jamais le connaître. Bien avant la disparition de Fern, j'avais demandé à notre mère de ne plus jamais nous lire ce conte.

Mais il se peut que cette dernière partie soit le fruit de mon imagination. J'ai peut-être pris conscience de ce que j'aurais dû ressentir seulement après le départ de Fern et j'ai alors corrigé mes souvenirs en fonction. Ce sont des choses qui arrivent. C'est même très fréquent.

Jusqu'au bannissement de Fern, je ne connaissais pratiquement pas un instant de solitude. Elle était ma jumelle, mon miroir déformant, ma moitié survoltée. Il est important de préciser que j'étais également tout cela pour elle. Je dirais que, à l'instar de Lowell, je l'aimais comme une sœur, mais dans la mesure où elle est la seule que j'aie eue, je ne peux pas en être certaine. Sans dispositif témoin, il est impossible de tirer une conclusion scientifique. Néanmoins, quand je lus pour la première fois *Les Quatre Filles du docteur March*, il me parut que j'aimais Fern autant que Jo aimait Amy, si ce n'est autant qu'elle aimait Beth.

Nous n'étions pas la seule famille ayant conçu le projet d'élever un jeune chimpanzé comme un petit humain, à l'époque. On en croisait tout le temps dans les allées des supermarchés de Norman, dans l'Oklahoma, où le docteur en psychologie clinique William Lemmon prescrivait à tour de bras les chimpanzés à ses étudiants et à ses patients.

Nous n'étions même pas la seule famille à élever un chimpanzé et un petit humain. Cependant, personne, depuis les Kellogg dans les années 1930, n'avait jumelé les deux bébés. Dans les années 1970, dans les foyers à chimpanzé, s'il y avait un enfant, il était en général plus âgé et ne faisait pas partie de l'expérience.

On nous éleva, Fern et moi, de manière aussi similaire qu'il semblait rationnellement possible. Je suis sûre que je fus l'unique sœur de chimpanzé du pays contrainte de décliner toutes les invitations à des goûters d'anniversaire, même si c'était avant tout à cause des microbes, les jeunes chimpanzés étant très sujets aux infections respiratoires. Au cours de mes cinq premières années, j'eus la permission d'aller à une seule fête et je ne m'en souviens même pas, mais Lowell me relata un malheureux incident impliquant une piñata, une batte de base-ball et des bonbons qui volaient dans tous les sens. Pour finir, Fern mordit à la jambe Bertie Cubbins, la fillette qui célébrait son anniversaire. Manifestement, il était très mal vu de mordre quelqu'un qui ne faisait pas partie de la famille.

Je ne fais que supposer, bien sûr, que les autres familles élevant un chimpanzé procédaient différemment. Mais Fern était très sensible à toute forme de favoritisme et, le cas échéant, elle réagissait avec vigueur et aigreur. L'injustice perturbe beaucoup les chimpanzés.

Mon tout premier souvenir est plus tactile que visuel : je suis couchée contre Fern et sa fourrure me chatouille la joue. Elle vient de prendre un bain moussant et sent le savon à la fraise et l'éponge mouillée. Quelques gouttes d'eau perlent au bout des poils blancs clairsemés de son menton. Appuyée contre son épaule, je les vois quand je lève les yeux.

Je vois aussi sa main, avec ses ongles noirs et ses doigts qui se détendent et se contractent. Nous devons être encore toutes petites, parce que sa paume est douce, plissée et rose. Elle me donne un gros raisin sec doré.

Il y en a un plein saladier par terre devant nous et je suppose qu'ils sont à Fern, qu'elle les a gagnés dans un de nos jeux, mais peu importe puisqu'elle les partage avec moi : un pour elle, un pour moi, un pour elle, un pour moi. Un sentiment d'intense satisfaction est associé à ce souvenir.

En voici un autre, plus tard. Nous sommes dans le bureau de mon père et nous jouons à un jeu que nous appelons Pareil/Pas-Pareil. À Fern, on montre deux objets : deux pommes, par exemple, ou une pomme et une balle de tennis. Elle tient deux jetons de poker, un rouge et un bleu. Si elle pense que les deux choses sont identiques, elle est censée tendre le rouge à Sherry, l'étudiante du jour. Le bleu signifie qu'ils sont différents. Il n'est pas certain qu'elle comprenne le jeu.

En ce qui me concerne, il est déjà trop simple. Je travaille avec Amy, qui m'a donné plusieurs listes de quatre éléments. On me demande lequel n'est pas à sa place. Ce n'est pas toujours évident. On passe de porcelet, caneton, cheval et ourson à cochon, canard, cheval et ours. J'adore ce jeu, surtout depuis que papa m'a expliqué qu'il n'y a pas de bonne et de mauvaise réponse ; c'est uniquement pour voir comment je pense. Non seulement je joue à un jeu où je ne peux pas perdre, mais en plus, j'ai le droit de dire tout ce qui me traverse l'esprit.

Je fais mes choix et je raconte à Amy ce que je sais des canards et des chevaux, ce que j'ai eu l'occasion d'en voir. Parfois, quand on donne du pain aux canards, les gros prennent tout et les petits n'ont rien. Ce n'est pas juste, n'est-ce pas ? Ce n'est pas gentil. C'est mieux de partager.

Je lui dis qu'une fois j'ai été pourchassée par des canards, parce que je n'avais pas assez de pain pour tous. J'ajoute que Fern ne donne pas son pain aux canards, qu'elle le mange en totalité, ce qui est parfois le cas, mais pas systématiquement. Amy ne me contredit pas, alors je m'enhardis. Fern n'est pas partageuse, dis-je, omettant qu'elle a toujours partagé avec moi.

Je raconte à Amy que je ne suis jamais montée à cheval, mais qu'un jour je le ferai. Un jour, j'aurai un cheval à moi, que j'appellerai Étoile, ou alors Éclair. Fern ne serait pas capable de monter à cheval, n'est-ce pas ? Je suis perpétuellement en quête de choses que je peux faire et pas elle. « Tu as peut-être raison », répond Amy, tout en notant chacune de mes paroles. La vie est merveilleuse.

Mais Fern s'énerve parce qu'elle n'a pas le droit de manger les pommes. Elle ne veut plus jouer à Pareil/Pas-Pareil. Elle nous rejoint, pose son front rugueux contre mon front lisse et plonge son regard ambre dans le mien. Elle est si proche qu'elle souffle dans ma bouche. Je sens qu'elle est mécontente : à son odeur habituelle de serviette mouillée s'ajoute une nuance plus piquante, presque âcre. « M'embête pas, Fern », dis-je en la poussant. Après tout, je suis en train de travailler.

Elle erre dans la pièce quelques instants, réclame par signes des pommes, des bananes, des bonbons, ce genre de friandises, mais d'un air abattu, car rien de tout cela ne se matérialise. Puis elle se met à bondir depuis le bureau de notre père jusqu'au gros fauteuil, aller et retour. Elle porte sa jupe jaune préférée, celle avec des oiseaux noirs dessus, qui s'envole quand elle saute, révélant sa couche-culotte. Sa lèvre avance et s'enroule, son visage est pâle et glabre. J'entends les petits *ouh ouh ouh* qu'elle fait lorsqu'elle est inquiète.

Elle ne fait pas ça pour s'amuser, mais moi, je trouve ça très drôle. Quand je grimpe sur le bureau de papa, personne ne me dit non, personne ne me conseille de faire attention, peut-être parce que personne n'a rien dit à Fern et que maintenant il est trop tard. C'est plus haut que je le croyais et j'atterris sur le coude. En tombant, j'entends le rire de Fern. Tout le monde est en effervescence, car normalement cela n'arrive qu'en cas de contact physique. Jusque-là, Fern n'a jamais ri que si elle était pourchassée ou chatouillée. Le rire moqueur est un trait distinctif humain.

Notre père dit à Sherry et à Amy d'écouter attentivement. Le rire suit la respiration de Fern, il sort par à-coups. Peut-être est-elle incapable de maintenir un son continu sur une série d'expirations et d'inspirations, suggère-t-il. Qu'est-ce que cela signifie pour le développement de la parole ? Personne ne semble se soucier du fait que Fern a fait preuve de cruauté, ce qui me paraît pourtant l'élément crucial de cet épisode.

Plus tard, parce que personne ne m'a écoutée quand j'ai dit que j'avais mal au coude et qu'il s'avère cassé, mon père me montre la radio pour se faire pardonner. Les fissures ressemblent aux fines lignes de la porcelaine craquelée. D'une certaine manière, la gravité de la fracture me console.

Mais pas complètement. Les choses dont je suis capable et pas Fern sont une taupinière en comparaison de la montagne de choses qu'elle peut faire et pas moi. Je suis bien plus grande, ce qui devrait faire une différence, pourtant, elle est bien plus forte. Mon seul avantage sur elle, c'est la parole, et je ne suis pas sûre que c'en soit réellement un. Je serais prête à échanger sur-le-champ si je pouvais moi aussi escalader la rampe de l'escalier ou m'étirer comme une panthère au sommet de la porte du garde-manger.

C'est pour cette raison que j'ai inventé Mary, afin de rétablir l'équilibre. Mary peut faire les mêmes choses que Fern, et plus encore. Et surtout, elle utilise ses pouvoirs pour le bien et non pour le mal, autrement dit pour mon bien et sous mon contrôle.

Mais je l'ai créée avant tout parce que j'avais besoin d'une camarade de jeu qui ne risquait pas d'être la préférée. Mary est une enquiquineuse et c'est sa plus grande qualité.

Quelques jours après l'expédition à la ferme, Mary et moi sommes perchées dans un érable, devant chez Russell Tupman. Nous observons la cuisine, où sa mère, un elfe vêtu d'un gilet en patchwork, a étalé des journaux sur la table pour découper un potiron.

Que faisions-nous dans l'érable de Russell ? C'était le seul arbre de la rue que je pouvais escalader sans mal. La base du tronc se divisait en trois parties, dont l'une était presque parallèle au sol, si bien que je pouvais marcher dessus comme sur une poutre en me tenant aux branches au-dessus de moi. Ensuite, il fallait grimper, mais les prises ne manquaient pas et je passais aisément d'une branche à l'autre. Le fait qu'on voyait à l'intérieur de la maison de Russell ne représentait qu'un avantage collatéral. Nous étions là pour grimper, pas en mission de reconnaissance.

Mary, qui pouvait monter plus haut que moi, affirma qu'elle distinguait toute la rue, jusqu'au toit des Byard. Elle prétendit aussi qu'elle voyait dans la chambre de Russell et qu'il sautait sur son lit.

Mais elle mentait, car un instant plus tard, Russell sortait par la porte de la cuisine et fonçait droit sur nous. L'arbre avait encore quelques feuilles rouges et j'espérais être cachée. Je me tins totalement immobile jusqu'à ce qu'il se plante en dessous de moi.

— Qu'est-ce que tu fabriques là-haut, microbe ? Tu nous espionnes ?

Je lui répondis que sa mère coupait un potiron, sauf que j'employai le mot « disséquer ». Lowell avait trouvé un jour une grenouille morte près du ruisseau et mon père et lui avaient passé l'après-midi à la disséquer sur la table de la salle à manger, découpant la petite noix mouillée qui lui servait de cœur. Cela ne m'avait pas gênée, mais, à présent, voir la mère de Russell évider le potiron me barbouillait. Je sentis mon estomac se soulever. Je déglutis et détournai les yeux.

Debout sur une branche, je m'agrippai à une autre au-dessus de moi, oscillant nonchalamment, sans cesser de parler. Personne n'aurait pu deviner que j'étais incommodée. Le comble du savoir-vivre.

— Fille-singe ! lança Russell, un terme qui deviendrait familier quand j'irais à l'école. T'es vraiment grave, ajouta-t-il, mais sur un ton suffisamment amical pour que je n'en prenne pas ombrage. Dis à ton frangin que j'ai son argent.

Je regardai de nouveau dans la cuisine. La mère de Russell avait entrepris d'extraire les intestins du potiron, qu'elle jetait par poignées sur le journal. Ma tête se vida et mes jambes se mirent à trembler. Pendant un instant, je crus que j'allais tomber ou, pire, vomir.

J'enfourchai la branche pour être plus stable, mais elle était mince, si souple qu'elle ploya sous moi et que je glissai, emportant feuilles et brindilles au passage. J'atterris par terre, pieds devant, fesses derrière. Mes mains étaient couvertes d'égratignures.

— Eh bien, bravo ! C'est quoi, ça ?

Russell montrait l'entrejambe de mon pantalon, où les feuilles avaient laissé une tache. Quelle humiliation ! Je savais qu'on n'était pas censé regarder mon entrejambe ni en parler. Je savais qu'il n'était pas censé être rouge automne.

Quelques jours plus tard, la police arrêtait Russell. Grand-mère Donna m'apprit qu'il avait organisé une soirée pour Halloween à la ferme. Toutes les fenêtres avaient été cassées. Une jeune fille mineure avait passé la nuit à l'hôpital.

La parole est un moyen de communication si imprécis que je me demande parfois pourquoi nous nous donnons tant de mal. Derrière les mots de ma grand-mère, j'entendais que Fern, tel un esprit vengeur, avait traversé le temps et l'espace pour détruire notre ancien foyer. Quelques vitres brisées ne me faisaient pas peur. Fern et moi avions un jour lancé une boule de croquet dans une fenêtre et nous avions bien rigolé, même si on nous avait passé un savon après. Mais toutes les fenêtres ? Cela n'avait rien d'une farce. Ce genre de carnage en règle, méthodique, signait une rage particulière.

Mais ce n'était pas le message que grand-mère Donna pensait me transmettre. En dépit de mon jeune âge, je devais savoir quc mélanger la drogue et l'alcool était dangereux, essayait-elle de me dire. Et elle espérait que jamais on ne devrait m'emmener à l'hôpital pour me faire un lavage d'estomac. Je briserais le cœur de notre mère.

6

Un matin, sans crier gare, maman cessa d'être floue. Je me réveillai au son de « Maple Leaf Rag » de Scott Joplin, dont les notes sautillaient joyeusement dans l'escalier. Notre mère annonçait le petit déjeuner au piano comme autrefois, les mains arquées, le pied sur la pédale. Elle s'était douchée et avait préparé à manger ; peu de temps après, elle se remit à lire, puis à parler. Des semaines s'écoulèrent sans que papa boive un verre.

Nous étions soulagés, mais pas autant qu'on aurait pu le croire. Il était difficile d'avoir confiance après avoir découvert cette autre facette de sa personnalité.

Cette année-là, on passa les fêtes à Waikiki, où le père Noël se baladait en caleçon de surfeur et en tongs, et où rien n'évoquait Noël. Nous n'avions jamais pu voyager avec Fern ; à présent rien ne nous en empêchait plus et nous avions besoin de nous évader un peu. L'année précédente, Fern s'était entêtée à brancher et débrancher la guirlande lumineuse, alors qu'on lui avait demandé cent fois d'arrêter. La tradition familiale voulait qu'on la laisse placer l'étoile à la cime du sapin.

Fern qui chipait un paquet caché en haut d'un placard au premier étage et poussait des cris d'excitation, dévoilant le pot aux roses. Fern qui emplissait l'air de lambeaux de papier cadeau le matin de Noël, nous les fourrant dans le cou comme si c'était de la neige.

C'était la première fois que je prenais l'avion, un matelas de nuages moutonnants au-dessous de nous. J'adorais l'odeur qui flottait à Hawaï, même à l'aéroport, un parfum de frangipanier qui s'insinuait jusque dans les shampoings et les savons de l'hôtel.

L'eau était peu profonde à Waikiki, si bien qu'on pouvait marcher loin, même moi. Nous passions des heures à barboter et le soir, quand je me couchais dans le lit que nous partagions, Lowell et moi, le sang battait dans mes oreilles. J'appris à nager au cours de ce voyage. Nos parents se tenaient au-delà des brisants et je faisais des allers et retours entre eux. J'étais presque sûre que Fern n'aurait pas été capable de nager, mais je ne posai pas la question.

J'eus une révélation dont je fis part à ma famille au petit déjeuner : le monde était divisé en deux, le dessus et le dessous. Quand on plongeait avec un masque et un tuba, on explorait le dessous, quand on grimpait aux arbres, on visitait le dessus, et aucune partie n'était mieux que l'autre. Je me rappelle que j'étais convaincue que c'était une découverte très intéressante et que quelqu'un devrait la noter.

Si tu as envie de dire trois choses, choisis-en une et ne dis que celle-là.

Pendant les mois qui suivirent la disparition de Fern, les deux choses que je taisais la concernaient toujours. À Hawaï, je pensai (mais ne dis pas) que si Fern pouvait grimper, moi je pouvais plonger. J'aurais aimé qu'elle soit là pour me voir. J'aurais aimé qu'elle soit là, piaillant devant un morceau de lave solidifiée, escaladant les troncs des palmiers comme Tarzan.

Elle aurait adoré le buffet du petit déjeuner.

Je la voyais partout, mais je ne le dis jamais.

Au lieu de quoi, j'observais ma mère, à l'affût du moindre signe de dépression. Elle se laissait flotter sur le dos dans l'océan ou se prélassait sur une chaise longue au bord de la piscine en sirotant des mai tai. À la soirée hula, quand l'animateur demanda des volontaires, elle se leva aussitôt. Je me souviens qu'elle était sublime, dorée par le soleil, des fleurs cascadant dans son cou, ses mains fluides et expressives, en dansant sur « Hukilau Song » : *Nous jetons nos filets dans la mer et tous les ama-ama viennent à moi.*

La veille du départ, au dîner, notre père fit une timide tentative en direction de notre mère. C'était une femme instruite. Une femme intelligente. N'avait-elle pas envie de travailler au lieu de rester coincée à la maison, surtout maintenant que j'allais entrer à la maternelle ?

J'ignorais que j'entrais à la maternelle. Je n'avais pas eu beaucoup d'occasions de fréquenter d'autres enfants et, dans ma grande bêtise, je m'en réjouis.

Par la vitre du restaurant, on voyait l'océan scintillant passer de l'argent au noir. Notre mère acquiesça vaguement, comme quand on ne souhaite pas approfondir le sujet. Elle n'eut pas besoin d'en dire plus, il n'insista pas. Nous étions tous très attentifs à ce qu'elle ne disait pas, à cette époque. Nous étions précautionneux les uns avec les autres. Nous marchions sur des œufs.

Cela dura plusieurs mois. Puis, un soir, au dîner, Lowell lâcha soudain :

— Fern adorait les épis de maïs. Elle en mettait partout, vous vous rappelez ?

L'image des grains jaunes collés sur les dents de Fern comme des insectes sur une moustiquaire me traversa l'esprit. Nous avions sûrement du maïs au menu lorsqu'il dit cela, ce qui signifie que l'été était revenu : orage et lucioles, presque un an depuis qu'on avait banni Fern. Mais je n'en suis pas sûre.

— Vous vous rappelez à quel point Fern nous aimait ? poursuivit Lowell.

Papa prit sa fourchette et la tint entre ses doigts tremblants. Il la reposa, jeta un bref regard à notre mère. Elle fixait son assiette et on ne distinguait pas ses yeux.

— Non, dit-il à Lowell. C'est trop tôt.

Mon frère secoua la tête.

— Je veux aller la voir. Nous devrions tous y aller. Elle doit se demander pourquoi nous ne venons pas.

Notre père passa la main devant son visage. Autrefois, il jouait à ce jeu avec Fern et moi. Il descendait sa main et nous découvrions une mine renfrognée. Il la levait et un sourire apparaissait. En bas grimace. En haut sourire. En bas Melpomène. En haut Thalie. Tragédie et comédie en mime.

Ce soir-là, sa main révéla un masque flasque et triste.

— Nous aimerions tous y aller, dit-il enfin d'un ton calme et ferme, qui n'avait rien à envier à celui de Lowell. La vérité, c'est que la transition a été très dure. À présent, elle a pris ses marques et elle est heureuse. Nous revoir ne réussirait qu'à la bouleverser. Je sais que tu ne veux pas être égoïste, mais, en fin de compte, elle serait plus mal pour que toi tu te sentes mieux.

Maman sanglotait, à présent. Lowell se leva sans un mot. Il prit son assiette pleine et la vida dans la poubelle. Il la mit avec ses couverts et son verre dans le lave-vaisselle. Puis il sortit de la cuisine et de la maison. Il ne rentra pas cette nuit ni la suivante. Il n'était pas chez Marco. Nous ne sûmes jamais où il avait dormi.

Ce n'était pas la première fois que j'entendais papa avancer cet argument. Le jour où j'étais allée à la ferme avec Russell et Lowell, quand j'avais finalement compris que Fern ne vivait plus là-bas, j'avais demandé à notre père où elle se trouvait.

Il était dans son nouveau bureau et on m'avait envoyée l'avertir que *Deux Cents Dollars plus les frais* commençait, car Lowell ne pouvait pas croire que « Va dans ta chambre et réfléchis à ce que tu as fait » signifiait « Tu ne regarderas pas ta série préférée ». J'envisageai de grimper sur le bureau et de sauter sur ses genoux, cependant, j'avais déjà fait une erreur de jugement en partant sans prévenir Melissa et je me rendais compte que papa n'était pas d'humeur joueuse. Il me rattraperait si je ne lui laissais pas le choix, mais il ne serait pas content. Alors, je l'interrogeai au sujet de Fern.

Il me prit dans ses bras. Il sentait le tabac et la bière, le café noir et l'Old Spice, comme d'habitude.

— Elle a une nouvelle famille, dans une autre ferme. Et il y a d'autres chimpanzés avec elle, elle a plein de nouveaux amis.

Je me sentis instantanément jalouse de tous ces amis qui avaient le droit de jouer avec elle, alors que moi, non. Je me demandai si elle me préférait l'un d'eux.

C'était étrange d'être assis sur un genou de mon père sans Fern de l'autre côté pour rétablir l'équilibre. Il me serra dans ses bras. Puis, comme il le dirait plus tard à Lowell (et sans doute plus d'une fois), il ajouta que nous ne pouvions pas aller la voir parce que ça la perturberait, mais qu'elle était heureuse.

— Elle nous manquera toujours, mais nous savons qu'elle est heureuse et c'est ce qui compte.

— Fern n'aime pas qu'on la force à manger des choses qu'elle ne connaît pas.

Cela me tracassait. Fern et moi ne mangions pas n'importe quoi.

— Parfois, la nouveauté a du bon. Il y a un tas de choses délicieuses dont elle n'a jamais entendu parler et qu'elle adorerait sûrement. Le mangoustan. Le corossol. Le jaque. Le durian.

— Mais elle peut quand même manger ce qu'elle préfère ?

— Le pois d'Angole. Les pommes d'amour. Les lunettes à la confiture.

— Mais elle peut quand même manger ce qu'elle préfère ?

— Les gâteaux roulés. Les chaussons. Les cornes de gazelle.

— Mais elle peut toujours…

Il baissa les bras.

— Oui. Oui, bien sûr. Elle peut manger ce qu'elle préfère.

Il l'a dit, je m'en souviens parfaitement. Et pendant des années, j'ai cru à cette ferme. Lowell aussi.

Vers l'âge de huit ans, un souvenir me revint. Il remonta par bribes, comme un puzzle que je devais assembler. Dans ce souvenir, j'étais toute petite, en voiture avec mes parents. Nous roulions sur une étroite route de campagne, entourés de boutons-d'or, de hautes herbes et de cerfeuil sauvage qui fouettaient les vitres.

Mon père s'arrêta pour laisser traverser un chat. En toute logique, je n'aurais pas dû le voir, attachée à mon siège à l'arrière, mais je me rappelle distinctement un animal noir avec le museau et le ventre blancs. Il hésitait devant nous, avançait et faisait demi-tour, jusqu'à ce que mon père s'impatiente et l'écrase. Je me remémorai le choc que j'avais éprouvé et mes protestations. Je me remémorai ma mère en train de prendre la défense de mon père, affirmant que le chat avait refusé de s'écarter, comme s'il n'y avait vraiment pas d'autre solution.

Lorsque j'eus reconstitué l'histoire, je présentai ce souvenir à la seule personne susceptible de le croire, ma grand-mère Donna. Elle était dans un fauteuil et lisait un magazine, sans doute *People*. Karen Carpenter venait de mourir, me semble-t-il ; mes deux grands-mères étaient très affectées. Je lui racontai mon histoire en tremblant, incapable de retenir mes larmes.

— Ma chérie, je suis sûre que c'est un mauvais rêve. Tu sais bien que ton père ne ferait jamais, jamais une chose pareille.

Si quelqu'un était prêt à imaginer le pire de mon père, c'était bien elle. Sa réaction me procura un immense réconfort. Elle me rendait ce que je pensais avoir perdu, la conviction que mon père était un homme bon, qu'il ne commettrait jamais un acte aussi cruel. Aujourd'hui encore, je sens le cahot du pneu qui roule sur le petit corps. Et aujourd'hui encore, je sais pertinemment que cela n'est jamais arrivé. C'est mon chat de Schrödinger à moi.

Mon père était-il bon avec les animaux ? Enfant, je le croyais, mais j'ignorais tout de la vie des rats de laboratoire. Disons qu'il était bon avec les animaux, sauf si l'intérêt de la science était en jeu. Jamais il n'aurait écrasé un chat s'il n'y avait rien à en apprendre.

Il était convaincu de notre nature animale, et moins enclin à anthropomorphiser Fern qu'à m'animaliser. Pas seulement moi, je le crains, mais vous aussi, nous tous. Il ne croyait pas à une quelconque pensée animale, pas selon sa définition de la pensée en tout cas, mais il n'avait guère d'admiration pour la pensée humaine de toute manière. Il comparait notre cerveau à une roulotte de cirque garée entre les oreilles. Ouvrez la porte et les clowns se bousculeront pour sortir.

L'idée de notre propre rationalité, disait-il, ne nous semblait convaincante que parce que nous désirions être convaincus. Mais nous n'abuserions jamais un observateur impartial, si un tel être existait. L'émotion et l'instinct étaient à la base de toutes nos décisions, de nos actions, de tout ce qui comptait pour nous, de notre façon de voir le monde. La raison et la rationalité étaient une mince couche de peinture sur une surface raboteuse.

La seule manière de trouver un sens au Congrès des États-Unis, me confia un jour notre père, c'est de se dire qu'il s'agit d'une étude sur les primates étalée sur deux siècles. Il n'a pas vécu assez longtemps pour être témoin de la révolution actuelle dans notre conception de la cognition chez l'animal non humain.

Pour ce qui est du Congrès, en revanche, il n'avait pas tort.

7

D'autres souvenirs de Fern :

Nous avons trois ans. Ma mère est assise dans la grande causeuse de la bibliothèque, si bien que Fern peut se blottir d'un côté et moi de l'autre. Il pleut. Il pleut depuis plusieurs jours et je n'en peux plus d'être à l'intérieur, je n'en peux plus de ne pas pouvoir crier. Fern adore qu'on lui lise des histoires. Elle somnole, paisible, serrée le plus près possible contre notre mère, ses mains jouant avec les passants de son pantalon de velours, lissant le tissu sur ses cuisses. Moi, en revanche, je ne tiens pas en place. Incapable de trouver une position confortable, je file des coups de pied à Fern pardessus les genoux de maman, essayant de la pousser à faire une bêtise. Notre mère m'ordonne de me calmer d'un ton acide.

Le livre est *Mary Poppins*, le chapitre, celui où une vieille dame brise ses doigts, qui se transforment en sucres d'orge qu'elle donne aux enfants. L'idée m'écœure un peu, mais Fern entend le mot sucre et sa bouche s'active paresseusement, rêveusement. Je ne comprends pas que Fern n'a pas conscience de ce que la dame fait avec ses doigts. Je ne comprends pas qu'elle ne suit pas l'histoire.

J'interromps constamment notre mère parce que je veux tout savoir. C'est quoi, un landau ? Et les rhumatismes ? Est-ce que j'en aurai un jour ? Et une jaquette ? Est-ce que je peux en avoir une ? Est-ce que Michael et Jane sont fâchés quand Mary Poppins prend leurs étoiles ? Et s'il n'y avait pas d'étoiles dans le ciel ? Est-ce que ça pourrait arriver ?

— Dieu tout-puissant ! s'écrie enfin maman. Est-ce que tu vas me laisser lire cette fichue histoire, à la fin ?

Et parce qu'elle a utilisé les mots « Dieu » et « fichue », ce qu'elle ne fait presque jamais, j'envoie Mary au sacrifice.

— C'est Mary qui veut savoir, lui dis-je.

— Eh bien, Mary commence à me taper sur les nerfs. Mary devrait être sage et prendre exemple sur notre petite Fern.

Comme j'ai sacrifié Mary, Fern m'a sacrifiée. Elle ignorait ce que signifiait « rhumatismes », mais parce que j'ai demandé, maintenant elle le sait. Elle apprend ce que sont les rhumatismes et on la félicite parce qu'elle se tait, alors que de toute manière elle ne peut pas parler ! Je pense qu'elle a reçu des compliments non mérités, ce qui ne m'arrive jamais. C'est évident que maman la préfère. Je vois la moitié du visage de Fern. Elle est presque endormie, une paupière papillotante, une oreille déployée comme un coquelicot dans sa fourrure noire, son gros orteil dans la bouche, avec des bruits de succion. Elle me regarde d'un air somnolent par-dessus sa jambe, lovée contre le bras de maman. Ah ! elle m'a bien eue, ce bébé encore en couches !

Deuxième souvenir : l'une des étudiantes de troisième cycle a reçu une compilation gratuite de la station de radio locale et elle met la cassette dans le lecteur. Nous dansons ensemble, toutes les filles – maman et grand-mère Donna, Fern et moi, les étudiantes, Amy, Caroline et Courtney. Nous dansons le rock sur « Splish Splash », « Paradise Park » et « Love Potion N° 9 ».

Je ne savais pas si c'était le jour ou la nuit. J'ai commencé à embrasser tout ce qui se présentait.

Fern tape des pieds de toutes ses forces. Elle saute sur les dossiers et retombe par terre. Elle se débrouille pour qu'Amy la fasse virevolter et rit quand elle est en l'air. Je me trémousse, me déhanche, gigote et me tortille.

— En ligne pour la conga ! s'écrie maman.

Nous serpentons à travers la maison, et Fern et moi dansons, dansons, dansons à la queue leu leu.

Troisième souvenir : soleil radieux et neige fraîche. Lowell lance des boules de neige contre la fenêtre de la cuisine. Elles explosent doucement et laissent des traces brillantes sur la vitre. Fern et moi, nous sommes trop excitées pour rester immobiles et nous virevoltons dans la pièce, traînant nos écharpes derrière nous et les faisant tournoyer. Nous avons tellement hâte de sortir que nous ne parvenons pas à nous habiller. Fern trépigne et se balance. Elle exécute un salto arrière et un autre, puis nous faisons une ronde endiablée, le sommet de son crâne bondissant au-dessous de moi.

Je demande d'où vient la neige, et pourquoi elle ne tombe qu'en hiver, et s'il neige en Australie en été, est-ce que ça signifie que là-bas tout est le contraire d'ici ? Est-ce qu'il fait jour pendant la nuit et nuit pendant le jour ? Est-ce que le père Noël apporte des cadeaux seulement si on n'a pas été sage ? Notre mère ne répond pas. Elle s'agite, parce que Fern refuse d'enfiler des gants et des bottes. Si on lui met quoi que ce soit aux pieds, Fern hurle.

La question des vêtements est délicate. Notre mère préfère ne pas l'habiller, sauf quand il fait trop froid (il a fallu faire une autre exception pour les couches) ; elle ne veut pas que Fern ait l'air ridicule. Mais je dois porter des vêtements, donc Fern aussi. De plus, elle en réclame. Maman décide que c'est une forme d'expression personnelle, une anthropomorphisation qui irrite notre père.

Pour cette fois, elle se contente d'accrocher ses propres gants aux manches de la parka de Fern. Elle lui fourre les mains dedans, mais ne dit rien quand celle-ci les retire aussitôt. Elle me met en garde : il faudra rester debout, pas question de gambader à quatre pattes dans la neige. Une odeur envahit la cuisine. Je vois que notre mère envisage de la laisser sortir comme ça. Je proteste :

— Elle sent mauvais.

Avec un soupir, maman défait la parka de Fern et la monte au premier étage pour la changer. C'est notre père qui la redescend et la rhabille. J'entends la douche au premier. J'ai si chaud à présent que je transpire.

Lowell a confectionné une fourmi. L'abdomen, qu'il appelle métasome, n'est pas assez gros à son goût – il veut une géante, une mutante, aussi grande que lui –, mais la neige est collante et la fourmi engluée. Lorsque nous sortons enfin, j'ai l'impression de pénétrer dans une boule à neige en verre. Nous rejoignons Lowell qui se démène pour déloger sa sculpture et la faire rouler. Nous sautillons autour de lui tandis qu'il s'échine. Fern grimpe dans le petit mûrier au-dessus de nous. Il y a de la neige sur les branches. Elle en mange un peu, secoue le reste sur nous jusqu'à ce que Lowell lui dise d'arrêter.

Mais Fern ne sait pas s'arrêter. Lowell met sa capuche. Elle se laisse tomber sur son dos, passe le bras autour de son cou. Je l'entends rire, un bruit comme le va-et-vient d'une scie. Lowell lève les mains, l'attrape et la fait tourner en l'air avant de la reposer. Elle est aux anges et remonte sur l'arbre, prête à recommencer.

Mais Lowell s'éloigne déjà. Ignorant les cris de déception de Fern, il cherche une plaque de neige vierge pour faire une autre fourmi.

— Je n'aurais pas dû vous attendre, c'est mon erreur. Il ne faut pas s'arrêter.

Je m'attarde, creusant une tranchée autour du métasome inachevé avec mes mains gantées. Fern descend de son perchoir et s'apprête à rejoindre Lowell. Elle se retourne pour voir si je la suis, et je lui fais signe de venir m'aider. En temps normal, cela serait sans effet, mais elle en veut encore à Lowell. Elle fait demi-tour.

Notre père se tient sur la véranda, son café à la main.

— « Rien de plus ne reste. Autour de la ruine / De ce colossal débris[1] », dit-il, indiquant l'abdomen de la fourmi avec sa tasse.

Fern s'assied par terre à côté de moi, le menton sur mon bras, les pieds sur le métasome. Elle fourre une autre poignée de neige dans sa bouche, fait claquer ses lèvres protubérantes et élastiques, puis se tourne vers moi, les yeux brillants. Ils semblent plus grands que ceux des humains, parce que le blanc n'est pas blanc, mais ambre, à peine plus clair que les iris. Lorsque je dessine son visage, j'utilise un pastel terre de Sienne brûlée. Fern, elle, ne termine jamais ses dessins, elle mange ses pastels avant.

1. Shelley, « Ozymandias », in *Les Romantiques anglais*, Desclée de Brouwer, traduction de Pierre Messiaen. *(Toutes les notes sont de la traductrice.)*

À présent, elle donne des coups de pied dans le tas de neige. Il n'est pas certain que son intention soit de m'aider, mais c'est efficace. À côté d'elle, je pousse avec les mains, et, plus facilement que je l'imaginais, la fourmi oscille pour finalement se dégager.

Je la fais rouler et elle grossit à vue d'œil. Fern bondit derrière moi comme un bouchon sur une vague, tantôt à la surface, tantôt s'enfonçant. Elle laisse un sillage tourbillonnant, une empreinte de diable de Tasmanie. Les gants accrochés à ses manches claquent sur la neige comme des poissons de cuir.

Lowell se retourne, la main en visière pour se protéger de l'éclat du soleil qui se réverbère sur la blancheur glacée.

— Comment est-ce que tu t'es débrouillée ? crie-t-il.

Il me sourit à travers le hublot de sa capuche.

— J'ai poussé de toutes mes forces. Fern m'a aidée.

— L'union fait la force, bravo, les filles ! dit-il en hochant la tête.

— L'amour fait la force, intervient mon père. L'amour.

Puis les étudiants arrivent. Nous allons faire de la luge !

Personne ne me dit de me calmer, parce qu'il n'y a pas moyen de calmer Fern.

J'ai un chouchou parmi les étudiants : Matt. Matt, l'Anglais de Birmingham qui m'appelle *mon cœur*, qui nous appelle toutes les deux ainsi, Fern et moi. J'enlace ses jambes et je saute sur le bout de ses chaussures. Fern se jette sur Caroline et elles tombent dans la neige. Lorsqu'elle se relève, on dirait un beignet saupoudré de sucre glace. Nous voulons toutes les deux qu'on nous soulève et qu'on nous fasse tourner, et nous le demandons chacune à notre façon. Nous sommes tellement excitées que nous ne sommes plus nous-mêmes, pour reprendre une expression de ma mère. Une expression dont la justesse me frappe soudain.

En ce temps-là, j'étais persuadée que je savais ce que pensait Fern. Aussi déconcertant que soit son comportement, quels que soient son déguisement et ses clowneries, j'étais toujours prête à les interpréter. Fern veut sortir. Fern veut regarder *1, rue Sésame*. Fern pense que tu es une patate. Il est certain que je lui faisais parfois dire ce qui m'arrangeait, mais pour le reste, je persiste et signe. Pourquoi ne l'aurais-je pas comprise ? Personne ne la comprenait mieux que moi ; je connaissais le moindre de ses tressaillements. J'étais réglée sur sa fréquence.

— Pourquoi est-ce que c'est elle qui doit apprendre notre langue ? demanda un jour Lowell à notre père. Pourquoi est-ce qu'on ne peut pas apprendre la sienne ?

Nous ne savions pas si elle était capable d'apprendre une langue, répondit papa, mais nous étions sûrs qu'elle n'en avait pas. Lowell confondait langue et communication, deux choses totalement différentes. Une langue, ce n'était pas que des mots. C'était aussi l'ordre de ces mots et la manière dont ils se modifiaient entre eux.

Ce qu'il dit était bien sûr plus complexe et plus long, trop pour Lowell et moi, et encore plus pour Fern. Il fut également question de l'*Umwelt*, un mot dont j'aimais la sonorité et que je répétai plusieurs fois comme un roulement de tambour, jusqu'à ce qu'on me fasse taire. Je ne m'intéressais guère au sens, à l'époque, mais je l'ai appris entre-temps. Il se trouve que le terme désigne la manière propre à chaque organisme de percevoir le monde.

Je suis fille de psychologue. Je sais que l'objet apparent d'une étude est rarement le véritable objet de l'étude.

La première fois qu'on éleva un chimpanzé aux côtés d'un enfant, dans les années 1930, le but était de comparer leurs capacités de développement, notamment dans le domaine du langage. En théorie, c'était également l'objectif de notre recherche. À d'autres.

Cette première expérience, jugée sensationnaliste, avait nui à la réputation des Kellogg et ils estimaient qu'elle les avait même discrédités aux yeux de la communauté scientifique. Et si je sais cela aujourd'hui, notre ambitieux de père devait en être conscient à l'époque. Dans ce cas, quel était l'objectif de l'étude Fern/Rosemary-Rosemary/Fern avant son interruption prématurée et calamiteuse ? Je n'ai toujours pas de réponse certaine.

Cependant, il me semble que la majorité des données intéressantes sont celles me concernant. L'écart entre mes progrès linguistiques et ceux de Fern était de plus en plus net à mesure que je grandissais, mais c'était tellement prévisible que cela ôtait toute valeur à une quelconque comparaison.

Toujours dans les années 1930, deux autres chercheurs, Day et Davis, découvrirent que la gémellité affectait l'acquisition du langage. Des travaux plus aboutis furent réalisés dans les années 1970, mais je ne suis pas sûre que nos parents regardaient dans cette direction non plus. D'autant plus que, en ce qui nous concernait, une étude portant sur des jumelles avec des potentiels de départ aussi différents n'aurait pas réellement eu de sens.

Si les étudiants nous observaient parfois isolément, nous passions néanmoins la plupart de notre temps ensemble, Fern et moi. J'avais pris l'habitude de parler à sa place et, de son côté, elle semblait avoir pris l'habitude de compter sur moi. À trois ans, j'étais déjà sa traductrice, ce qui très certainement retarda ses progrès.

J'en déduis donc que mon père n'étudiait pas tant la capacité de Fern à communiquer que sa capacité à communiquer avec moi. Cependant, dans ce cas, on ne peut pas négliger la réciproque, une réciproque inavouable, plus digne des journaux à sensation que des revues scientifiques. *Fern peut-elle apprendre à communiquer avec les humains ?* était la question que mon père prétendait poser. Mais *Rosemary peut-elle apprendre à communiquer avec les chimpanzés ?* était la question qu'il faisait semblant d'ignorer.

Au début de l'expérience, un des étudiants, appelé Timothy, avait avancé que, pendant notre période préverbale, Fern et moi possédions une idioglossie, un langage secret composé de grognements et de gestes. Cette hypothèse ne figurant nulle part dans les écrits relatifs à l'étude, je n'en ai eu connaissance que récemment. Notre père estimait que les preuves étaient légères, peu scientifiques et, franchement, fantaisistes.

Lorsque Oofie le chimpanzé, star de la publicité pour les bagages American Tourister, passait à la télé, Fern ne lui accordait aucune attention. En revanche, elle réagit différemment quand elle tomba sur une rediffusion de *Lancelot Link, Secret Chimp*, un feuilleton des années 1970 mettant en scène des chimpanzés habillés et doublés par des voix humaines, avec le séduisant Tonga dans le rôle de Link. Ces singes parlants en costume-cravate fascinaient Fern. Elle regardait avec intensité, faisant avancer et reculer sa bouche préhensile, et exécutait le signe pour chapeau.

— Fern veut un chapeau comme celui de Lancelot Link, dis-je à ma mère.

Il était inutile que j'en réclame un pour moi. Si Fern en obtenait un, j'aurais aussi droit au mien.

Nous n'eûmes de chapeau ni l'une ni l'autre.

Peu de temps après, un jeune chimpanzé appelé Boris passa un après-midi à la ferme. Fern fit pour le désigner le signe qu'elle réservait aux araignées violonistes que nous trouvions parfois dans la grange, et que ma mère traduisait par « caca à pattes », tandis que Lowell préférait « merde à pattes ». (Ce qui me semblait plus logique. « Caca » est un mot pour rire. « Merde » est un mot sérieux et Fern était très sérieuse.) Boris, selon Fern, était une répugnante merde à pattes. Puis une dangereuse merde à pattes.

Entourée d'humains, Fern pensait qu'elle était comme eux. Cela n'avait rien d'étonnant. Quand on leur demande de trier des photographies représentant des humains et des singes, la plupart des chimpanzés élevés par une famille ne commettent qu'une seule erreur : ils rangent leur propre portrait dans la pile des humains. Fern n'était pas différente.

Ce que personne ne semblait avoir prévu, c'était ma confusion à moi. Notre père ignorait alors ce que nous pensons savoir aujourd'hui, autrement dit que le système nerveux d'un jeune cerveau se développe en partie en copiant ceux qui l'entourent. Fern et moi passions suffisamment de temps ensemble pour que cet effet miroir fonctionne dans les deux sens.

Des années plus tard, je trouvai sur Internet un article que mon père avait écrit à mon sujet. Il avait été l'un des premiers à pressentir ce que devaient confirmer des études subséquentes sur des échantillons plus importants : contrairement à ce que nos métaphores laisseraient entendre, l'homme est beaucoup plus imitatif que les autres primates.

Par exemple, si on montre à un chimpanzé comment prendre de la nourriture dans une boîte à compartiments en procédant à diverses manipulations plus ou moins complexes, il sautera toutes les étapes inutiles pour aller directement à la récompense. L'enfant humain, en revanche, a tendance à imiter jusqu'à l'excès, reproduisant chaque geste sans se soucier de sa nécessité. Il y a une raison qui explique pourquoi notre comportement de mimétisme idiot est en fait supérieur à celui plus réfléchi et efficace du chimpanzé, mais j'ai oublié laquelle. Reportez-vous aux publications scientifiques.

L'hiver suivant la disparition de Fern, et avec plusieurs mois de retard en raison du chaos à la maison, j'entrai à la maternelle, où mes camarades me surnommèrent la fille-singe, ou simplement le singe. Il y avait quelque chose de décalé chez moi, quelque chose qui ne sonnait pas juste, peut-être dans mes gestes, mes expressions, les mouvements de mes yeux, et certainement dans ce que je disais. Des années plus tard, mon père fit allusion en passant au phénomène de la vallée dérangeante : l'aversion que nous inspirent les choses qui sont presque, mais pas tout à fait, comme les humains. La vallée dérangeante est un concept difficile à définir et plus difficile encore à mesurer. Cependant, s'il est avéré, il expliquerait pourquoi le visage des chimpanzés est si perturbant pour certains d'entre nous. Aux yeux des enfants de ma classe, j'étais l'objet dérangeant. Ces gamins de cinq ou six ans ne se laissaient pas abuser par la contrefaçon.

Leur choix de mots était critiquable et je ne me privai pas de le leur faire remarquer : étaient-ils assez bêtes pour ne pas faire la différence entre les singes et les primates ? Ignoraient-ils que les êtres humains étaient également des primates ? Mais sous-entendre qu'être traitée de primate ne me posait aucun problème ne fit que renforcer la conviction de mes camarades. Leur instinct ne les avait pas trompés. Et ils refusaient de croire qu'ils étaient eux aussi des primates. Leurs parents les avaient rassurés sur ce point. On me dit qu'un cours entier de catéchisme avait été employé à réfuter mes arguments.

Avant de m'envoyer à l'école, ma mère avait essayé de m'inculquer quelques principes de base :

Me tenir droite.

Garder les mains immobiles quand je parlais.

Ne pas mettre mes doigts dans la bouche ni les cheveux d'un autre.

Ne pas mordre, jamais. Même si la situation le justifiait.

Contrôler mon excitation devant une gourmandise et ne pas regarder fixement les gâteaux de mes camarades.

Ne pas sauter sur les tables et les chaises quand je jouais.

Je m'en souvenais, la plupart du temps. Mais, quelles que soient les victoires, c'est toujours l'échec qu'on retient.

Une fois à la maternelle, j'appris aussi un certain nombre de choses :

Les visages des enfants étaient faciles à lire, plus expressifs que ceux des adultes, quoique pas autant que ceux des chimpanzés.

À l'école, on se taisait (ma mère aurait pu l'ajouter à sa liste, car la règle qu'on m'avait inculquée, ne dire qu'une chose sur trois, était loin de suffire).

Les grands mots n'impressionnent pas les enfants. Et les adultes attachent beaucoup d'importance au sens des mots. Il vaut donc mieux savoir ce qu'ils signifient avant de les employer.

Surtout, j'appris que, si on était différent, on était différent. Je pouvais changer ce que je faisais et je pouvais changer ce que je ne faisais pas. Mais rien ne changerait l'être que j'étais fondamentalement, le moi pas tout à fait humain, le moi fille-singe.

J'espérais que Fern s'en sortait mieux que moi parmi ses propres congénères. En 2009, une étude révéla l'existence du phénomène de la vallée dérangeante chez les macaques. Il est donc probable qu'on le rencontre aussi chez les chimpanzés.

Bien sûr, à l'époque, je ne pensais pas à ces choses-là. J'étais convaincue que Fern menait la vie de Tarzan à l'envers. Élevée parmi les hommes, elle avait retrouvé les siens et j'aimais croire qu'elle leur enseignait la langue des signes. J'aimais croire qu'elle résolvait des crimes, quelque chose de cet ordre-là. J'aimais croire que nous lui avions donné des super-pouvoirs.

Troisième partie

Je ne faisais pas de ces calculs si propres aux humains mais, sous l'influence du milieu, je me comportais comme si j'eusse calculé.

Franz KAFKA,
Ein Bericht für eine Akademie

1

Il est indiscutable que ma mère, mon père et Lowell étaient plus affligés que moi par la disparition de Fern. Je m'en tirais mieux, surtout parce que j'étais trop jeune pour comprendre réellement ce que cela signifiait.

Néanmoins, d'une certaine manière, c'est également moi qui en ai le plus souffert. Pour eux, Fern était arrivée au milieu de l'histoire. Leur personnalité était déjà formée et ils avaient un moi auquel retourner. En ce qui me concernait, elle était le début. Je n'avais que quatre semaines lorsqu'elle avait débarqué dans ma vie (et elle, à peine trois mois). Je n'ai pas connu celle que j'étais avant.

Elle me manquait physiquement avec une intensité lancinante. Son odeur, l'humidité poisseuse de son souffle dans mon cou. Ses doigts qui fourrageaient dans mes cheveux. Nous passions nos journées à nous asseoir côte à côte, nous coucher l'une sur l'autre, nous pousser, nous bousculer, nous frapper, et je souffrais d'une véritable carence. C'était une douleur, une faim à la surface de ma peau.

Je commençai à me balancer sur place sans m'en rendre compte, ne m'arrêtant que si on me rappelait à l'ordre. Je pris l'habitude de m'arracher les poils des sourcils. Et de me mordre les doigts jusqu'au sang, si bien que grand-mère Donna finit par m'acheter des petits gants blancs qu'elle m'obligea à porter, même au lit, pendant des mois.

Quand Fern était là, elle m'attrapait par la taille, m'enveloppait de ses bras musculeux en fil chenille, pressait sa tête et son corps contre mon dos, m'emboîtait le pas comme si nous n'étions qu'une seule et même personne. Cela faisait rire les étudiants et nous nous sentions drôles et aimées. Sa présence était parfois encombrante, mais la plupart du temps j'avais l'impression d'être augmentée, comme si ce qui importait, c'était moins ce dont Fern ou moi étions capables séparément que ce que nous pouvions faire à nous deux, c'est-à-dire presque tout ce que nous voulions. C'était cela, le moi que je connaissais : la moitié humaine des fabuleuses, des incroyables, des fantasmagoriques sœurs Cooke.

J'ai lu que rien ne pouvait se comparer à la mort d'un jumeau. Les survivants affirment se sentir non plus comme des individus à part entière, mais comme amputés d'une partie de leur être. Même quand la perte se produit in utero, certains gardent toute leur vie ce sentiment d'incomplétude. C'est particulièrement aigu pour les vrais jumeaux, un peu moins pour les faux. Si on descend encore d'un cran, on trouve Fern et moi.

Son absence ne me fit pas taire immédiatement – il fallut même plusieurs années –, cependant, je finis par comprendre que mon verbiage n'avait de valeur que par rapport à ma sœur. Lorsqu'elle quitta la scène, ma syntaxe créative, mes lexèmes composés et ma conjugaison agile devinrent indifférents à mon entourage. Si je m'étais figuré qu'on m'accorderait plus d'importance le jour où elle ne serait plus là pour faire le clown, je déchantai vite. Les étudiants disparurent de ma vie en même temps que Fern. Avant, chacune de mes paroles était une donnée précieuse qu'il fallait noter en vue de l'étudier. Du jour au lendemain, je ne fus plus qu'une petite fille un peu bizarre dans son genre, mais sans aucun intérêt scientifique.

2

Il existe un avantage dans le fait d'avoir une chambre jouxtant celle de ses parents. On entend des choses. C'est aussi un inconvénient. Parfois, mon père et ma mère faisaient l'amour. Parfois, ils parlaient. Parfois, ils parlaient en faisant l'amour.

Les années passèrent, mais les sujets dont discutaient nos parents sur l'oreiller, pas tant que cela. Mon père s'inquiétait pour sa réputation professionnelle. Il n'y avait pas si longtemps, il était un jeune chercheur prometteur qui collectionnait les bourses et les étudiants désireux de travailler sous sa direction. Il en avait six à la fin des années Fern, qui rédigeaient fiévreusement leur thèse à la ferme. Deux d'entre eux achevèrent leurs recherches comme prévu, les quatre autres n'y parvinrent pas : au mieux, ils durent réduire leur sujet, tirer de données insuffisantes des conclusions maigres et sans intérêt. La réputation du laboratoire, et du département tout entier, en souffrit.

Notre père devint paranoïaque. Bien qu'ayant publié des articles sérieux et novateurs au cours de ces cinq années, il était convaincu que ses collègues avaient perdu tout respect pour lui. Les preuves étaient partout, à chaque réunion des professeurs, chaque soirée. Cela l'amenait périodiquement à boire.

Lowell les préoccupait, Lowell surtout et moi aussi dans une moindre mesure. Allongés dans leur lit, nos parents s'inquiétaient. Qu'allait-on faire de nous ? Lowell redeviendrait-il un jour le garçon doux et sensible qu'il était au fond ? Quand réussirais-je à me faire des amis que je n'inventais pas ?

Selon sa thérapeute, Mme Dolly Delancy, Lowell avait cessé de croire qu'ils l'aimaient de manière inconditionnelle. Et comment aurait-il pu en être autrement ? On lui avait demandé d'aimer Fern comme une sœur, ce qu'il avait fait, seulement pour la voir exclue de la famille. Il était perturbé et il était en colère. « On avait bien besoin d'une professionnelle pour nous dire ça », ronchonnait mon père.

Notre mère aimait bien Mme Delancy. Pas mon père. Mme Delancy avait un fils, Zachary, qui était au cours élémentaire quand j'étais à la maternelle. Zachary s'allongeait sous la « cage à poules » et, chaque fois qu'une fille se balançait au-dessus de lui, il pouvait dire la couleur de sa culotte, même si elle portait un pantalon et qu'il fût évident qu'il ne voyait rien. Mes parents étaient au courant de ce petit travers. J'étais bien placée pour le savoir, puisque c'est moi qui le leur avais répété. Pour mon père, c'était une information pertinente. Révélatrice. Pas pour ma mère.

Mme Delancy affirmait que ce qui rendait Lowell difficile à vivre était en fait ce qu'il y avait de meilleur en lui : la loyauté, l'amour, le sens de la justice. Nous voulions qu'il change, mais pas qu'il change ce qui l'empêchait de changer. Un vrai casse-tête.

Je n'avais pas de thérapeute. Mme Delancy crut donc bon de donner son opinion à mon sujet. La situation me perturbait autant que Lowell, mais, alors que mon frère mettait constamment à l'épreuve l'autorité de nos parents, je me tenais à carreau de peur d'être bannie à mon tour. Les deux réactions étaient logiques. Les deux réactions étaient des appels au secours.

Les enfants sont plus à l'aise quand ils savent ce qu'on attend d'eux et que les conséquences sont prévisibles, affirmait Mme Delancy, faisant semblant d'ignorer que, si on fixait des limites à Lowell, il s'empressait de les franchir.

Mes parents décidèrent qu'il valait mieux que la ligne de démarcation reste floue afin d'apaiser son sentiment d'insécurité. La maison débordait d'amour pour Lowell ; il n'y en avait que pour ses plats préférés, ses livres préférés, ses jeux préférés. On jouait au Rummikub[1]. On écoutait Warren Zevon. On eut même droit à Disneyland. Ce qui le rendit furieux.

Je ne pense pas que les conclusions de Mme Delancy étaient erronées, mais je crois qu'elles étaient incomplètes. Elle n'avait pas pris en compte le chagrin violent que nous éprouvions tous. Fern n'était plus là. Sa disparition représentait un certain nombre de choses : la confusion, des sentiments d'insécurité et de trahison, un nœud inextricable de complications interpersonnelles. Mais c'était aussi une chose en soi. Fern nous avait aimés. Elle emplissait la maison de couleurs, de bruits, de chaleur et d'énergie. Elle méritait d'être regrettée et nous la regrettions douloureusement. Personne en dehors de la famille ne semble avoir jamais vraiment compris cela.

Comme l'école ne me procurait pas ce dont on estimait que j'avais besoin – le sentiment d'être appréciée et indispensable –, dès le cours préparatoire, on m'ins-

1. Jeu de société dont les règles sont proches du rami mais qui se joue avec des jetons numérotés.

crivit dans l'établissement hippie de Second Street. Les enfants ne m'aimaient pas plus, mais on n'y tolérait pas les insultes. Steven Claymore apprit aux autres à se gratter les aisselles, mais comme c'était le genre de chose que les enfants faisaient parfois, il était facile de se voiler la face. Ce qui permettait aux adultes, et à mes parents en premier, de se rassurer à bon compte. Au cours préparatoire, j'avais une maîtresse formidable qui m'aimait sincèrement, Mme Radford. Je jouai la poule dans *La Petite Poule rousse*, indiscutablement le premier rôle, la vedette du spectacle. Ma mère n'en demandait pas plus pour se persuader que j'étais épanouie. Sa catatonie avait cédé la place à un entrain absurde. Lowell et moi allions très bien. Nous étions des enfants adorables. Intelligents. Au moins, nous avions la santé ! Chaque planche de salut est une bascule qui s'ignore.

Existe-t-il un personnage plus isolé que la petite poule rousse dans la littérature ?

Je pense que mes parents avaient demandé à l'école de ne pas évoquer Fern en classe, car, à Second Street, la manière habituelle d'aborder les différences et les difficultés sociales était de se vautrer dans l'empathie.

« Si Tammy ne peut pas toucher aux petits gâteaux d'anniversaire de Shania, c'est parce qu'elle est allergique au blé. Aujourd'hui, nous allons parler du blé : où il pousse et dans quels aliments on en trouve. Demain, la maman de Tammy nous apportera des gâteaux à base de farine de riz pour que tout le monde puisse en goûter. Est-ce que quelqu'un d'autre a une allergie ? »

« Aujourd'hui, c'est le premier jour du ramadan. Quand Imad sera plus grand, il observera le ramadan en jeûnant chaque jour du lever au coucher du soleil. Jeûner signifie ne rien manger et ne rien boire sauf de l'eau. Les dates du ramadan sont liées à la lune, elles changent donc chaque année. Aujourd'hui, nous allons faire un calendrier lunaire. Nous allons nous dessiner en astronautes qui marchent sur la Lune. »

« Dae-jung ne parle pas anglais, parce que sa famille vient de Corée. Aujourd'hui, nous allons chercher la Corée sur la carte. Nous allons apprendre quelques mots en coréen pour que Dae-jung ne soit pas le seul à découvrir une nouvelle langue. Voici comment on dit "Bienvenue, Dae-jung" en coréen. »

Si mon enfance avec Fern n'a jamais fourni prétexte à une leçon de choses, c'est que mes parents l'avaient exigé. Sinon, je ne vois pas comment j'y aurais échappé.

Mon père m'enseignait des astuces censées améliorer mes relations avec les autres. Les gens, affirmait-il, aimaient qu'on reproduise leurs mouvements. Si quelqu'un se penchait vers moi pour me parler, je devais moi aussi me pencher. Croiser les jambes s'il le faisait, sourire et ainsi de suite. Il fallait que j'essaie avec les enfants à l'école, en restant subtile, bien sûr, car cela ne marcherait pas s'ils s'en rendaient compte. Ce conseil partait d'un bon sentiment, mais ne parvint qu'à me renvoyer à ma nature simienne. Pour eux, que faisais-je, sinon les singer ? Je n'avais donc pas été aussi subtile que je le pensais.

Ma mère avait une théorie. Je l'entendis à travers la cloison de la chambre. Il était inutile d'avoir beaucoup d'amis pour survivre à l'école, expliquait-elle à mon père. Il suffisait d'en avoir un. Pendant une brève période au cours élémentaire, je prétendis que Dae-jung et moi étions amis. Il ne disait rien, mais parler pour deux ne m'effrayait pas. Je lui rendais son gant quand il le faisait tomber. Nous déjeunions ensemble, ou du moins nous mangions à la même table, et, en classe, on lui avait attribué le bureau voisin du mien, supposant que, pipelette comme j'étais, je l'aiderais peut-être à progresser plus vite. Son anglais s'améliora effectivement en grande partie grâce à mon constant babillage, mais, dès qu'il fut capable de parler, il se fit d'autres amis. Notre relation fut belle, mais éphémère.

Dae-jung ne tarda pas à quitter notre école, de toute manière. Dès que son niveau d'anglais fut assez bon, ses parents l'envoyèrent à la Math and Science Academy North, un établissement privé sous contrat. En 1996, ma mère m'appela à Davis pour m'annoncer que Dae-jung étudiait tout près, à Berkeley. « Vous pourriez vous voir ! » s'écria-t-elle. C'est dire si ma brève croyance en notre amitié l'avait enfiévrée. Elle n'avait jamais pu y renoncer.

Le terme coréen pour « singe » est *won-soong-ee*. Je l'écris phonétiquement. Je ne connais pas la transcription correcte.

3

Pendant ce temps, mon frère poursuivait sa scolarité. Au lycée, il était plus facile à vivre qu'au collège. Il cessa de demander à voir Fern et même de prononcer son nom, se pliant aux usages familiaux. Il était froid, mais poli ; la paix recouvrait la maison comme une fine couche de neige. Une année, pour la fête des Mères, il offrit à la nôtre une boîte à musique qui jouait le thème du *Lac des cygnes*. Elle en pleura pendant des jours.

Marco était toujours le meilleur ami de mon frère, même si sa mère appréciait moins Lowell depuis qu'ils avaient fauché des bâtons de réglisse au Sahara Mart de Third Street, s'étaient fait prendre et avaient été mis au pilori pour l'exemple.

Lowell avait une relation intermittente avec une fille. Elle s'appelait Katherine Chalmers, mais tout le monde la surnommait Kitch. Kitch était mormone. Ses parents étaient stricts et débordés – ils avaient neuf enfants –, si bien que c'étaient ses deux frères aînés qui se chargeaient de la maintenir dans le droit chemin. Ils s'efforçaient de s'acquitter de leur devoir chacun à leur manière. L'un se présentait à notre porte et la ramenait à la maison manu militari dès que l'heure du couvre-feu était passée. L'autre lui fournissait des bouteilles de Boone's Farm, une infâme vinasse, pour qu'elle n'aille pas demander à des adultes dans la rue d'acheter de l'alcool à sa place. Quiconque connaissant un peu les travaux de notre père vous dirait que, dans le domaine du comportement, on n'obtenait guère de résultats avec ce mélange d'autoritarisme et de laxisme. D'ailleurs, Kitch avait mauvaise réputation.

Chez les Chalmers, Lowell n'avait pas le droit d'approcher de la chambre de Kitch, mais, à la maison, notre mère pratiquait ce qu'elle appelait la politique de la porte ouverte. Autrement dit, Kitch pouvait aller dans la chambre de Lowell tant que la porte restait grande ouverte. De temps en temps, on m'envoyait vérifier si la règle était bien respectée. Elle l'était toujours. Cependant, je les trouvais parfois tout habillés sur le lit, mais si collés l'un à l'autre qu'on avait l'impression qu'ils s'efforçaient frénétiquement d'occuper le même espace. Ma mère ne m'interrogeant jamais à ce sujet, je n'en parlais pas. L'âge aidant, j'avais appris à ne pas rapporter.

En fait, à un moment donné, j'avais cessé de parler, ou presque. Je ne saurais dire exactement quand c'était arrivé. J'avais vite compris que j'aurais moins de problèmes à l'école si je n'attirais pas l'attention sur moi, mais en être consciente et le faire étaient deux choses différentes. Mon comportement se modifia donc progressivement, à force d'efforts constants. D'abord, j'éliminai les grands mots. Je réduisis mon quota de phrases prononcées à voix haute, passant d'une sur trois à une sur quatre, puis cinq, six et sept.

Mais je n'en pensais pas moins et j'imaginais parfois ce qu'on m'aurait répondu si j'avais parlé, puis ce que j'aurais rétorqué et ainsi de suite. Sans l'exutoire de la parole, toutes ces choses informulées qui se bousculaient dans ma tête formaient une cohue tonitruante et bigarrée. Sous mon crâne, c'était un peu l'astroport de Mos Eisley dans *La Guerre des étoiles*.

Mes enseignants se plaignaient que je ne suivais pas en cours. Du temps où je parlais sans cesse, je parvenais encore à être attentive. J'étais devenue distraite, disait ma mère.

Inappliquée, selon mon père.

Lowell, lui, ne disait rien. Il n'avait sans doute rien remarqué.

En terminale, il était le meneur de jeu de l'équipe de basket de son lycée, South High School. Cette position s'accompagnait d'une telle aura de pouvoir et de prestige que ma vie s'en trouvait facilitée. J'allais à tous les matchs. L'écho des rebonds dans le gymnase, les sonneries, les odeurs, le ballon qui claquait sur le bois : autant de détails qui aujourd'hui encore, quand je les retrouve, me procurent une sensation de profond bien-être. Le basket dans l'Indiana. Tout le monde était gentil avec moi, quand mon frère dirigeait le jeu sur le terrain.

Le lycée de Marion avait une équipe très dynamique et un match contre eux s'annonçait. J'étais surexcitée. J'avais réalisé une affiche représentant un serpent enroulé autour d'un ballon pour former le numéro de Lowell, le neuf, que j'avais scotchée à la fenêtre du salon. Un jour où il était censé être à l'entraînement, je l'entendis rentrer. Il refermait toujours la porte avec un bruit caractéristique.

J'étais au premier, en train de lire je ne sais quoi – sans doute *Le Secret de Térabithia* ou *Where the Red Fern Grows* –, un roman jeunesse où quelqu'un meurt, en tout cas, car je pleurais comme une Madeleine. Maman était sortie, mais je ne pense pas qu'elle aurait pu faire quoi que ce soit, et je suis contente qu'elle n'ait pas essayé, parce qu'elle n'aurait pas pu s'empêcher de se reprocher son échec.

Je descendis voir ce qui se passait. La porte de la chambre de Lowell était fermée. Je l'ouvris. Il était allongé sur le ventre, les pieds sur l'oreiller, la tête de l'autre côté. Il leva les yeux, mais pas assez pour révéler son visage.

— Fous le camp.

Une voix pleine de venin. Je ne bougeai pas.

Il se leva et me fit face. Il avait le visage rouge, humide et boursouflé comme un nuage. Il me prit par les épaules et me poussa dehors.

— Ne remets jamais les pieds dans cette chambre. Jamais !

Il referma la porte.

Le soir, à table, il semblait normal. Il mangea et parla à papa du match à venir. Il ne mentionna pas qu'il avait raté l'entraînement et je ne dis rien. Nous regardâmes un épisode du *Cosby Show*. Je me souviens qu'il riait. C'était la dernière fois que nous passions un moment tous ensemble.

Cette nuit-là, il vida sa tirelire – une marionnette chaussette Groucho Marx que grand-mère lui avait tricotée des années plus tôt, quand il avait la varicelle – et mit l'argent dans son sac de gym avec quelques vêtements. Il savait toujours se débrouiller pour gagner des sous et ne dépensait jamais rien. Il devait donc avoir amassé un joli magot. Il emprunta les clés de notre père et se rendit à pied au laboratoire. Il réunit les rats dans quelques grandes cages et, une fois dehors, les libéra. Puis il prit le bus de Chicago pour ne jamais revenir.

De nouveau, les étudiants perdirent des données qu'ils avaient passé des années à recueillir. Ce n'était pas un service à rendre aux rats, déclara notre père. Pas par ce froid. Ce n'était pas un service à lui rendre non plus. À la suite de cet épisode, il ne récolta plus que les étudiants dont aucun autre professeur ne voulait. Quant à notre mère, je dirais seulement qu'elle prit très mal la disparition de Lowell, plus encore que celle de Fern. Je n'ai pas les mots pour décrire ce que cela lui fit. Elle n'a d'ailleurs jamais essayé de prétendre qu'elle s'en était remise.

Au début, nous pensions tous qu'il allait revenir. C'était bientôt mon anniversaire ; j'étais sûre qu'il ne le raterait pas. Il lui arrivait de s'éclipser pendant quelques jours, jusqu'à quatre d'affilée, puis il réapparaissait et nous ne savions jamais où il avait dormi. En dépit de la Grande Évasion des rats, il fallut donc un moment à mes parents pour comprendre que, cette fois, c'était différent. Au bout de deux semaines, ils décidèrent que la police, qui le considérait comme un fugueur classique et un adulte, puisqu'il venait d'avoir dix-huit ans, ne prenait pas l'affaire assez au sérieux. Ils engagèrent une détective privée du nom de K. T. Payne, une femme qui avait la tête sur les épaules. Au début, elle nous appelait régulièrement à la maison. Elle ne savait pas encore où était Lowell, mais elle avait une piste. On l'avait vu. Il s'était passé des choses. Il avait fait des bêtises, présumais-je, étant donné que personne ne me donnait de détails. « Salut, ma puce, disait-elle quand je décrochais. Ça boume ? » Je rôdais à proximité pour essayer d'entendre des bribes de conversation, mais les réponses de mes parents étaient toujours soigneusement brèves et anodines.

Puis Lowell disparut totalement de la circulation. À chaque appel, maman dépérissait un peu plus, si bien que papa demanda à K. T. Payne de téléphoner à son bureau.

On engagea un second détective.

Les semaines se transformèrent en mois, mais nous pensions encore qu'il finirait par revenir. Je ne m'installai jamais dans sa chambre, même si je dormais régulièrement dans son lit, pour me sentir plus proche de lui et m'éloigner de la cloison commune et des pleurs de notre mère. Un jour, je trouvai un billet qu'il m'avait laissé dans *La Communauté de l'anneau*. Il savait que je relisais souvent la trilogie de Tolkien ; il savait que bientôt viendrait le jour où je rechercherais la consolation de la Comté, qui n'était pas si différente de Bloomington et, à vrai dire, d'un tas d'autres endroits. *Fern n'est pas dans une ferme*, disait le message.

Je n'en parlai pas, car notre mère n'était pas en état de l'entendre. Je supposai que Fern avait vécu à la ferme, puis avait été renvoyée, sans doute pour mauvaise conduite. De toute manière, Lowell était sur le coup. Il allait s'occuper de Fern, puis il reviendrait me chercher.

Jamais l'idée que mon père ait pu mentir depuis le début ne m'effleura.

À huit ou neuf ans, quand j'allais me coucher, j'imaginais que Fern et moi habitions ensemble dans une ferme. Il n'y avait pas d'adultes, pas d'autres humains, que des jeunes chimpanzés, des chimpanzés qui avaient grand besoin que quelqu'un leur apprenne des chansons et leur lise des livres. Pour m'endormir, je me racontais donc que je racontais des histoires à des bébés chimpanzés. Mon fantasme s'inspirait en partie de *Peter Pan*.

Il empruntait également au *Robinson suisse*, revu par Walt Disney. Quand nous étions allés à Disneyland, c'était la cabane dans les arbres que j'avais préférée. Si seulement je n'avais pas eu des parents qui surveillaient mes moindres gestes, si seulement j'avais été une orpheline heureuse et libre, je me serais cachée sous le Pianola jusqu'à la fermeture et je me serais établie là.

Je transportai tout, racines, tronc et branches dans la ferme de Fern, où mes ruminations nocturnes s'appliquaient aux poulies et aux cordes, à la façon d'obtenir de l'eau courante et de cultiver des légumes – dans ma vie rêvée, j'aimais les légumes –, le tout sans avoir à quitter l'arbre. Je m'endormais, des visions d'appareillages complexes et de défis logistiques dansant dans ma tête.

Juste retour des choses, quelques années plus tard, les Robinson de Disneyland furent délogés de leur cabane pour céder la place à Tarzan et à sa maman singe, la bienveillante Kala.

Marion écrasa Bloomington South et remporta le championnat de l'État, inaugurant le *Purple Reign* de l'équipe des violets, qui conserverait le titre pendant trois ans. Honnêtement, je ne pense pas que Lowell aurait pu changer l'issue du match. Malgré tout, sa disparition me fit dégringoler dans la hiérarchie scolaire. Le lendemain matin, il y avait une guirlande de papier toilette accrochée dans notre mûrier et trois sacs de merde – vraisemblablement canine, mais qui sait ? – devant notre porte. Ce jour-là, nous avions joué au ballon prisonnier à l'école et, à mon retour à la maison, je n'étais plus qu'un immense hématome, de la tête aux pieds. Personne n'avait tenté de calmer le jeu. Je soupçonne même certains enseignants d'avoir dû se retenir pour ne pas participer.

Les mois se muèrent en années.

Le jour de mon entrée en cinquième, quelqu'un scotcha une page du *National Geographic* dans le dos de mon blouson. C'était une photo sur papier glacé représentant les fesses d'un chimpanzé femelle fertile, roses et enflées, une véritable cible. Pendant les deux heures suivantes, chaque fois que je longeais le couloir, des élèves se jetaient sur moi par-derrière, imitant un mouvement de copulation, jusqu'à ce qu'en cours de français mon professeur remarque la photo et la retire. Je crus que ce serait mon lot jusqu'à la fin de ma scolarité. Ajoutez-y du chewing-gum, de l'encre, de l'eau de la cuvette des W-C, et touillez bien. Lorsque je rentrai de l'école ce jour-là, je m'enfermai dans la salle de bains, je fis couler la douche pour couvrir mes sanglots et pleurai toutes les larmes de mon corps en appelant Lowell, car à l'époque je croyais encore qu'il reviendrait. Quand il serait là, il leur apprendrait, à tous. Il leur ferait regretter ce qu'ils avaient fait. Il fallait que je tienne le coup jusque-là, que je continue à m'asseoir dans ces salles de classe et à parcourir ces couloirs.

Je ne dis rien à mes parents. Ma mère n'était pas assez forte ; elle ne quitterait plus jamais sa chambre si elle le découvrait. Tout ce que je pouvais pour elle, c'était faire semblant d'être heureuse et je m'y consacrais comme si c'était un emploi. Pas de plainte à la direction sur les conditions de travail.

Il était inutile que j'en parle à mon père. Il ne m'autoriserait pas à abandonner dès le premier jour. Il ne pouvait rien faire pour m'aider, et s'il essayait quand même, il ferait quelque horrible gaffe. Les parents sont des êtres trop innocents pour le collège et ses visions infernales, tout droit sorties d'un tableau de Bosch.

Je ne dis donc rien. Ce qui n'était pas compliqué, vu qu'à cette époque je ne disais plus rien de toute manière.

Heureusement pour moi, ce premier jour fut le pire. D'autres élèves, qui manifestement exhibaient une différence encore plus insupportable que la mienne, devinrent les souffre-douleur en titre du collège. De temps en temps, quelqu'un me demandait d'une voix pleine de sollicitude si j'étais en œstrus, mais je ne pouvais m'en prendre qu'à moi-même : personne n'aurait connu le mot si je ne l'avais pas utilisé une fois au cours élémentaire, ce qui avait apparemment marqué les esprits. Le plus souvent, on ne me parlait pas du tout.

Dans leur chambre, la nuit, mes parents s'inquiétaient désormais de mon silence. Cela devait arriver, se rassuraient-ils mutuellement. C'était l'âge difficile ; eux-mêmes avaient traversé cette phase. Cela me passerait. Je trouverais un moyen terme entre ma loquacité d'autrefois et mon mutisme actuel.

De temps en temps, nous avions des nouvelles de Lowell. Une carte postale, tantôt accompagnée d'un message, tantôt sans rien, jamais signée. Je me souviens d'une photo du Parthénon de Nashville avec un cachet de la poste de Saint Louis. *J'espère que vous êtes heureux*, avait-il écrit au dos, ce qui était étonnant. Il fallait faire un effort pour le prendre au pied de la lettre, mais après tout, cette phrase ne voulait pas nécessairement dire autre chose. Lowell espérait peut-être vraiment que nous étions heureux.

Nous cessâmes de le chercher au début du mois de juin 1987, alors qu'il était parti depuis plus d'un an. Ce jour-là, j'étais dans l'allée. Je lançais une balle de tennis contre la porte du garage et la rattrapais, parce que c'est ce qu'on fait quand on joue seul. J'avais treize ans et un long été torride s'étirait devant moi jusqu'à la rentrée. Le soleil brillait, l'air était lourd et immobile. J'étais passée à la bibliothèque le matin et j'avais sept livres, dont trois que je n'avais jamais lus, qui m'attendaient dans ma chambre. De l'autre côté de la rue, Mme Byard m'adressa un signe. Elle tondait la pelouse et le moteur de l'engin bourdonnait comme une abeille, paresseux et lointain. Je n'étais pas heureuse à proprement parler, mais je me souvenais de la sensation du bonheur.

Deux hommes en voiture noire se garèrent devant la maison et s'approchèrent.

— Nous souhaitons parler à ton frère, dit l'un d'eux.

Il avait le teint foncé, mais pas noir. Des cheveux si ras qu'il était presque chauve, des gouttes de transpiration sur le crâne. Il sortit un mouchoir et s'essuya. J'avais envie de faire pareil, de passer la main dans ses cheveux. Le contact devait être agréable sur la peau.

— Tu veux bien aller le chercher ? demanda l'autre.

— Mon frère est avec Fern, déclarai-je, frottant mes paumes contre mes cuisses pour résister à l'impulsion de lui toucher la tête. Il est parti vivre avec Fern.

Ma mère sortit de la maison et me fit signe de la rejoindre sur la véranda. Elle me prit par le bras, me poussa derrière elle pour se retrouver entre les hommes et moi.

— FBI, madame, fit celui qui était presque chauve, montrant une carte.

Il expliqua qu'ils souhaitaient interroger mon frère dans le cadre d'une enquête sur un incendie qui avait causé 4,6 millions de dollars de dégâts au laboratoire de diagnostic vétérinaire John E. Thurman de l'université de Californie, à Davis.

— Il vaudrait mieux pour lui qu'il vienne nous voir de lui-même, dit l'un des hommes. Vous devriez le lui faire savoir.

— Qui est Fern ? demanda l'autre.

La plupart des rats libérés par Lowell avaient été repris, mais pas tous. En dépit des prédictions de notre père, certains survécurent au premier hiver et au suivant. Ils eurent une vie bien remplie : sexe, voyages et aventures. Pendant des années, on croisa des rats bicolores à Bloomington. On en trouva un dans une chaussure au fond du placard d'une chambre universitaire, et un autre dans un café en ville. On en vit également un sous le banc de la chapelle du campus. Et au cimetière de Dunn, mangeant des boutons-d'or sur une tombe datant de la guerre de l'Indépendance.

4

Puis j'eus quinze ans. Ce jour-là, je traversais à vélo le campus de l'université de l'Indiana, toujours magnifique à l'automne, lorsque quelqu'un m'appela par mon nom.

— Rosemary ! Attends ! cria cette personne. Attends !

Je m'arrêtai donc et reconnus Kitch Chalmers, à présent étudiante, qui semblait sincèrement heureuse de me voir.

— Ma vieille copine Rosemary Cooke ! Ça fait une éternité !

Elle m'emmena au foyer et m'offrit un Coca. Elle babilla un peu et je me contentai d'écouter. Elle regrettait d'avoir fait n'importe quoi dans sa jeunesse et espérait que je ne commettrais pas les mêmes bêtises. Il y avait des choses qui une fois faites ne pouvaient être défaites. Par chance, elle s'était ressaisie. Elle était membre d'une confrérie étudiante et elle avait de bonnes notes. Elle préparait un diplôme de pédagogie. Pourquoi est-ce que je n'en ferais pas autant ? « Tu serais une prof géniale », ajouta-t-elle. C'était l'idée la plus saugrenue que j'avais jamais entendue, même si c'est ce que je devais finir par faire.

Elle avait un copain adorable, qui était en mission au Pérou et ne laissait pas s'écouler une semaine sans l'appeler. Enfin, elle me demanda si nous avions des nouvelles de Lowell. Elle n'en avait jamais eu. Pas un mot depuis le jour où il était parti. Elle pensait qu'elle méritait mieux. Et nous aussi, précisa-t-elle, nous étions une famille sympa.

Puis elle me confia quelque chose que j'ignorais au sujet de la dernière fois qu'elle avait vu Lowell. Elle l'accompagnait à l'entraînement de basket quand ils étaient tombés sur Matt. Matt, mon chouchou parmi les étudiants de troisième cycle, Matt de Birmingham. Matt que je n'avais jamais revu après le départ de Fern.

Matt qui savait que je l'adorais mais ne m'avait jamais dit au revoir.

Il s'avérait que Matt avait quitté Bloomington avec Fern. Il avait paru surpris que Lowell ne soit pas au courant. Certains chimpanzés mouraient brutalement quand ils étaient soudain séparés de leur famille d'adoption, sans autre raison manifeste que le chagrin. On avait donc envoyé Matt, ou plutôt il s'était porté volontaire pour l'accompagner et faciliter la transition. Il avait emmené Fern dans un laboratoire de psychologie à Vermillion, dans le Dakota du Sud. L'établissement, qui abritait plus de vingt chimpanzés, était dirigé par un certain Uljevik, dont Matt pensait le plus grand mal.

Bien que Fern fût clairement traumatisée par la séparation, Uljevik ne voulait pas que Matt passe avec elle plus de quelques heures par semaine. Il l'avait mise aussitôt dans une cage en compagnie de quatre chimpanzés plus gros et plus âgés. Matt l'avait pourtant prévenu qu'elle n'avait jamais vécu qu'avec des humains. Il lui avait demandé de les présenter progressivement, mais l'autre n'avait rien voulu savoir. Elle devait apprendre à rester à sa place. Elle devait apprendre ce qu'elle était. « Si elle n'en est pas capable, nous ne pouvons pas la garder ici. » Pas une fois, pendant tout le temps où Matt était resté, il n'avait appelé Fern par son nom.

— Alors, poursuivit Kitch, Lowell a pété un câble.

Elle avait insisté pour qu'il aille quand même à l'entraînement. Elle craignait qu'il ne se retrouve sur la touche pendant le match contre Marion. Il avait une responsabilité envers ses coéquipiers, envers le lycée, zut, envers la ville entière. « Nom d'un chien, ne me parle pas de mes responsabilités », aurait-il répondu, ce dont je doute sérieusement : jamais Lowell n'aurait dit *nom d'un chien*. « C'est ma sœur qui est dans cette cage. » Ils s'étaient disputés et Kitch avait rompu avec lui.

Elle n'avait pas connu Fern et, comme tout le monde à Bloomington, n'avait jamais compris de quoi il retournait ; la réaction de Lowell lui paraissait aujourd'hui encore excessive et inexplicable.

— Je lui ai dit que je ne voulais pas être la petite amie du garçon qui avait perdu contre Marion, m'avoua-t-elle. Je le regrette maintenant, mais on s'envoyait toujours des horreurs à la figure. Je croyais qu'on finirait par se réconcilier, comme d'habitude. Lui aussi, il était capable de dire des trucs dégueulasses, ce n'était pas que moi.

Mais j'écoutais à peine, parce que les mots qu'elle avait prononcés avant résonnaient encore dans mes oreilles. « D'après Matt, là-bas, dans le Dakota, on traitait Fern comme un animal. »

J'ai déjà du mal à me pardonner ce que j'ai pu faire et ressentir à cinq ans, alors, en ce qui concerne mon attitude à quinze, ce n'est même pas la peine. Quand Lowell avait appris que Fern se trouvait dans une cage au fin fond du Dakota, il était parti le soir même. Moi, j'ai fait celle qui n'avait rien entendu. Pendant tout le récit de Kitch, j'avais le cœur au bord des lèvres. Je ne pouvais pas parler ni finir mon Coca avec cet horrible muscle charnu qui battait dans ma bouche.

Mais, tandis que je pédalais sur le chemin du retour, mes pensées s'éclaircirent. Le temps d'arriver à la maison, j'avais décidé que ce n'était sans doute pas si terrible. Sacré Matt. Allons, vingt nouveaux copains chimpanzés, une nouvelle famille. La cage devait être une mesure provisoire avant qu'on l'emmène dans la ferme de papa. Lowell était méfiant par nature. Ah ! ce Lowell, pensai-je. Il fallait toujours qu'il dramatise.

Et s'il y avait réellement un problème, il avait dû le régler. Il s'était rendu dans le Dakota et il avait fait le nécessaire. Puis il était allé à Davis, en Californie. C'était le FBI qui nous l'avait dit. Mon propre gouvernement. Il ne mentirait pas, quand même ?

Le soir, à table, je ne dis rien. C'était ma stratégie désormais. Les mots prononcés transformaient le savoir individuel en savoir commun et, une fois qu'on avait sauté le pas, il n'y avait pas de retour en arrière possible.

Ne rien dire était moins définitif, on pouvait toujours arranger les choses. Au fil des ans, je m'étais rendu compte que c'était généralement la meilleure solution. Le silence ne m'était pas venu aisément, mais, à quinze ans, j'étais une fervente convertie.

5

Après cet épisode, je m'efforçai de ne plus penser à Fern. Et, lorsque j'entrai à l'université, je n'étais pas loin d'avoir réussi. Tout cela était si ancien. J'étais si petite. J'avais vécu bien plus longtemps sans elle qu'avec elle, et j'avais presque tout oublié des années passées ensemble.

J'étais la dernière à quitter le nid. Bien que ma mère eût accédé à mon vœu ridicule d'aller étudier dans un autre État, sa voix au téléphone faisait peine à entendre, cette première année. Les vacances d'été arrivèrent. Si je rentrais à la maison, je ne serais pas considérée comme une résidente de l'État de Californie et je ne pourrais pas prétendre à la réduction des frais de scolarité en deuxième année. Je restai donc. Mes parents me rendirent visite en juillet. « Au moins, c'est une chaleur sèche », répétaient-ils à l'envi, un discours totalement absurde au-delà de quarante degrés. Nous fîmes le tour du campus en voiture, passant sans un mot devant le laboratoire incendié en 1987, qui était à présent opérationnel.

Puis ils rentrèrent à Bloomington, où en août ils emménagèrent dans une nouvelle maison. C'était une drôle de sensation de savoir qu'une fois de plus j'habitais dans un endroit que je n'avais jamais vu.

Sans décision consciente de ma part, j'évitai les cours touchant de près ou de loin aux primates. Pas de génétique, pas d'anthropologie et certainement pas de psychologie. Cependant, on n'imagine pas à quel point il est difficile d'y échapper. Prenez « Introduction au chinois classique » : une semaine entière consacrée à Sun Wukong, le roi des singes, et au chaos qu'il sème au royaume céleste. Un innocent cours sur la littérature européenne et ça ne rate pas : *Ein Bericht für eine Akademie* de Kafka, avec son narrateur, le simien Pierre le Rouge. Une métaphore de la judaïté, selon mon professeur, et pourquoi pas, mais, sincèrement, ce n'est pas la première interprétation qui vient à l'esprit. En astronomie, on peut s'attendre à un chapitre dédié aux chiens et aux singes qui les premiers furent envoyés dans l'espace. Pour peu qu'il y ait des photos d'astrochimpanzés casqués arborant un sourire jusqu'aux oreilles, on aura aussitôt envie d'expliquer au reste de la classe qu'ils ne grimacent ainsi que lorsqu'ils sont effrayés, et ce, quel que soit le temps passé en compagnie des humains. Ces chimpanzés apparemment joyeux sont en fait morts de trouille et il faut se mordre la langue pour ne pas le dire.

Il serait donc faux d'affirmer que je ne pensais jamais à Fern. Je n'y pensais jamais, sauf si j'y étais obligée et, le cas échéant, je ne m'appesantissais pas sur la question.

J'étais à Davis à la fois pour renouer avec mon passé (mon frère) et pour le laisser derrière moi (la fille-singe). La fille-singe, c'est moi, bien sûr, pas Fern, qui n'est pas et n'a jamais été un singe. Quelque part, dans une portion de mon cerveau à laquelle je n'avais pas accès, dans cette zone de la pensée qui précède le langage, je devais encore croire qu'il était possible de nous réparer, de vivre nos vies comme si Fern n'avait jamais fait partie intégrante de la famille. Je devais me figurer que ce serait une bonne chose.

Le jour de mon arrivée à la résidence universitaire, je me promis de ne jamais parler de ma famille. Je n'étais plus la pipelette d'autrefois et je pensais que ce ne serait pas très compliqué. Mais je constatai que les familles que nous avions laissées derrière nous étaient en fait un sujet de conversation fréquent et difficile à éviter.

En première année, je partageais ma chambre avec une inconditionnelle de *X-Files*, originaire de Los Gatos. Une blonde nommée Larkin Rhodes qui se teignait en roux et exigeait qu'on l'appelle Scully. En cas d'émotion violente, les joues de Scully passaient du rose vif au blanc pour redevenir roses, si rapidement que c'était comme un film en accéléré. Elle commença à parler de sa famille pratiquement à l'instant où nous fîmes connaissance.

Scully était arrivée la première, elle avait choisi un lit et jeté ses vêtements en tas dessus (ils restèrent là des mois, c'était comme si elle dormait dans un nid), et elle était en train d'accrocher des posters lorsque j'ouvris la porte. L'un d'eux était bien entendu l'affiche d'ovni du bureau de l'agent Mulder dans *X-Files*. L'autre celle d'*Edward aux mains d'argent*, qui était son Johnny Depp préféré. « C'est quoi, le tien ? » demanda-t-elle, et j'aurais peut-être fait meilleure impression si j'en avais eu un.

Par chance, Scully était l'aînée de trois sœurs et avait l'habitude de composer avec les esprits frustes. Elle me raconta que son père était un entrepreneur qui construisait des maisons haut de gamme : des demeures avec des échelles roulantes dans la bibliothèque, des carpes rouges dans la fontaine, des dressings de la taille d'une salle de bains. Il passait ses week-ends à des festivals Renaissance, où il portait un chapeau en velours et donnait le bon jour aux jouvencelles.

La mère de Scully concevait des ouvrages au point de croix et les commercialisait sous la raison sociale X-Rhodes (prononcer *Crossroads*). Elle organisait des ateliers dans tout le pays, mais elle était particulièrement populaire dans le Sud. Scully avait un coussin brodé représentant une vue aérienne de la Grande Muraille de Chine, avec un clair-obscur de toute beauté : vraiment, on s'y croyait.

À cause de sa mère, elle avait raté un bal du lycée pour nettoyer les joints de la salle de bains à la javel et à la brosse à dents. « C'est elle tout craché. Elle a le numéro de Martha Stewart[1] dans son portable, décréta Scully, avant d'ajouter : Pas pour de vrai. Genre psychiquement, tu vois. » Elle posa de grands yeux bleus tristes sur moi et poursuivit d'une voix plaintive : « Quand tu es gosse, tu as l'impression que tout est normal, puis un jour, tu te rends compte que ta famille est cinglée, tu vois ? » Lorsqu'elle me dit cela, nous nous connaissions depuis vingt minutes.

Scully était affreusement grégaire, tellement ouverte qu'elle en finissait par être enfermée : tout semblait se passer dans notre chambre. Je rentrais après les cours ou après dîner, je me réveillais en pleine nuit, et je découvrais une demi-douzaine de première année, assises le dos au mur, s'épanchant sur les schémas dysfonctionnels qui affligeaient leurs familles. Leurs parents étaient chelous ! Ils étaient carrément tordus. Comme Scully, elles venaient tout juste de s'en rendre compte. Toutes avaient des parents chelous.

L'une d'elles avait été privée de sortie par sa mère tout l'été, parce qu'elle avait eu un B+ en biologie. Sa mère avait grandi dans un quartier de Delhi où seuls les A étaient acceptables.

---

1. Femme d'affaires américaine, connue pour ses ouvrages et ses émissions sur l'art de vivre.

Le père d'une autre obligeait toute la famille à défiler devant le réfrigérateur pour boire un verre de jus d'orange lorsqu'il les emmenait prendre le petit déjeuner à l'extérieur, parce que c'était trop cher au restaurant mais qu'il n'y avait pas de petit déjeuner digne de ce nom sans jus d'orange.

Un soir, la fille de la chambre d'en face, Abbie Machin-Chouette, nous raconta comment sa sœur aînée, à seize ans, leur avait révélé que leur père l'avait forcée à toucher son sexe lorsqu'elle avait trois ans. Abbie était allongée au pied de mon lit, la tête appuyée sur une main, ses cheveux noirs tombant comme d'une fontaine sur son bras replié. Elle portait sans doute un débardeur et un bas de pyjama écossais en flanelle. Elle dormait et allait en cours avec. Elle prétendait que tout le monde à Los Angeles allait en cours en pyjama.

— Après ça, toute la famille s'est retrouvée en thérapie, chacun a pris parti, on se faisait tous la gueule, puis, soudain, elle s'est souvenue que ce n'était pas vrai : c'était un truc qu'elle avait dû rêver. Malgré tout, elle en voulait encore à mort à tous ceux qui ne l'avaient pas crue, parce que, hé, si ça avait été vrai ? Elle est folle à lier. Parfois, je la hais. Vous imaginez, genre tout allait bien jusqu'au jour où ma dingue de frangine a tout foutu en l'air.

C'était si grave que personne ne savait comment réagir. Tout le monde avait les yeux fixés sur Scully qui peignait ses ongles de pied avec un vernis pailleté d'or. Le silence s'éternisa tant qu'il devint gênant.

— Laissez tomber, reprit Abbie.

C'était ce qu'on disait dans les années 1990 pour montrer qu'on était cool et qu'on s'en tapait, même si on avait pu donner l'impression du contraire. Elle ne se contenta pas de le dire, elle fit le signe qui allait avec. Un T formé avec les deux index. C'était notre silence qui l'avait forcée à faire ça et nous n'en menions pas large.

Ce fut le premier signe que j'appris à la fac. Il y avait également le pouce et l'index en L contre le front, ce qui signifiait « loser ». Et les deux pouces l'un contre l'autre, index vers le bas, qui donnaient un M. On l'associait au T pour faire T – M – T – M, ce qui signifiait alors : « Ta mère en tongs au McDo ». Parce que ça se passait comme ça dans les années 1990.

Doris Levy prit la parole.

— Mon père chante quand il va faire les courses, dit-elle, les bras autour des genoux, assise par terre à côté des orteils dorés de Scully. À tue-tête.

Des chansons ringardes diffusées dans le magasin et son père au rayon des fromages qui les tâtait et les reniflait en beuglant joyeusement. « Mama Told Me Not to Come ». « Wake Me Up Before You Go-Go ».

— Il est peut-être homo, suggéra Scully. Moi, je trouve que ça fait quand même un peu homo.

— Un soir à table, de but en blanc, il m'a demandé si je le respectais, reprit Doris. Merde, qu'est-ce que j'étais censée répondre ? Tes parents aussi, ils doivent être un peu chelous, non ? fit-elle alors en se tournant vers moi.

J'avais bien senti l'appel du pied. Je comprenais que nous comblions le silence par solidarité, pour qu'Abbie ne regrette pas de nous avoir confié un épisode aussi gênant. Je savais que c'était mon tour.

Mais je ratai la passe. J'entendais encore la voix d'Abbie – *ma dingue de frangine a tout foutu en l'air* –, noyant le reste, comme si quelqu'un me hélait depuis une rive lointaine battue par la tempête.

— Pas vraiment.

Je m'arrêtai là pour ne pas parler de mes parents, qui, somme toute, étaient des gens assez ordinaires si on exceptait le fait qu'ils avaient essayé d'élever un bébé chimpanzé comme un enfant.

— T'as du bol d'être aussi normale, me dit Scully, tandis que tout le monde acquiesçait.

Quelle mystification ! Quel triomphe ! Manifestement, j'avais enfin effacé tous ces petits décalages qui me trahissaient, ces problèmes d'espace vital, de distance focale, d'expression faciale, de vocabulaire. Ainsi, l'absence de preuves du contraire suffisait à établir qu'on était normal. Déménager à l'autre bout du pays et ne plus ouvrir la bouche était un plan d'une efficacité diabolique.

Sauf que, soudain, la normalité ne semblait plus si désirable. Être différent était la nouvelle norme et, bien sûr, personne n'avait pensé à me transmettre le mémo. Je détonnais plus que jamais. Je n'avais toujours pas d'amis. Peut-être que je ne savais pas faire. À ma décharge, je n'avais guère eu l'occasion de m'entraîner.

Cacher qui j'étais vraiment était sans doute un obstacle. Et, après tout, ces gens qui défilaient dans ma chambre étaient peut-être mes amis. Je ne le voyais pas, parce que j'attendais trop de l'amitié. Mais peut-être que ce n'était pas aussi important que ça et qu'en fait j'étais entourée d'amis.

Un certain nombre d'éléments tendent néanmoins à indiquer le contraire. Je ne fus pas invitée quand Scully et un groupe de première année organisèrent un week-end de ski à Tahoe. Je ne l'appris qu'après, tout le monde ayant pris soin d'éviter de parler du projet dans la chambre et d'en discuter en ma présence. Au cours du séjour, Scully était sortie avec un étudiant plus âgé qui était à Cal Poly, l'école polytechnique. Il avait passé une nuit avec elle et l'ignorait depuis. Cet épisode ayant été amplement décortiqué, je n'avais pas pu y échapper et Scully s'en était rendu compte.

— On pensait que ça ne te brancherait pas, vu que tu viens de l'Indiana, dit-elle. La neige, tu dois en avoir ta dose.

Rire embarrassé, le regard partant dans tous les sens comme une balle de flipper, les joues embrasées. Elle était tellement gênée que j'avais mal pour elle.

Si vous avez pris l'UV de philosophie 101, vous avez sans doute entendu parler du solipsisme, une doctrine selon laquelle il n'y aurait pour le sujet d'autre réalité que lui-même. Autrement dit, on ne peut être certain que de son propre statut d'être conscient. Tous les autres sont peut-être des marionnettes privées de raison, manipulées par des puissances extraterrestres ou des protozoaires, ou encore de simples pantins qui s'agitent sans but. Et il n'y a pas moyen de prouver le contraire.

Les scientifiques ont résolu le problème posé par le solipsisme à l'aide d'un procédé appelé abduction ou inférence à la meilleure explication. C'est un compromis bancal dont personne n'est satisfait, hormis peut-être les puissances extraterrestres susnommées.

Je ne peux donc pas prouver que je suis différente, mais c'est ma meilleure explication. Je l'infère de la réaction des autres. Je suppose que mon éducation en est la cause. Inférence et supposition, fumée et gélatine, pas le genre de fondations sur lequel on peut bâtir une maison. En gros, je vous dis seulement que je me sens différente.

Mais peut-être vous sentez-vous différents vous aussi.

L'amitié entre chimpanzés dure en moyenne sept ans. Scully et moi partageâmes une chambre pendant neuf mois. Il n'y eut jamais ni brouille ni véritable querelle. À la fin de l'année, chacune fit ses bagages et partit de son côté d'un pas léger pour ne plus s'adresser la parole. Dites adieu à Scully. Nous ne la reverrons pas avant 2010, lorsqu'elle m'invitera à être son amie sur Facebook sans raison apparente et sans avoir rien de particulier à me dire.

En deuxième année, je décidai de partager un appartement et je répondis à une annonce trouvée sur le panneau du supermarché coopératif. Todd Donnelly, qui était en troisième année d'histoire de l'art, se révéla un colocataire aimable et paisible, un garçon qui croyait les autres sur parole, une façon de vivre dangereuse, mais généreuse. J'en appris beaucoup plus au sujet de son père irlandais, qui lui avait transmis ses taches de rousseur, et de sa mère japonaise, qui lui avait donné ses cheveux, que lui sur mes parents. Malgré tout il en savait plus sur moi que la plupart des gens. Entre-temps, j'avais trouvé le moyen de parler de ma famille. Rien de plus facile, tout compte fait. Il suffisait de commencer au milieu.

Un soir, Todd réussit à se procurer par un canal mystérieux un film d'animation des studios australiens Burbank, une version de *L'Homme au masque de fer*. Alice Hartsook, sa copine de l'époque (cet idiot aurait dû tout faire pour la garder), vint le regarder avec nous. Ils s'installèrent sur le canapé, chacun d'un côté et leurs orteils frétillants se rejoignant au centre. J'étais allongée sur le tapis avec des coussins. Nous mangions du pop-corn préparé au four à micro-ondes en écoutant

Todd discourir sur l'animation en général et le style Burbank en particulier.

Tout le monde connaît cette histoire. L'un des jumeaux est le roi de France. L'autre est enfermé à la Bastille, contraint de porter un masque de fer pour que personne ne voie son visage. Le jumeau emprisonné a toutes les qualités d'un bon roi. Le vrai monarque est un sale con. Au milieu du dessin animé, il y a un charmant ballet sous un ciel illuminé par un feu d'artifice. Curieusement, c'est à ce moment que j'eus l'impression d'étouffer. À la télévision : des pirouettes, des arabesques et une pluie d'étoiles colorées. Sur le sol : moi qui suais à grosses gouttes, avec le cœur battant à cent à l'heure, m'efforçant de respirer, mais incapable d'ouvrir mes poumons. Je m'assis ; la pièce s'assombrit et se mit à tourner lentement autour de moi.

Alice me jeta le sac de pop-corn vide et m'ordonna de respirer dedans. Todd se laissa glisser derrière moi, ses jambes m'encerclant, et me massa les épaules. C'était vraiment gentil de sa part, car il n'était pas tactile. J'aime être touchée. C'est mon côté fille-singe.

Détendue par le massage, je me mis à pleurer. Comme je soufflais encore dans le sac de pop-corn, mes sanglots évoquaient joliment l'océan, tantôt vagues, tantôt otaries.

— Ça va ? demanda Todd.

Ça n'allait évidemment pas, mais c'est le genre de question qu'on pose dans cette situation.

— Qu'est-ce qui s'est passé ?

Ses pouces malaxaient ma nuque.

— Ça va ? demanda Alice à son tour. Tu veux qu'on appelle quelqu'un ? Qu'est-ce qui s'est passé ?

Je n'en savais honnêtement rien. Et je ne désirais pas le savoir. Cette histoire avait réveillé un monstre et je ne tenais pas à le voir. Pas plus que je ne souhaitais voir la suite de *L'Homme au masque de fer*. J'affirmai que j'allais très bien, beaucoup mieux, et que j'ignorais ce qui m'avait mise dans cet état. Je m'excusai et j'allai pleurer dans ma chambre, mais discrètement pour ne pas les déranger.

J'imagine que c'est inévitable, quand on refuse de regarder la vérité en face. On finit par se casser le nez dessus. J'optai pour l'échappatoire d'autrefois. Je m'endormis aussi vite que possible.

6

Deux ou trois ans passèrent.

Et apparut Harlow.

Maintenant que vous me connaissez mieux, revenons à cette première rencontre. Je suis à la cafétéria avec mon sandwich au fromage et mon verre de lait. Harlow franchit la porte comme une tornade, si tant est qu'il existe de grandes tornades sexy en tee-shirt bleu avec pendentif en forme de poisson-ange.

Peut-être suis-je moins inquiète qu'on pourrait l'imaginer quand on entend cette histoire pour la première fois. Peut-être ai-je conscience que Harlow n'est pas aussi furieuse qu'elle en a l'air. La vaisselle brisée, les chaises qui volent : c'est un jeu. Peut-être vois-je qu'elle s'amuse.

C'était un beau spectacle et elle y prenait plaisir : la satisfaction du travail bien fait. Il n'était pas exceptionnel non plus, sinon je ne l'aurais pas démasquée. Malgré tout, pratiquant moi-même l'imposture, j'étais capable d'apprécier la vigueur de son jeu. J'admirais ses choix, même si ce n'étaient pas ceux que j'aurais faits. Monstre de foire ou mystificatrice, je m'interrogeais depuis que j'étais arrivée à la fac, et soudain je me retrouvais face à une fille assez culottée pour être les deux à la fois.

À l'époque, cependant, je ne comprenais pas plus le sens de mes réactions que vous la première fois que vous avez entendu cette histoire. Trop occupée à éviter les projectiles, à m'irriter des menottes, à appeler mon père, à signer les formulaires. Avance rapide jusqu'à mon retour à Davis, après Thanksgiving, lorsque je tombai sur Harlow dans mon appartement. Une telle situation n'aurait plu à personne. Et à moi, elle plaisait peut-être encore moins. « Ça recommence », pensai-je. Je me le dis si distinctement dans ma tête que je l'entendis. Comme si j'avais l'habitude de trouver mon espace vital envahi par quelqu'un qui n'avait aucun sens des limites, tripotait mes affaires et en cassait la plupart. Ça recommence.

À cet instant, l'hypnotiseuse claqua des doigts. Si j'étais aussi à l'aise avec les scènes et les débordements de Harlow, ce n'était pas à cause de nos goûts communs pour la mascarade. Ses excès ne me gênaient pas, parce que je les connaissais. Elle aurait pu pisser dans le coin de la pièce que je n'aurais pas été autrement choquée. D'après les critères familiaux, il n'y avait pas de quoi se mettre en émoi.

Mais je fus moins frappée par l'aspect familier de ce petit numéro que par le temps qu'il m'avait fallu pour mettre le doigt dessus. C'était une chose de dissimuler à mon entourage la fille-singe en moi, c'en était une autre de l'avoir totalement oubliée. (Pourtant, n'était-ce pas mon vœu le plus cher ? Eh bien, tout compte fait, ça ne me plaisait pas. Ça ne me plaisait pas du tout.)

Mon père, lui, n'avait pas été dupe. « Je suppose que tu t'es laissé entraîner », avait-il dit au téléphone, mais je n'avais pas relevé. Cela m'énervait au plus haut point quand il me comprenait mieux que je ne me comprenais moi-même et je préférais faire la sourde oreille de peur de devoir admettre qu'il avait raison.

Lorsque j'eus enfin la révélation, cela ne simplifia pas pour autant les sentiments que m'inspirait Harlow. D'un côté, je me rendais bien compte qu'elle était une source d'embrouilles. Dans la section Commentaire de mon bulletin de maternelle, on me décrivait comme une petite fille impulsive, possessive et exigeante. Des traits typiquement chimpanzé que je m'étais évertuée à éradiquer au cours des ans. J'avais l'impression que Harlow présentait des tendances similaires, mais sans manifester le moindre désir de se réformer. En sa compagnie, je risquais de retomber dans mes anciens travers.

En même temps, je ne m'étais jamais sentie aussi à l'aise avec quelqu'un. Mon sentiment de solitude était immense. Il ne faut pas oublier que j'étais passée en quelques jours d'une vie où j'étais constamment entourée à un long silence singulier. Quand j'avais perdu Fern, j'avais également perdu Lowell – du moins celui qu'il était avant – et mes deux parents, ainsi que, plus concrètement, tous les étudiants, y compris mon cher Matt de Birmingham, qui, le moment venu, avait choisi Fern.

J'avais conscience que Harlow était fondamentalement imprévisible. Mais j'avais aussi le sentiment qu'avec elle je pouvais être moi. C'était la dernière chose que je souhaitais et en même temps j'y aspirais de tout mon être. Ce serait sûrement intéressant de savoir qui j'étais vraiment, pensais-je avec la partie de mon cerveau que je tenais de mon père. Et avec celle qui me venait de ma mère : la petite Rosemary s'est-elle enfin fait une amie ?

Et nous revoilà au milieu de l'histoire où on m'avait laissée, candide étudiante encombrée d'un casier judiciaire dont elle se serait bien passée et d'une valise bleu ciel qui ne lui appartenait pas. Les étoiles du destin ont la danse de Saint-Guy.

Un : l'apparition suivie de la disparition presque immédiate des carnets de ma mère.

Deux : un message distant de Lowell, tel un coup frappé au mur du cachot voisin.

Trois : Harlow.

Lorsqu'un présage se répète trois fois, comme dans *Jules César*, même le fruste Caliban, quelques pièces plus tard, finit par avoir la puce à l'oreille.

Mais c'était le retour de mon frère qui occupait toutes mes pensées. J'étais dans un état d'exaltation fiévreuse, le genre d'exaltation qu'on éprouve le matin de Noël si on a une famille où, une année sur deux, la fête vire aux *Griffes de la nuit*.

Mes vacances de Noël débutaient moins de quinze jours plus tard. Si Lowell venait pendant les partiels, j'aurais du temps libre. Nous pourrions jouer au poker et au Rummikub. Peut-être aller à San Francisco, faire une randonnée au parc de Muir Woods. Il y avait un endroit près du lac Berryessa où, quand le ciel était dégagé, si on empruntait un chemin marqué PRIVÉ, DÉFENSE D'ENTRER, et qu'on escaladait une barrière avec le panneau LES CONTREVENANTS SERONT POURSUIVIS, on avait vue sur l'État tout entier : la sierra Nevada à l'est, le Pacifique à l'ouest. Trop délirant. Lowell adorerait.

S'il venait plus tard, je serais dans l'Indiana.

J'espérais donc qu'Ezra ne se trompait pas quand il affirmait que Lowell reviendrait dans quelques jours, et que par quelques jours il voulait dire deux ou trois. J'espérais que Lowell se douterait que je serais chez les parents pour les fêtes. J'espérais qu'il savait que j'étais obligée d'y aller, ne serait-ce que parce que lui n'y mettait plus les pieds. J'espérais que cela comptait pour lui.

Quelques semaines après mon arrivée à Davis, j'avais passé un week-end presque entier au sous-sol de la bibliothèque Shields, où se trouvaient les archives de presse. Je voulais consulter les articles sur l'incendie criminel du laboratoire de diagnostic vétérinaire John E. Thurman du 15 avril 1987. L'attentat n'avait pas fait beaucoup de bruit dans l'Indiana, où personne n'avait relié l'acte au meneur de jeu le plus haï de l'histoire du lycée de Bloomington. Même à Davis, à vrai dire, les détails sur l'affaire étaient minces.

Le laboratoire était en construction, à l'époque. Les dégâts étaient estimés à 4,6 millions de dollars. Le sigle de l'ALF, le Front de libération des animaux, avait été peint à l'intérieur de la carcasse du bâtiment et sur des véhicules de l'université voisine. « La recherche sur les animaux profite aux animaux, aux êtres humains et à l'environnement », avait déclaré le porte-parole de l'établissement.

L'ALF s'en était pris au laboratoire parce qu'il devait travailler pour l'industrie alimentaire. Cela, je l'avais appris par le courrier des lecteurs, car les articles eux-mêmes ne le mentionnaient pas. Selon le *Davis Enterprise*, la police n'avait aucun suspect, mais l'affaire relevait du terrorisme intérieur et elle avait été confiée au FBI.

J'élargis ma recherche aux incendies criminels dans le nord de la Californie. Des attentats avaient frappé peu après la San Jose Valley Veal Company, la Ferrara Meat Company et un élevage industriel de volailles. Ainsi qu'un fourreur de Santa Rosa. Personne n'avait été arrêté.

Je montai demander au bibliothécaire de m'aider à trouver des informations sur l'ALF, pour voir si c'était le genre de Lowell. Le groupe se donnait pour mission de sauver et libérer des animaux, mais aussi de voler des documents et des archives de laboratoire. L'ALF avait pris des photographies de vivisections afin de les diffuser dans la presse. Il avait détruit des équipements scientifiques, notamment un appareillage stéréotaxique pour les primates dont je ne connais pas et ne veux pas connaître l'usage. Il bombardait les chercheurs et les éleveurs de bétail de lettres de menace, laissait des messages sur leur répondeur, vandalisait parfois leur maison ou punaisait d'atroces photos de tortures animales dans les cours des écoles où étudiaient leurs enfants.

Quelques journaux étaient relativement bienveillants à l'égard du groupe, mais la majorité de la presse se montrait plus dure. Reuters comparait les raids de l'ALF à l'arche de Noé, avec Rambo à la barre. Cependant, tous étaient d'accord sur un point : quelqu'un finirait tôt ou tard par se faire tuer. Quelqu'un qui comptait. Un humain. On était passé tout près plusieurs fois.

Je tombai sur un article concernant un cambriolage à l'université de Californie à Riverside. Parmi les nombreux animaux volés figurait un tout jeune macaque répondant au nom de Britches. Les petits yeux de Britches avaient été cousus à sa naissance pour tester un sonar destiné aux enfants aveugles. Le projet était de le maintenir en vie pendant trois ans dans un état de privation sensorielle, puis de le tuer afin d'étudier les effets sur les zones correspondant aux fonctions visuelles, auditives et motrices de son cerveau.

Je ne voulais pas d'un monde où je devais choisir entre les bébés humains aveugles et les bébés singes torturés. À vrai dire, je pensais que le rôle de la science était justement de m'épargner ce genre de choix. Je résolus le problème en interrompant là ma lecture.

À l'époque de ce raid, Lowell venait de quitter la maison. Il avait été accepté à Brown et nous savions qu'il partirait bientôt pour l'université, mais il restait encore quelques mois, quelques mois où il traînerait avec Marco et Kitch, nous laissant croire qu'il était toujours des nôtres, que, même parti, nous pourrions le garder.

Les agents du FBI avaient confié à mes parents que la branche de l'ALF opérant sur la côte ouest était une organisation insaisissable, composée de cellules indépendantes, avec des refuges et un réseau clandestin pour transporter les animaux. Ils refusèrent de dire ce qui les avait menés à Lowell et de confirmer qu'il était suspect. Ils reconnurent néanmoins que la plupart des militants des droits des animaux étaient des jeunes hommes blancs issus de la classe moyenne.

Le laboratoire de diagnostic vétérinaire de Davis était à présent achevé depuis longtemps et les activités indéterminées que l'ALF avait tenté d'empêcher battaient leur plein. Je pouvais y aller à vélo quand je voulais. Je pouvais y aller, mais pas y pénétrer. Comme tous les établissements expérimentant sur les animaux à l'époque, il était sous haute surveillance.

Je m'apprêtais à appeler la compagnie aérienne une nouvelle fois pour exiger qu'on me remette ma valise et qu'on reprenne celle qui ne m'appartenait pas, quand Harlow débarqua avec une idée toute différente. Nous allions fracturer la serrure de la valise en notre possession, l'ouvrir et regarder ce qu'elle contenait. Nous ne volerions rien, bien sûr. Mais il lui semblait inconcevable de la rendre sans jeter un coup d'œil à l'intérieur. Allez savoir ce que pouvait receler une valise mystérieuse venant de l'Indiana (ou d'ailleurs). Des doublons d'or. Une poupée bourrée d'héroïne. Des Polaroid d'un membre du conseil municipal d'une ville du Midwest en flagrant délit d'adultère. De la mélasse de pomme.

N'étais-je pas curieuse ? Où était passé mon goût de l'aventure ?

J'étais impressionnée que Harlow connaisse la mélasse de pomme. Mais ce n'était pas une excuse pour la laisser faire. En fait, je comptais sur le code de la serrure pour l'arrêter. Il fallait des outils. Voire un expert en démolition. Normalement, dans le cadre d'une étude scientifique, quand on donne aux chimpanzés un problème de ce genre à résoudre, il y a une récompense au bout. Ils sont notés en fonction de leur taux de réussite et de leur rapidité, avec des points supplémentaires pour l'originalité de la méthode. Et ils peuvent manger ce qu'il y a à l'intérieur. Les chimpanzés trouveraient très injuste de devoir ouvrir une valise et d'être privés de récompense.

J'émis quelques vagues objections, puis, m'en remettant aux probabilités mathématiques (une chance sur dix mille de découvrir le bon code), j'acceptai d'aller chercher des cafés sous la pluie au supermarché coopératif.

Apparemment, on peut ouvrir une serrure à combinaison en quelques minutes. Il suffit de faire tourner chaque molette tout en examinant la fente pour repérer le cran. Ezra me fit une démonstration à mon retour. Conséquence indirecte de ses délires paranoïaques, il avait acquis un tas de techniques de commando. Ce type était un guide de survie dans la jungle à lui tout seul. C'était flippant de penser à ce dont il était capable.

Harlow l'avait trouvé sur le balcon du deuxième étage, où il faisait du tai-chi et révisait ses répliques de tueur. « Au premier qui déconne, je vous flingue jusqu'au dernier, bande de nazes. » Ezra m'avait dit une fois que chaque instant de sa vie était simultanément transformé en film dans sa tête, mais je suppose que beaucoup de gens font ça. Quoique sans doute dans un autre genre cinématographique.

Donc, dans la version filmée, c'est une scène romantique. Harlow tombe sur un Ezra ascétique, songeur et courtois. Elle enroule une mèche autour de son doigt. Changement de plan. On se retrouve dans le salon, deux têtes penchées sur le cadenas. Dans la version filmée, il y a une bombe à l'intérieur de la valise. Je reviens avec les cafés juste à temps pour les arrêter.

Sauf que je ne les arrêtai pas. Sans dire un mot, je laissai Ezra m'expliquer le fonctionnement de la serrure, le regardai exécuter la dernière manipulation et ouvrir triomphalement la valise. Il sortit son contenu en ménageant le suspense, chaque article plus inintéressant que le précédent. Surtout des vêtements : un survêtement, des chaussettes, un tee-shirt jaune portant la mention THE HUMAN RACE en lettres rouges sur la poitrine. Harlow leva le tee-shirt devant elle. Sous l'inscription incurvée se trouvait le globe terrestre, côté Amériques. Des gens de toutes les couleurs couraient autour, dans le même sens, ce qui n'était pas très réaliste si j'en croyais mon expérience.

— Trop grand, déclara Harlow avec une admirable absence de déception.

Ezra ne se laissa pas démonter.

— OK, OK ! Fermez les yeux, dit-il, ce que personne ne fit parce qu'il faudrait être débile pour fermer les yeux simplement parce que Ezra le dit.

Il tira quelque chose qui s'éleva comme un esprit quittant un corps, comme un vampire sortant d'une valise bleu ciel. Dépliant ses pattes d'insecte, la chose rebondit, les yeux plats, la bouche claquetant.

— Qu'est-ce que c'est que ce machin ? demanda-t-il.

Il exhibait une marionnette de ventriloque, une véritable antiquité, semblait-il. Elle dansait comme une araignée au-dessus de la valise ouverte. Elle tenait des aiguilles à tricoter dans l'une de ses petites mains et une charlotte rouge était posée sur sa petite tête.

— Madame Defarge ! m'écriai-je, avant de préciser généreusement : Madame Guillotine.

J'oubliais qui était Ezra. Il y avait peu de chances qu'il ait lu Dickens, et encore moins *Le Conte de deux cités*. C'était tellement éloigné de lui, tellement peu cinématographique.

Harlow était rose de bonheur. Nous étions en possession temporaire d'une valise appartenant à un joggeur ventriloque. Manifestement, c'était ce dont elle rêvait depuis le début. La joie lui donnait un teint de pêche.

Ezra fourra sa main sous la robe de la marionnette, qui bondit vers le cou de Harlow, gigotant devant elle. Ezra la fit parler. Elle aurait aussi bien pu chanter « Thank Heaven for Little Girls » que « La Marseillaise » ou « Frère Jacques ». C'est dire si l'accent français d'Ezra était épouvantable. Si mauvais que c'était peut-être vraiment du français.

Vous vous souvenez du phénomène de la vallée dérangeante ? Eh bien, je n'avais jamais vu un spectacle de marionnette aussi inconvenant. Je n'avais jamais rien vu d'aussi glauque.

Je fus saisie d'un accès moralisateur.

— Nous ne devrions pas jouer avec. Elle a l'air très ancienne. Elle est sans doute irremplaçable.

Harlow rétorqua qu'il faudrait vraiment être idiot pour mettre un objet irremplaçable dans un bagage en soute. Et de toute manière, ils faisaient très attention. Elle prit la marionnette des mains d'Ezra et lui fit agiter ses petits poings dans ma direction. Je voyais à l'expression de Madame Defarge que tout se passait selon ses vœux. « Arrête de faire ta rabat-joie », disait-elle.

Je n'avais pas de temps à perdre avec ces bêtises. J'avais cours. Je me rendis à la cuisine, téléphonai à l'aéroport, où on m'assura qu'on attachait une grande importance à mon appel, et laissai un message. Puis Harlow me rejoignit. Elle me promit de remettre Madame Defarge à sa place et je lui promis de faire la tournée des bars avec elle ce soir-là, parce que, bon, reste cool, Rosemary, personne n'avait rien fait de mal et la marionnette n'était pas abîmée.

Et aussi parce que j'avais envie que Harlow m'aime bien.

7

Si on m'interrogeait au sujet des cours auxquels j'ai assisté à la fac, dans quatre-vingt-dix-neuf pour cent des cas, je serais incapable d'en répéter un mot. Cet après-midi et ce cours en particulier relèvent du un pour cent restant.

Il pleuvait encore. La pluie n'était pas drue, mais lourde, et j'avais l'impression d'être imbibée d'eau, comme une éponge sur un vélo. Lorsque je passai devant le terrain de football, je vis des mouettes picorer. Ces rassemblements n'étaient pas rares les jours d'orage, mais ils m'émerveillaient toujours. Davis est très loin de la côte.

Lorsque j'arrivai à la fac, les jambes de mon pantalon étaient trempées et j'avais des petites flaques d'eau dans mes chaussures. Les cours magistraux avaient lieu dans l'amphithéâtre du bâtiment de chimie. On y entrait par le point le plus haut, au fond de la salle. Habituellement, quand il pleuvait, il n'y avait pas grand monde ; les étudiants semblaient croire que, comme les matchs, les cours étaient annulés s'il faisait mauvais. Mais c'était le dernier du trimestre. Le dernier avant les partiels. J'étais tellement en retard que je dus descendre l'escalier et m'asseoir devant. J'abaissai la tablette, prête à prendre des notes.

Le cours s'intitulait « Religion et violence ». Le professeur, M. Sosa, était un quinquagénaire bedonnant au crâne dégarni. C'était un enseignant populaire, qui arborait des cravates Star Trek et des chaussettes dépareillées, mais toujours au second degré. « Du temps où j'étais à l'académie de Starfleet », disait-il avant de nous livrer une information ou une anecdote historique. Ses cours étaient enthousiastes et touchaient à des sujets variés. Je le classais parmi la fraction de mes professeurs qui se laissaient écouter.

Mon père m'avait un jour suggéré de hocher la tête chaque fois qu'un professeur regardait dans ma direction, à titre d'expérience. Je constaterais qu'il me regarderait plus souvent et que cela deviendrait un véritable réflexe pavlovien. Mais mon père avait peut-être un objectif caché. Dans un amphithéâtre d'une centaine d'étudiants, il y avait peu de chances qu'une absence soit remarquée, sauf si le professeur avait été soigneusement conditionné pour me chercher dans la salle. M. Sosa et moi avions ainsi établi une relation silencieuse. Mon père était un individu retors.

Le cours débuta ce jour-là par une discussion sur les femmes violentes. Sans l'admettre ouvertement, cela soulignait le fait que le reste du trimestre avait été consacré aux hommes. Mais ce n'est pas ce dont je me souviens. Il évoqua sans doute le Ku Klux Klan féminin et les sociétés de tempérance, un cocktail baroque de hordes religieuses et de harpies. Je pense qu'il couvrit un large spectre géographique, de l'Irlande au Pérou en passant par le Pakistan. Cependant, pour M. Sosa il s'agissait moins de mouvements indépendants que d'un prolongement de la barbarie masculine. Les femmes brutales, ce n'était pas son truc.

Il ne tarda pas à revenir aux violences faites aux femmes sous couvert de la religion, un fil rouge de son cours. J'écoutais d'une oreille distraite, quand, sans crier gare, il évoqua les chimpanzés. Chez les chimpanzés comme chez les hommes, la violence était souvent dirigée contre l'intrus. Il décrivit les raids meurtriers des mâles qui surveillaient les frontières de leur territoire. Il nous demanda si les divergences idéologiques n'étaient qu'un prétexte pour exprimer nos instincts primitifs et tribaux. C'était une question purement rhétorique, bien sûr, mais c'était aussi le genre de phrase que mon père aurait pu prononcer et je fus soudain saisie du désir irrationnel de le contredire. Il me jeta un coup d'œil et je ne hochai pas la tête. Il expliqua que chez les chimpanzés le mâle qui se trouvait au plus bas dans la hiérarchie restait néanmoins au-dessus de la femelle la plus élevée. Il me regarda droit dans les yeux en prononçant ces mots.

Il y avait une mouche dans la salle. Je l'entendais. Mes pieds étaient glacés et je sentais l'odeur de mes baskets, essence de caoutchouc et de chaussettes. M. Sosa renonça et se détourna.

Il répéta une chose qu'il disait souvent : la plupart des religions voulaient policer la sexualité féminine jusqu'à l'obsession et cette obsession était la raison d'être d'un certain nombre d'entre elles. Il décrivit le comportement sexuel des chimpanzés mâles et la manière dont ils isolaient les femelles.

— La seule différence, c'est qu'aucun chimpanzé n'a jamais prétendu qu'il suivait les ordres de Dieu.

M. Sosa était descendu de l'estrade. Il la regagna pour consulter ses notes. Le viol comme la violence domestique existaient chez les chimpanzés. Il fit état d'une observation réalisée par l'équipe de Jane Goodall dans le parc national de Gombe, où une femelle en chaleur avait été contrainte d'avoir des relations avec différents mâles à cent soixante-dix reprises en l'espace de trois jours.

Je dus poser mon stylo. Mes mains tremblaient si fort qu'il vibrait sur le papier, traçant une série fiévreuse de points et de traits en morse. Je ratai les phrases suivantes à cause des battements du sang sous mon crâne. Lorsque les étudiants autour de moi se retournèrent, je me rendis compte que je devais respirer trop fort, que je devais râler, ou siffler, ou haleter. Je fermai la bouche et ils se désintéressèrent de moi.

J'espère que vous ne présumiez pas que, parce que je n'avais pas d'amis, je n'avais pas non plus de vie sexuelle ; la barre est beaucoup, beaucoup plus basse dans le second cas. Cependant, il faut reconnaître que c'est étonnamment pénible d'avoir des relations sexuelles sans amis ; souvent je regrettais de ne pas avoir quelqu'un pour me conseiller et me rassurer. Je devais me débrouiller seule, me demandant pourquoi ce n'était jamais comme dans les films. Qu'est-ce qu'une vie sexuelle normale ? Qu'est-ce qu'un rapport normal ? Le simple fait de poser la question signifie-t-il qu'on est anormal ? À croire que je n'étais même pas fichue de réussir la partie instinctive, mammalienne de ma vie.

« Tu es très silencieuse », m'avait fait remarquer le premier garçon avec qui j'avais couché. Nous nous étions rencontrés à une fête étudiante, alors que je venais de découvrir les Jell-O shots, des cocktails sous forme de bonbons à la gélatine qui se gobaient dans les soirées. Nous nous étions enfermés dans la salle de bains et notre coït avait été bien assez bruyant pour moi, entre les coups frappés à la porte et les jurons des gens qui souhaitaient aller aux toilettes. J'avais le dos contre le lavabo, dont le bord meurtrissait ma colonne vertébrale, puis, cet angle s'étant rapidement avéré délicat pour des débutants, nous avions fini par terre, sur un tapis de bain crasseux. Malgré tout, je ne m'étais pas plainte. Je pensais m'être montrée bonne joueuse.

Plus tôt dans la soirée, il m'avait dit que j'étais timide, comme si c'était un compliment, comme s'il trouvait mon silence étrangement fascinant ou mystérieux, ou, au moins, mignon. Je me souvenais des bruits que j'entendais souvent à travers la cloison à Bloomington et j'aurais pu les reproduire si on m'avait expliqué qu'ils étaient souhaitables. J'avais toujours cru qu'ils étaient sordides et parentaux.

Je savais que j'aurais mal la première fois grâce aux rubriques conseils de divers magazines. Cela faisait même un mal de chien, mais je ne m'en formalisai pas. En revanche, il n'y avait pas de sang, malgré ce que j'avais pu lire. Ce fut tout aussi douloureux la deuxième fois, ainsi que la troisième, bien que le garçon fût différent et le sexe plus petit. Ce n'était pas prévu.

Je me résolus à consulter un médecin au centre médical du campus. La femme m'examina et déclara que le problème venait de mon hymen, si petit qu'il était effiloché mais pas rompu, ce à quoi elle remédia dans son cabinet, à l'aide d'instruments spécialement conçus à cet effet. « Voilà qui devrait dégager la voie », lança-t-elle d'un ton guilleret, me prodiguant quelques conseils dans la foulée. Je n'étais pas obligée de faire quoi que ce soit si je n'en avais pas envie et je devais toujours penser à me protéger. Je repartis avec une pile de brochures. J'avais mal au bas-ventre, comme un nœud. Mais c'était surtout humiliant.

Tout cela pour dire : les plans cul pourris, j'ai donné. Mais j'avais de la chance. Jamais on ne m'avait contrainte à une relation sexuelle non désirée.

Lorsque je parvins à me concentrer de nouveau, M. Sosa était passé des chimpanzés à leurs parents proches (et les nôtres), les bonobos.

— La société bonobo est paisible et égalitaire. Ces estimables qualités sont le résultat de congrès sexuels fréquents et informels, souvent entre animaux de même sexe. La sexualité chez les bonobos est un ciment social, un peu comme l'épouillage, déclara M. Sosa, avant d'ajouter : *Lysistrata* se trompe. La paix se gagne par le sexe, pas par l'abstinence.

Les étudiants masculins étaient ravis. Curieusement, ils ne trouvaient pas gênant qu'on leur dise, indirectement, qu'ils étaient gouvernés par leur queue. Ithyphalliques, serait-on tenté de préciser.

Ils ne trouvaient pas gênant non plus qu'on leur dise, indirectement, que le manque d'enthousiasme pour la chose, principalement féminin, était la source de tous les maux. Ce qui n'était pas si curieux.

Une jeune femme quelques rangées plus loin sur ma droite leva la main et n'attendit pas qu'on l'interroge. Elle se mit debout. Ses cheveux blonds tressés et ornés de perles étaient arrangés en une coiffure tarabiscotée. Des boucles d'argent emprisonnaient le lobe de son oreille visible de ma place.

— Comment savez-vous ce qui vient d'abord ? demanda-t-elle au professeur. Les femelles bonobos trouvent peut-être leurs mâles plus attirants. C'est peut-être sexy d'être paisible, égalitaire et de ne pas tenter de policer la sexualité féminine. Vous devriez peut-être essayer, tous autant que vous êtes.

Quelqu'un dans le fond émit un bruit très semblable au cri du chimpanzé affamé.

— Les bonobos sont matriarcaux, poursuivit l'étudiante. Comment savez-vous que c'est la sexualité, plutôt que le matriarcat, qui fait qu'une société est paisible ? La solidarité féminine. Des femelles qui protègent les autres femelles. C'est un trait qu'on trouve chez les bonobos. Pas chez les chimpanzés ni chez les humains.

— D'accord, répondit M. Sosa. Bien vu. Vous m'avez donné matière à réflexion.

Il jeta un coup d'œil dans ma direction.

M. Sosa conclut le dernier cours du trimestre en disant que l'être humain manifestait très tôt une préférence pour ses semblables. On observait chez les bébés de trois mois une attirance pour les visages dont le type racial correspondait à celui qu'ils avaient l'habitude de voir. Si l'on divisait des jeunes enfants en groupes selon des critères parfaitement arbitraires – la couleur des lacets, par exemple –, ils préféraient résolument les individus de leur catégorie.

— *Ne fais pas à autrui ce que tu ne voudrais pas qu'on te fasse* est notre principe le plus élevé et le plus évolué. Et sans doute le seul réellement nécessaire ; tous les autres en découlent ; nous n'avons pas besoin des dix commandements. Mais si vous croyez, comme moi, que la moralité commence avec Dieu, alors, il faut se demander pourquoi il nous a dotés d'un instinct qui nous en éloigne.

« *Ne fais pas à autrui* n'est pas un comportement naturel. On comprend pourquoi si peu de religions et de croyants parviennent à l'appliquer alors que tous le revendiquent. Cela va à l'encontre de quelque chose de fondamental en nous. Et c'est cela, la tragédie humaine : l'humanité commune que nous partageons se fonde essentiellement sur le déni d'une humanité commune partagée.

C'était fini. Les étudiants applaudirent, soit parce qu'ils avaient aimé le cours, soit parce qu'ils étaient contents que ce soit terminé. M. Sosa ajouta quelques mots au sujet des partiels. Il ne nous demanderait pas simplement de régurgiter des faits et des dates. Il voulait évaluer la qualité de notre réflexion. Il me regarda. J'aurais pu hocher la tête une dernière fois pour le rassurer, mais j'étais encore bouleversée. Extrêmement, profondément bouleversée.

Je n'avais jamais entendu parler des bonobos. Soudain, tout le monde semblait en savoir beaucoup plus que moi sur les chimpanzés. C'était une surprise et elle était plus désagréable que prévu. Mais j'avais bien d'autres sujets de réflexion.

Quatrième partie

Je le répète : cela ne présentait pas d'attrait pour moi, d'imiter les humains. J'imitais parce que je cherchais une issue, pour cette raison et rien d'autre.

Franz KAFKA,
Rapport destiné à une académie

1

Aujourd'hui, en 2012, avec Internet à ma disposition comme un gigantesque jeu de l'oie (ou n'importe lequel de ces jeux de société qui n'en finissent pas, parce qu'on ne gagne jamais), j'ai essayé de savoir ce qui était arrivé à d'autres chimpanzés élevés par des humains. Il est facile de trouver des informations sur les expériences, beaucoup moins sur le sort des cobayes. Et quand il y en a, elles sont souvent sujettes à controverse.

L'une des pionnières, la petite Gua, vive et docile, serait décédée en 1933 d'une infection respiratoire, peu après que sa famille d'accueil l'avait rendue au centre de recherches de Robert Yerkes. Pendant environ neuf mois, elle avait vécu chez les Kellogg, qui l'avaient élevée aux côtés de leur jeune fils Donald, beaucoup moins doué qu'elle quand il s'agissait d'utiliser une fourchette ou de boire dans une tasse. Elle avait trois ans à sa mort.

Née en 1947, Viki Hayes s'éteignit chez elle, emportée par une méningite, à six ans et demi selon certains sites, sept selon d'autres. Après sa disparition, ses parents divorcèrent. Au moins un proche affirma que le mariage ne tenait que grâce à Viki. Elle était enfant unique.

Maybelle (née en 1965) et Salomé (née en 1971) moururent toutes les deux de violentes diarrhées, qui survinrent quelques jours après que leurs familles respectives étaient parties en vacances sans elles. Dans les deux cas, on ne trouva aucune cause physiologique aux diarrhées.

Après avoir été renvoyé dans un centre de recherches, Ally, né en 1969, fut lui aussi pris de diarrhées qui manquèrent le tuer. Il s'arracha les poils et se retrouva avec un bras paralysé, mais il survécut. Des rumeurs prétendent qu'il serait décédé dans les années 1980 dans un laboratoire de recherche biomédicale, à la suite d'une exposition à une dose fatale d'insecticide.

À douze ans, Lucy Temerlin (née en 1964) quitta son foyer pour être envoyée en Gambie, où elle était censée vivre avec d'autres chimpanzés. Elle avait été élevée dans l'Oklahoma par les Temerlin. Lucy aimait le magazine *Playgirl*, le thé qu'elle préparait elle-même et le gin. L'habile chimpanzé utilisait l'aspirateur de la maison pour se donner du plaisir. C'était une fille nature. Mais qui ignorait tout de la nature. Elle était née à l'Arche de Noell, un lieu mi-zoo, mi-refuge, mais avait été enlevée à sa mère pour être placée dans un foyer humain deux jours plus tard. En Gambie, Janis Carter, une étudiante en psychologie, prit soin d'elle pendant des années, tâchant de l'aider à s'habituer à sa nouvelle vie. Au cours de cette période, Lucy souffrit d'une grave dépression, perdit du poids et s'arracha les poils. La dernière fois qu'on la vit vivante, c'était en compagnie d'autres chimpanzés et apparemment résignée à son sort, en 1987.

Quelques semaines plus tard, on retrouva ses os éparpillés.

Elle aurait été tuée par des braconniers, dans les bras de qui elle se serait jetée, une hypothèse défendue par certains et vigoureusement combattue par d'autres.

Nim Chimpsky (1973-2000), star de la littérature et de l'écran, mourut trop tôt à l'âge de vingt-six ans. Il vivait alors au ranch Black Beauty, au Texas, après être passé par un grand nombre de maisons et de familles d'accueil. Il connaissait vingt-cinq ou cent vingt-cinq signes (les avis divergent), mais c'était insuffisant pour Herb Terrace, le psychologue qui l'avait choisi. Quand Nim eut quatre ans, Terrace annonça que l'expérience était terminée et l'envoya à l'Institut d'étude des primates, dans l'Oklahoma.

Ce qui fut perçu comme un échec eut des conséquences pour beaucoup de chimpanzés à qui l'on enseignait la langue des signes. Les financements se tarirent aussitôt.

On vendit Nim à un laboratoire de recherche biomédicale, où il vécut dans une petite cage, jusqu'à ce qu'un ancien étudiant qui avait travaillé avec lui menace d'intenter une action en justice et lance une collecte de fonds qui permit finalement de le libérer.

Washoe (1965-2007), la plus célèbre d'entre tous, passa également quelques années à l'Institut d'étude des primates dans l'Oklahoma. Elle fut la première à apprendre la langue des signes américaine et possédait un vocabulaire de trois cent cinquante mots. Elle mourut de cause naturelle en 2007, à l'âge de quarante-deux ans. Roger Fouts, qui avait commencé à travailler avec elle alors qu'il était étudiant, consacra sa vie à sa protection et son bien-être. Elle mourut dans un refuge qu'il avait créé pour elle, sur le campus de l'université Central Washington à Ellensburg, entourée d'humains et de chimpanzés qui la connaissaient et l'aimaient.

Au sujet de Washoe, Roger Fouts déclara qu'elle lui avait appris que, dans l'expression « être humain », le mot « être » était beaucoup plus important que le mot « humain ».

Il semblerait que la tentation d'écrire soit irrésistible chez ceux d'entre nous qui ont vécu avec des primates. Nous avons tous nos raisons. *The Ape and the Child* relate le séjour de Gua chez les Kellogg. *Next of Kin* raconte l'histoire de Washoe ; *Viki et nous*, celle des Hayes. *The Chimp Who Would Be Human* retrace la vie de Nim.

Lucy : Growing Up Human de Maurice Temerlin s'achève en 1975, quand Lucy a onze ans. Les Temerlin l'avaient adoptée en pensant, comme beaucoup de familles dans la même situation, et comme mes parents, qu'ils s'engageaient pour la vie. Mais, à la fin du livre, l'auteur aspire à une vie normale. Sa femme et lui n'ont pas pu dormir ensemble depuis des années, car Lucy ne le tolère pas. Ils ne peuvent pas partir en vacances ni inviter d'amis à dîner. Il n'y a aucune partie de leur existence qu'elle n'affecte pas.

Lucy avait un grand frère humain, prénommé Steve. Après 1975, je ne trouve mention de lui nulle part. En revanche, un site affirme que Donald Kellogg, l'enfant élevé jusqu'à un an et demi avec la petite Gua – une période dont il ne pouvait avoir gardé aucun souvenir, même si ce ne sont pas les articles, les livres et les vidéos d'amateurs qui manquent –, se serait donné la mort à quarante-trois ans. Un autre site prétend que Donald avait une démarche simiesque, mais s'agissant de suprémacistes blancs, il n'y a aucune raison d'y ajouter foi.

2

Quelques heures après mon cours, je retrouvai Harlow au Graduate, dans le centre de Davis, un établissement qui servait des hamburgers et des bières. Les rues étaient sombres, froides et humides bien que la pluie eût cessé. Dans d'autres circonstances, j'aurais sans doute été sensible à l'atmosphère de magie noire, chaque réverbère dans sa bulle de brume, le phare de mon vélo illuminant brièvement les flaques sur mon passage. Mais le cours de M. Sosa m'avait mise dans un état second et j'avais l'impression de tituber au bord d'une falaise. Ce soir, j'avais pour projet de boire. À Davis, la même amende pour conduite en état d'ivresse valait que l'on soit en voiture ou à vélo, mais cette loi atteignait de tels sommets de ridicule que je refusai de la prendre en considération.

Lorsque j'attachai mon vélo, je grelottais et claquais des dents. Je me souvins d'une scène de *La vie est belle* où Clarence Oddbody hésite à commander un grog flambé. C'était exactement ce dont j'avais besoin. Une bassine de grog.

Je poussai la lourde porte du Graduate et m'enfonçai dans le vacarme. Peut-être raconterais-je à Harlow ce que je venais d'apprendre sur la sexualité des chimpanzés. Tout dépendrait de mon degré d'ivresse. En tout cas, ce soir, j'étais à fond pour la solidarité féminine et je me disais que cela ne me ferait sans doute pas de mal de parler à une autre femme de l'abjection des chimpanzés mâles. Je ne sautai donc pas de joie lorsque je découvris que Reg était présent. Je n'avais pas l'impression que c'était le genre de personne avec qui il était possible d'avoir une conversation enrichissante sur la sexualité des primates.

Je fus encore moins heureuse de voir Madame Defarge. Elle était assise sur les genoux de Harlow, agitant la tête de droite à gauche et se décrochant la mâchoire comme un cobra. Harlow portait un jean usé qui semblait ne tenir que grâce aux pièces qui le raccommodaient, brodées de montagnes, d'arcs-en-ciel et de feuilles de chanvre ; je pouvais donc comprendre l'attraction qu'exerçaient ses genoux.

— Je fais très attention, déclara Harlow, déjà excédée alors que je n'avais pas eu le temps de dire quoi que ce soit.

Elle avait manifestement décidé que j'étais une trouble-fête. Et elle n'avait pas tort. Notre relation avait pourtant si bien débuté quand nous avions semé la pagaille ensemble, comme deux filles-singes déchaînées, et que nous avions fini en prison. Mais elle revoyait son jugement, à présent. Je n'étais pas aussi joueuse qu'elle l'avait cru. Je commençais à la décevoir.

Elle eut néanmoins la grâce de mettre ses griefs de côté. Elle venait d'apprendre que le département d'études théâtrales allait monter un *Macbeth* transgenre. Bien entendu, elle ne dit pas *Macbeth*, mais « la pièce écossaise », les acteurs professionnels pensant que prononcer le titre porte malheur et les étudiants ne trouvant rien de mieux que les imiter. Les personnages masculins seraient joués par des femmes et vice versa. Elle avait été désignée pour participer à la réalisation des décors et des costumes. Elle était surexcitée. Tout le monde présumait que les comédiens seraient travestis, me confia-t-elle, mais elle espérait bien persuader le metteur en scène d'être plus radical.

Reg se pencha pour affirmer que le public n'aimait rien tant qu'un homme en robe. Harlow fit un petit geste impatient, comme on écarte une contrariété mineure.

— Mais est-ce que ça ne serait pas beaucoup plus provocateur, plus perturbant, si on ne changeait pas les costumes ?

Cela suggérerait un lieu où le paradigme dominant était féminin, poursuivit-elle. Tout ce qui était traditionnellement associé à la femme représenterait le pouvoir et la politique sur scène. Le féminin serait la norme.

Harlow expliqua qu'elle avait déjà fait quelques croquis du château d'Inverness, essayant d'imaginer un espace féminin fantasmagorique. J'aurais pu faire dévier la conversation sur le viol des chimpanzés, mais j'aurais cassé l'ambiance. Harlow rayonnait d'espoirs et de projets.

Les hommes n'arrêtaient pas de payer des coups à Madame Defarge.

Reg me tendit l'un des verres, une bière brune à l'arôme fortement houblonné. La chope glacée était plus chaude que mes mains et je ne sentais pas mes pouces. Il leva son propre verre pour porter un toast.

— Aux super-pouvoirs, lança-t-il, au cas où j'aurais cru que du passé nous pouvions faire table rase.

Et maintenant, que la fête commence.

Je ne tardai pas à transpirer. Le Graduate était bondé ; il y avait un DJ et des tentatives peu judicieuses de danse en ligne. La salle sentait la bière et la sueur. Madame Defarge gambadait sur les tables et les dossiers. Les haut-parleurs crachaient « Basket Case » du groupe punk Green Day.

Harlow et Reg eurent des mots, qu'ils se balancèrent à la figure par-dessus la musique. J'en entendis la plupart. En substance, Reg pensait qu'elle flirtait avec tous les mecs du bar et Harlow estimait que c'était Madame Defarge qui flirtait. Harlow, elle, réalisait une performance artistique et ils en étaient parfaitement conscients.

— Ben voyons, rétorqua Reg. C'est vrai qu'on est chez les intellos, ici, de vrais amateurs d'art, tous autant qu'ils sont.

Selon lui, les hommes associaient les performances artistiques aux femmes qui se peignaient le visage avec du sang menstruel et ils n'aimaient pas ça. Les salopes, ça oui, les salopes, ils aimaient bien.

Harlow pensait qu'il était essentiel de faire la distinction entre une salope et une femme manipulant une marionnette qui se conduisait comme une salope. Reg, lui, pensait qu'il n'y avait aucune différence. Et si les femmes en faisaient une, les hommes n'en avaient rien à foutre.

— Est-ce que tu m'as traitée de salope ? demanda sèchement Madame Defarge. Tu es mal placé pour parler !

La musique avait ralenti, mais restait assourdissante. Ils se rabattirent sur leurs verres. Un Blanc coiffé d'une casquette de basket à l'envers (« un pauvre bouffon », déclara Reg, assez fort pour que le type entende, c'est-à-dire très fort) s'approcha afin de réclamer une danse. Harlow lui fourra Madame Defarge dans les bras.

— Tu vois ? dit-elle à Reg. Elle danse avec lui et moi avec toi.

Elle lui tendit la main et il l'attira vers lui. Ils s'éloignèrent du comptoir étroitement enlacés, elle le tenant par les épaules, Reg les mains dans les poches élimées qui ornaient les fesses de Harlow. Le type à la casquette dévisageait Madame Defarge d'un air hébété et je finis par la lui reprendre.

— Elle ne danse pas. Elle a beaucoup de valeur.

Le DJ mit le stroboscope. Le Graduate se métamorphosa en bastringue des damnés. Reg revint et me parla longuement, la lumière découpant son visage en diapositives successives. À force de hocher la tête, j'attrapai le tournis et je tentai de retrouver mes repères en me concentrant sur l'arête tranchante de son nez. Comme il ne criait pas, je ne comprenais pas un traître mot de ce qu'il disait.

Je continuai de hocher la tête, mais, tout en exécutant ce geste conciliant, je déclarai que son opinion sur les super-pouvoirs était de la foutaise et complètement déconnectée de la réalité.

— Balivernes, disais-je. Craques. Calembredaines. Coquecigrues. Fariboles. N'importe nawak.

Mon regard s'était posé sur sa poitrine. Il portait un tee-shirt sur lequel était imprimé un rectangle de signalisation jaune vif, avec dessus les silhouettes d'une famille qui couraient. Le père, devant, tirait sa femme par la main, qui entraînait leur fille, elle-même tenant une poupée. Je viens de l'Indiana et Davis n'est pas San Diego. J'ignorais que c'était un véritable panneau, demandant aux automobilistes de ne pas renverser les immigrants illégaux. Les parents allaient si vite que l'enfant et la poupée volaient dans les airs. Je voyais leurs jambes pédaler, les tresses de la fillette flottant derrière elle. C'est peut-être le moment de préciser que j'avais pris deux comprimés que Harlow m'avait donnés. Heureusement que j'avais été préservée de ce genre de sollicitations à la fac jusque-là. J'étais un vrai mouton.

— Sornettes, pipeau, poursuivis-je. Bobards. Fadaises.

Reg dit qu'il ne m'entendait pas et nous sortîmes. Dehors, je lui parlai du test du miroir. Dieu sait comment j'en étais arrivée là, mais il eut droit à un vrai cours magistral. Je lui racontai que certaines espèces, dont les chimpanzés, les éléphants et les dauphins, se reconnaissaient dans un miroir, alors que d'autres, comme les chiens, les pigeons, les gorilles et les bébés humains, non. Darwin, qui s'était intéressé à la question, avait placé un miroir par terre au Jardin zoologique et avait vu deux jeunes orangs-outans s'y contempler. Puis, un siècle plus tard, un psychologue du nom de Gordon Gallup avait affiné l'expérience. Il avait constaté que des chimpanzés s'en servaient pour regarder à l'intérieur de leur bouche, autrement dit afin d'observer des parties de leur corps que seul un miroir pouvait leur montrer. On utilisait ce test pour évaluer la conscience de soi depuis Darwin, alors putain, comment un garçon comme lui, un étudiant qui pensait tout savoir sur tout, n'avait-il jamais entendu parler d'une chose aussi fondamentale ?

Je précisai alors que la catoptromancie était l'art de la divination par l'interprétation de ce qu'on voyait dans un miroir, sans raison particulière, sinon que je le savais.

Je me demandai soudain comment des jumeaux identiques réagiraient au test du miroir, mais je me tus, car j'ignorais la réponse. Et il était capable de prétendre qu'il la connaissait.

Je m'efforçais sans doute de rétablir mon autorité sur le sujet, malmenée par le cours de Sosa et ses révélations.

En vérité, je me conduisais comme une sale conne. Je me souviens que Reg dit « Eh bien, quelle pipelette ! », et que je mis ma main sur ma bouche, avec l'impression d'avoir été démasquée. Puis il me proposa de rentrer parce que je grelottais. Et parce que, à présent, le test du miroir n'avait plus aucun secret pour lui.

3

De la fin de la soirée, il ne me reste qu'un de ces montages décousus auxquels nos esprits façonnés par le cinéma se sont accoutumés. *La Fille-singe, le retour* : une délirante perambulation en épisodes à travers la ville.

Là, je tente d'obtenir un bol de riz au Jack in the Box. Reg est parti en rogne un peu plus tôt. Harlow conduit mon vélo, avec moi en équilibre sur le guidon. Nous passons une interminable commande par l'Interphone, changeant d'avis plusieurs fois et essayant de nous assurer que l'employée nous a bien comprises, puis elle refuse de nous servir parce que nous ne sommes pas en voiture ; elle prétend que nous devons entrer dans le restaurant. Une dispute s'ensuit et finalement elle va chercher une autre femme, sa supérieure hiérarchique, qui nous dit d'aller au diable. Les mots « Allez au diable » sortent en grésillant de la bouille blanche hilare de la mascotte du Jack in the Box. Harlow démonte l'Interphone à l'aide d'une simple clé.

Là, je suis au G Street Pub, où je me fais draguer par un Black en teddy, ce qui signifie sans doute qu'il est au lycée, mais nous nous embrassons avec fougue et, pendant un moment, j'espère vraiment me tromper.

Là, je suis blottie sur un banc humide à la gare, le visage sur les genoux. Je sanglote éperdument, parce que je me suis autorisée à imaginer une chose que je m'étais toujours interdite. Je me suis autorisée à imaginer le jour où Fern a été emmenée.

Je ne saurai jamais ce qui s'est passé exactement. Je n'y étais pas, Lowell n'y était pas et je serais prête à parier que notre mère non plus. Notre père n'était peut-être même pas présent.

Fern a dû être droguée. Elle a dû se réveiller dans un lieu inconnu, comme moi le premier jour dans ma nouvelle chambre. À la différence près que mon père est venu quand j'ai pleuré. Qui était là pour Fern ? Peut-être Matt. Je m'accorde cette unique petite consolation, qui consiste à imaginer Matt à côté d'elle à son réveil.

Je me la représente telle que je l'ai vue la dernière fois, dans toute l'exubérance de ses cinq ans. Mais elle n'habite pas dans la cabane des Robinson. Elle est en cage avec des chimpanzés plus gros et plus âgés, des étrangers. Merde à pattes, dit-elle, mais on la remet bien vite à sa place : elle est un chimpanzé, qui plus est femelle, et donc inférieure aux mâles, à tous les mâles. Connaissant Fern, elle n'a pas dû l'accepter sans se battre.

Que lui ont-ils fait dans cette cage ? Une chose est sûre, c'est arrivé parce que aucune femme ne s'est interposée. Les femmes qui auraient dû la défendre – ma mère, les étudiantes, moi –, aucune d'entre nous n'est intervenue. Au contraire, nous l'avons exilée dans un endroit dépourvu de solidarité féminine.

Je pleure encore, mais je suis maintenant assise dans un box, semble-t-il, dans un établissement non identifié, pas un bar en tout cas, car j'entends tout ce que disent les autres. Je suis avec Harlow et deux garçons de notre âge. Le plus séduisant est à côté d'elle, son bras sur son dossier. Ses cheveux lui tombent dans les yeux et il secoue sans arrêt la tête pour les chasser. Le second m'est manifestement destiné. Il est petit. Ça ne me dérange pas. Je ne suis pas très grande non plus. Et les mâles dominants, ce n'est pas mon truc. Sauf qu'il n'arrête pas de me dire de sourire.

— Allez, c'est pas la fin du monde, répète-t-il.

Si j'avais cinq ans, je le mordrais.

Je me sens également insultée parce qu'il est évident que je suis le lot de consolation. Et personne ne fait semblant de prétendre le contraire. On se croirait dans une comédie musicale, avec Harlow et son mec dans le rôle du couple romantique. À eux les meilleures chansons et le devant de la scène. Tout ce qui les concerne est important. L'autre garçon et moi, nous sommes les faire-valoir comiques.

— Je ne sais même pas comment tu t'appelles, réponds-je, comme si cela me dispensait de lui sourire.

Cela dit, je suppose que nous avons été présentés à un moment de la soirée, quand je n'écoutais pas.

Je n'ai peut-être pas parlé à haute voix, car personne ne réagit. Il a les paupières qui papillotent, comme s'il avait une poussière dans l'œil. En ce qui me concerne, je porte des lentilles et, entre ça et les pleurs, j'ai l'impression de m'être frotté les globes oculaires avec le désert Mojave. Soudain, je ne pense plus qu'à ça : mes pauvres yeux douloureux, piquants, brûlants.

Harlow se penche sur la table, prend mon poignet et le secoue.

— Écoute-moi, dit-elle d'une voix ferme. Tu écoutes ? Tu es avec nous ? Je ne sais pas ce qui te bouleverse comme ça, mais ça n'existe que dans ton imagination. Ce n'est pas réel.

Je vois que son voisin en a par-dessus la tête.

— Putain, arrête ton cinéma.

Je refuse d'être inférieure à cet exécrable blanc-bec. Je refuse de sourire. Plutôt mourir.

Nous sommes dans le même box, mais Reg est là, à présent. Il est assis sur la banquette à côté de Harlow, le type aux cheveux trop longs est près de moi et le petit se retrouve seul en bout de table, sur une chaise. J'ignore ce qui s'est passé, en tout cas ma promotion me hérisse encore plus. Je préférais le petit, mais m'a-t-on seulement demandé mon avis ?

Les hommes ont tous l'air tendus ; d'un instant à l'autre, ils vont dégainer leur sabre laser. Reg fait tournoyer la salière en déclarant que celui sur lequel elle s'arrêtera est un abruti. Le type aux cheveux longs répond qu'il n'a pas besoin de salière : il sait reconnaître un abruti quand il en voit un.

— Calmos, mec, dit le petit à Reg. Tu ne peux pas les avoir toutes les deux.

La température monte d'un cran quand Reg fait le signe pour « Loser » contre son front. Mais ce n'est pas le simple L à deux doigts, car il pointe aussi son majeur vers son rival, ce qui transforme le simple « Loser » en « Plus loser tu meurs ». Le type aux cheveux longs inspire bruyamment. Il va y avoir du rififi.

Je m'interroge. Est-ce qu'ils se calmeraient si je me les tapais tous les trois ? En fait, ça semble peu probable.

Manifestement, cette fois, j'ai parlé à haute voix. J'essaie d'expliquer que c'était purement hypothétique. Je veux leur raconter le cours de Sosa, mais je ne vais pas très loin, car le mot bonobo est vraiment trop drôle et ils font une telle tronche que ça me fait marrer. Au début, ils rient aussi, puis ils s'arrêtent. Pas moi. Personne n'était content quand je pleurais, mais maintenant que je rigole, je vois bien que je les énerve autant.

À présent, je suis aux toilettes et je vomis des parts entières de pizza. Quand j'ai terminé, je vais me laver les mains. Il y a trois hommes aux urinoirs. Zut. Mauvaise porte.

L'un des types est Reg. Je désigne son visage dans le miroir.

— Qui est-ce ?

Il hésite et, sympa, je précise :

— C'est un test d'intelligence.

J'ôte mes lentilles et les jette dans le lavabo, parce que c'est ce qu'on fait avec les jetables, on les jette. De toute manière, qu'est-ce qu'il y a à voir ? Mon visage dans le miroir est une photo anthropométrique mal éclairée, teint d'albumine et regard fixe. Je le renie. Je ne ressemble pas à ça, jamais de la vie. Ce doit être une autre.

Reg me donne une pastille de menthe, ce qui est sans doute l'acte le plus attentionné qu'un homme ait jamais eu pour moi. Soudain, je le trouve très séduisant.

— Tu es un peu trop près, déclare-t-il. On ne t'a jamais dit que tu étais un peu envahissante ? Que tu empiétais sur l'espace vital des autres ?

D'un coup, le charme est rompu.

Ça me rappelle quelque chose.

— Putain, t'as vraiment besoin d'air, dis-je, avant de changer de sujet de peur qu'il ne s'imagine que je me préoccupe de ses besoins. C'est très facile de rendre les gens haineux, poursuis-je, en partie pour faire diversion, en partie parce que c'est vrai et qu'on ne le répétera jamais assez. On peut dresser n'importe quel animal à un comportement donné sur ordre, dans la mesure où c'est dans sa nature. Le racisme, le sexisme et le spécisme sont des comportements innés chez l'être humain. N'importe quel crétin sans scrupule disposant d'une tribune peut manipuler une foule. Un enfant pourrait le faire. La violence collective est naturelle chez l'homme, dis-je avec tristesse. S'en prendre au plus faible.

L'empathie est également naturelle, que ce soit chez l'homme ou chez le chimpanzé. Quand nous voyons quelqu'un qui souffre, notre cerveau réagit comme si c'était nous, dans une certaine mesure. Ce processus se situe à la fois dans le complexe amygdalien, où sont stockés les souvenirs émotionnels, et dans les régions du cortex responsables de l'analyse du comportement des autres. Ainsi, nous accédons à nos souvenirs douloureux et nous les projetons sur celui qui souffre. Nous avons aussi nos bons côtés.

Malheureusement, je l'ignorais à l'époque. Tout comme M. Sosa.

— Tu devrais aller te coucher, me dit Reg.

Mais je ne vois pas les choses de cette manière. Je ne pense pas du tout qu'il soit l'heure d'aller se coucher.

Harlow et moi traversons le tunnel de lavage de la station Shell. Il y règne une odeur très particulière de savon et de pneu, et nous trébuchons, car nous heurtons les brosses de bas de caisse, les convoyeurs et divers obstacles invisibles. Nous avouons toutes les deux que, petites, nous adorions rester dans la voiture quand elle passait sous le portique. C'était trop bien. Et lorsque les pieuvres de tissu géantes claquaient contre les vitres, on se croyait à bord d'un vaisseau spatial ou d'un sous-marin. En disant cela, je touche les pieuvres de tissu géantes ; elles sont humides et caoutchouteuses à souhait.

Rien n'égalait ces paquets d'eau qui se déversaient sans fin sur le pare-brise, alors qu'on était bien au chaud. Fern adorait ça, elle aussi, mais je chasse cette pensée. Ce qui ne l'empêche pas de revenir aussitôt. Les doigts habiles de Fern qui défaisaient les différentes boucles du siège-auto pour qu'elle puisse bondir d'un côté à l'autre et ne rien rater.

Harlow raconte qu'elle avait parfois l'impression que le véhicule bougeait, mais que c'était une illusion d'optique due au passage des brosses, et je m'écrie que j'avais la même sensation. Exactement la même. Je bannis de nouveau Fern de mes pensées. Notre adéquation, à Harlow et à moi, me fait planer, je me shoote à son approbation. Nous nous ressemblons tant !

— Quand je me marierai, je veux que ce soit dans une voiture, sous un portique de lavage.

Et Harlow affirme que c'est une idée géniale. Elle fera pareil.

Je suis de retour au G Street Pub. Harlow et moi jouons au billard, mais j'ai tendance à envoyer les billes partout sauf sur la table, alors, les mettre dans les poches, il ne faut pas rêver.

— Tu es la honte du billard, décrète-t-elle.

Et soudain, je ne la vois plus nulle part.

Au-dessous de moi, il y a un freluquet aux cheveux si peroxydés qu'ils sont presque blancs. Je me jette dans ses bras sans réfléchir. Je l'appelle par son vrai nom. Je me serre contre sa poitrine de toutes mes forces, pour m'imprégner de l'odeur de mon frère, lessive, feuilles de laurier et céréales. Il s'est décoloré les cheveux et il a perdu du poids, ce n'est plus l'athlète d'autrefois, mais je le reconnaîtrais n'importe où, n'importe quand.

J'éclate en sanglots.

— Tu es grande, maintenant, me murmure-t-il à l'oreille. Je ne t'avais pas reconnue avant que tu grimpes sur la table.

Je m'accroche à sa chemise et je compte bien ne plus la lâcher. Mais soudain, Arnie Haddick se dresse devant moi.

— Je t'embarque, déclare-t-il en secouant sa grosse tête ronde de flic. Tu cuveras à la prison du comté et peut-être que tu mettras ce moment à profit pour réfléchir à tes choix. À tes fréquentations.

L'agent Haddick prétend qu'il fait ça pour Vince (mon père, au cas où vous auriez oublié). Il se sent responsable de moi. « Une femme ivre, déclare-t-il, est une femme qui cherche les ennuis. »

Il me conduit dehors et m'aide galamment à monter dans son véhicule, sans menottes cette fois. Harlow est déjà à bord. Nous partagerons bientôt une cellule, même si Haddick me le dira sans détour le lendemain matin : Harlow est précisément le genre de fréquentation que je devrais éviter.

— On ne peut pas continuer à se voir comme ça, lance Harlow.

Je brûle de demander au policier s'il a aperçu un garçon aux cheveux décolorés presque blancs, mais je sais que je ne peux pas. Mon frère s'est évanoui et j'ai peur de l'avoir imaginé.

4

Il va sans dire que, si j'avais pu, je me serais endormie illico jusqu'à la fin de ma seconde incarcération. Mais les petites pilules blanches de Harlow ruaient toujours comme des étalons sauvages dans mon cerveau. Pire, Fern s'entêtait à les chevaucher. J'avais réussi à la tenir à distance pendant des années et voilà qu'elle était partout. Je ne pouvais pas ignorer que j'avais été droguée et mise en cage, exactement comme elle autrefois. J'étais sûre d'être libérée le lendemain matin et je me demandai si elle avait eu la même certitude, à l'époque. C'était encore pire que de l'imaginer effrayée. Penser qu'elle était persuadée qu'il s'agissait d'une erreur, que nous n'allions pas tarder à la secourir, et que bientôt elle serait à la maison, dans sa chambre, dans son lit.

Moi non plus, je n'étais pas seule dans ma cellule. Outre Harlow, il y avait une dame âgée qui s'inquiétait de notre confort avec un intérêt tout maternel. Elle portait un peignoir en tissu-éponge râpé rose délavé, une traînée sale sur le front, comme si c'était le mercredi des Cendres. Avec ses cheveux gris dressés sur son crâne, elle ressemblait à un pissenlit dépenaillé, dont les aigrettes s'étaient envolées d'un côté. Elle me dit que j'étais le portrait craché de Charlotte.

— Charlotte qui ?

Elle ne répondit pas. Charlotte Brontë ? Charlotte de *La Toile de Charlotte* ? Charlotte en Caroline du

Nord ? Je me souvins que ma mère avait pleuré à la fin de *La Toile de Charlotte*. Elle avait cessé de lire, la voix étranglée, et j'avais levé la tête pour découvrir avec surprise qu'elle avait les yeux rouges, les joues humides. J'avais eu un horrible pressentiment, vu que la petite araignée Charlotte allait très mal, mais comme on ne m'avait jamais raconté d'histoire où quelqu'un mourait, je ne comprenais pas vraiment. J'étais aussi innocente que Fern. Sur les genoux de notre mère, elle répétait paresseusement le signe pour araignée. Caca à pattes. Merde à pattes.

Fern avait beaucoup aimé *La Toile de Charlotte*, sans doute parce qu'elle avait souvent entendu son propre nom quand notre mère le lisait. Était-ce à cause de ce livre qu'on l'avait appelée ainsi ? Je ne m'étais jamais posé la question avant. Et pourquoi, le cas échéant, donner à notre Fern le nom du seul être humain de l'histoire capable de communiquer avec ceux qui ne l'étaient pas ?

Je remarquai que mes mains faisaient elles aussi le signe pour merde à pattes. Je n'avais pas l'impression d'être capable de les arrêter. Je les tenais en l'air et je regardais mes doigts bouger.

— Nous parlerons demain, dit la femme, qui manifestement ne s'était pas rendu compte que c'était ce que j'étais en train de faire. Après un bon somme réparateur.

Elle nous invita à choisir chacune un lit de camp, parmi les quatre tous moins attirants les uns que les autres.

Je m'étendis, m'obligeant à fermer les yeux, mais ils se rouvrirent aussitôt. Mes doigts pianotaient. Mes jambes tressautaient. Mes pensaient passaient de *La Toile de Charlotte* aux expériences célèbres dans lesquelles on avait drogué d'innocentes araignées. Puis aux non moins célèbres photographies des toiles qu'elles avaient créées sous l'influence de ces substances.

De mon côté, je tissais aussi une toile assez démente, un état hypnagogique dans lequel je tâchais de donner un sens aux images et aux associations d'idées qui se déversaient sur moi, comme des débris emportés par une crue. Un chimpanzé est passé par ici. Il repassera par là. Ils courent, ils courent, les chimpanzés.

Je songeai que si Reg persistait à soutenir que les super-pouvoirs étaient établis et non relatifs, alors, Spiderman n'était pas plus doué que Charlotte. En fait, par comparaison, Peter Parker était un péteux. Je le répétai plusieurs fois dans ma tête. Peter Parker est un péteux. Peter Parker est un péteux.

— Assez, fit la vieille dame.

Je me demandai si j'avais parlé fort ou si elle lisait dans mes pensées. Les deux semblaient possibles.

— Harlow, Harlow ! murmurai-je.

Pas de réponse. Je me dis que si elle dormait, cela signifiait peut-être qu'elle n'avait pas gobé les mêmes pilules que moi. Peut-être n'y en avait-il pas assez, elle avait voulu être sympa et me les laisser, s'en privant courageusement. Ou bien elle préférait ne pas en prendre et c'était plus facile de me les donner que de les jeter aux toilettes.

Il était également possible qu'elle soit éveillée.

— Je pense toujours que les super-pouvoirs sont relatifs, lui soufflai-je, au cas où. Charlotte n'est pas une super-héroïne parce qu'elle peut sauter d'un mur à l'autre sur sa toile. Son super-pouvoir est de savoir lire et écrire. Le contexte est important. Le contexte est tout. *Umwelt.*

— Tu vas te taire ? me demanda Harlow d'une voix lasse. Est-ce que tu te rends compte que tu as parlé toute cette putain de nuit ? Si au moins tu étais cohérente !

À ces mots, je ressentis un étrange mélange d'inquiétude et de nostalgie. Une forme de résistance, aussi. Je n'avais pas parlé tant que ça. Si Harlow me poussait à bout, je lui montrerais ce que c'était de parler toute une putain de nuit. J'imaginais Fern. Elle aurait grimpé au mur et serait tombée sur elle comme la misère sur le pauvre monde. J'avais tellement envie qu'elle soit là que j'avais du mal à respirer.

— On se tait, maintenant ! intervint sèchement la vieille dame. On ferme les yeux et on se tait. Et je ne rigole pas, cocotte.

Ma mère affirmait toujours que c'était très malpoli de réveiller les gens qui dormaient quand on n'arrivait pas à trouver le sommeil. Mon père voyait les choses différemment. « Tu ne peux pas imaginer la fureur que ressent l'insomniaque devant la personne qui rêve paisiblement à côté de lui », lui avait-il dit un jour au petit déjeuner, tandis qu'il versait son jus d'orange dans son café et le salait en prime.

Je m'efforçai donc de me taire. À présent, je voyais un kaléidoscope de toiles. Un somptueux cancan d'araignées devant mes yeux ouverts, levant une patte puis une autre puis une autre au rythme d'une valse. Je pouvais faire un zoom sur leurs yeux à facettes, leurs épouvantables mandibules. Reculer, les observer du dessus, transformer les pattes qui s'agitaient en motifs fractals.

Personne n'éteignait la lumière. Le cancan se mua en cancanages. Quelqu'un se mit à ronfler. J'avais l'impression que c'était ce bruit qui me tenait éveillée. Mes pensées s'égrenaient, rythmiques, à la manière du supplice chinois de la goutte d'eau. *Umwelt. Umwelt. Umwelt.*

Le reste de la nuit fut une interminable séquence onirique réalisée par David Lynch. À intervalles réguliers, Fern surgissait telle une tornade. Tantôt elle avait cinq ans, exécutait des saltos arrière, se balançait, traînait ses écharpes ou mordillait mes doigts, gentiment, en guise d'avertissement. Tantôt elle avait le corps trapu et lourd d'un primate plus âgé et me dévisageait, si molle qu'elle paraissait presque inanimée et qu'il fallait la guider pendant la scène comme une poupée.

Au matin, j'étais parvenue à remettre un semblant d'ordre dans mes pensées. Bien que simpliste, le diagramme avait l'avantage d'être clair. Axe des x : objets perdus. Axe des y : lieu de la disparition.

Un : Mon vélo. Je ne savais pas où je l'avais vu pour la dernière fois. Au Jack in the Box, peut-être. Je me rappelai soudain l'Interphone vandalisé. Mieux vaudrait aller manger ailleurs pendant quelque temps.

Deux : Madame Defarge. Je ne l'avais pas vue depuis que nous avions quitté le Graduate. Je voulais interroger Harlow, mais je me sentais trop fatiguée pour réfléchir à la meilleure manière de m'y prendre. C'était une question qui, même dans des circonstances idéales, l'énerverait. Et les circonstances étaient loin d'être idéales.

Trois : Les carnets de ma mère. Ne m'interrogerait-elle réellement jamais à leur sujet ou devrais-je à un moment ou un autre avouer que je les avais perdus ? Ce qui était très injuste, car je ne perdais jamais rien et, pour reprendre les mots immortels de Han Solo, ce n'était pas ma faute.

Quatre : Mon frère. Mon soulagement de constater qu'il semblait heureux de me retrouver se mêlait à présent d'inquiétude. Qu'avait-il pensé de mes bonnes relations avec la police locale ? Et si je l'avais inventé ?

Le fils de la vieille dame vint la chercher afin de la ramener à la maison de retraite et s'excusa abondamment pour les choses qu'elle avait apparemment dites et celles qu'elle avait apparemment cassées. Le ronflement partit avec elle.

Lorsque la porte de la cellule s'ouvrit enfin pour moi, je dus la franchir en m'accrochant aux barreaux tellement j'étais exténuée. L'agent Haddick et moi eûmes une petite conversation à laquelle mon état ne me permit pas de contribuer, ce qui ne l'écourta pas pour autant.

Reg vint chercher Harlow et me déposa chez moi par la même occasion. Je pris une douche, étourdie et chancelante sous l'eau chaude. Je me mis au lit, mais j'étais toujours incapable de fermer les yeux. C'était atroce de se sentir lessivée et d'avoir le mental qui continuait à se traîner coûte que coûte.

Je me levai, me rendis à la cuisine, ôtai les brûleurs de la gazinière et nettoyai en dessous. J'ouvris le réfrigérateur et examinai son contenu, mais rien ne me faisait envie. Au moins, Harlow ne m'avait pas fait mettre le doigt dans l'engrenage infernal de la drogue. Elle avait même réussi à m'en dégoûter.

Todd se leva à son tour et crama quelques toasts, déclenchant l'alarme du détecteur de fumée, qu'il fallut réduire au silence à l'aide d'un manche à balai.

Personne ne répondait chez Harlow et Reg. J'appelai trois fois et laissai deux messages. Je savais que j'aurais dû aller directement au Graduate et demander si quelqu'un n'avait pas retrouvé une marionnette. J'étais paniquée à l'idée de l'avoir perdue, après avoir tant insisté sur sa valeur. Mon vélo, c'était une chose, mais Madame Defarge ne m'appartenait même pas. Comment avais-je pu me montrer si négligente ? Puis l'effet de la drogue dut se dissiper, car je me réveillai dans mon lit un instant plus tard et il faisait de nouveau nuit.

L'appartement silencieux semblait désert. J'avais dormi presque toute la journée, mais je me sentais épuisée. Je somnolai encore, fis un rêve hypnopompique dont je n'émergeai que pour plonger dans un souvenir. Il était une fois mon frère qui était entré dans ma chambre en pleine nuit pour me réveiller. Je devais avoir six ans, donc il en avait douze.

J'avais toujours soupçonné Lowell de vagabonder la nuit. Sa chambre était la seule située au rez-de-chaussée et il pouvait sortir par la porte ou par la fenêtre sans que personne l'entende. J'ignorais où il allait. Je ne suis même pas sûre qu'il allait quelque part. Mais je savais que le terrain que nous avions à la ferme lui manquait. Je savais que les bois qu'il explorait lui manquaient. Une fois, il avait trouvé une pointe de flèche et une pierre portant l'empreinte des arêtes d'un petit poisson. On ne faisait pas de telles découvertes dans notre minuscule jardin actuel.

Il me dit de m'habiller sans bruit. J'avais mille questions à lui poser, mais je parvins à attendre d'être dehors. Quelques jours plus tôt, j'avais posé le pied dans l'herbe et senti une vive douleur irradier dans toute ma jambe. Lorsque je l'avais soulevé en hurlant, il y avait un dard planté dedans, auquel l'abeille était toujours attachée par un fil, tressautant et bourdonnant, à l'agonie. Ma mère l'avait retiré tandis que je braillais et m'avait emmenée à l'intérieur, où elle avait baigné mon pied avant de l'envelopper dans un cataplasme au bicarbonate de soude. Depuis, j'étais la reine de la ruche. Je me faisais porter de chaise en chaise, réclamais des livres, me faisais servir mon jus d'orange. Manifestement, Lowell en avait assez de mon invalidité. Nous gravîmes Ballantine Hill. Mon pied allait très bien.

C'était une nuit d'été, chaude et silencieuse. Des éclairs de chaleur diffus grésillaient à l'horizon, la lune était haute et le ciel noir constellé d'étoiles. Deux fois, des phares de voiture s'approchèrent, nous obligeant à nous cacher derrière des buissons ou des arbres.

« Ne restons pas dans la rue », décréta Lowell.

Nous traversâmes une pelouse menant à un jardin inconnu. À l'intérieur de la maison, un petit chien aboya. Une lumière s'alluma au premier étage.

Bien sûr, j'avais parlé sans interruption. Où allions-nous ? Que faisions-nous dehors ? Était-ce une surprise ? Un secret ? Depuis combien de temps aurais-je dû être au lit ? Je n'avais jamais été debout aussi tard, non ? C'était très tard pour quelqu'un de six ans, non ? Lowell mit sa main devant ma bouche et je sentis le dentifrice sur ses doigts.

« On n'a qu'à dire qu'on est des Indiens, murmura-t-il. Les Indiens ne parlent jamais lorsqu'ils se déplacent dans la forêt. Ils sont si discrets quand ils marchent qu'on n'entend même pas leurs pas. »

Il ôta sa main.

« Comment est-ce qu'ils font ? C'est magique ? Est-ce qu'il n'y a que les Indiens qui en sont capables ? Il faut peut-être porter des mocassins ?

— Chut. »

Nous traversâmes encore quelques jardins. Ce n'était pas si difficile que ça de voir dans le noir. Et la nuit n'était pas si silencieuse. J'entendis l'appel d'une chouette, doux et rond, comme quand on souffle dans une bouteille. La basse profonde d'une grenouille. La friction de pattes d'insectes. Les pas de Lowell n'étaient pas plus discrets que les miens, remarquai-je.

Nous arrivâmes devant une haie avec un trou à travers lequel Lowell se glissa à quatre pattes. Si ce trou était assez grand pour lui, il devait l'être pour moi. Pourtant, les feuilles dentelées m'égratignèrent. Je ne dis rien ; j'avais peur que Lowell ne me renvoie à la maison si je me plaignais. À la place, je lui fis remarquer que je ne me plaignais pas, malgré une éraflure cuisante à la jambe.

« Je ne veux pas rentrer maintenant, ajoutai-je à titre préventif.

— Alors, ferme-la une minute. Écoute et regarde. »

La grenouille était si bruyante, à présent, qu'elle semblait énorme, mais je me souvins qu'au ruisseau de la ferme une grosse voix pouvait souvent appartenir à une petite grenouille. Je me relevai au bout de la haie. Nous nous trouvions dans un grand jardin en cuvette, un jardin secret comme dans les livres. Les pentes étaient plantées d'arbres et l'herbe était plus douce que celle que nous avions à la maison. Au fond de la dépression, il y avait une mare trop parfaite pour être naturelle. Elle était bordée de massettes. L'eau était une pièce d'argent qui scintillait au clair de lune. Les feuilles des nénuphars y dessinaient des taches noires.

« Il y a des tortues dans la mare, me dit Lowell. Et des poissons. »

Il sortit de sa poche des morceaux de crackers qu'il m'autorisa à jeter dans l'eau. La surface fut vite criblée, comme s'il pleuvait, sauf que les gouttes montaient des profondeurs. J'observai les petits cercles excentriques faits par la bouche des poissons.

Sur la pente de l'autre côté de la mare apparut un chemin flanqué de deux statues : deux chiens qui ressemblaient à des dalmatiens, en plus gros. Je m'approchai pour les caresser, leur dos de pierre lisse, frais et merveilleux au toucher. Au-delà, le sentier serpentait jusqu'à une véranda ceinte de moustiquaires, à l'arrière d'une vaste demeure. À chaque détour, il y avait un buisson de forme différente : un éléphant, une girafe, un lapin. J'aurais tellement aimé que ce soit ma maison. Je voulais ouvrir la porte moustiquaire, entrer et retrouver ma famille à l'intérieur. Ma famille tout entière.

Plus tard, je glanai quelques informations au sujet des gens qui vivaient là. Ils possédaient une usine de téléviseurs et ils étaient très riches. Les statues avaient été sculptées d'après des photos de leurs chiens et marquaient l'emplacement de leurs tombes. Ils organisaient une fête chaque année pour le 4-Juillet, avec des homards expédiés par avion du Maine, une réception à laquelle assistaient le maire, le chef de la police et le doyen de l'université. Ils n'avaient pas d'enfants, mais se montraient aimables avec ceux qui s'aventuraient sur leur propriété. Parfois, ils leur offraient même de la citronnade. Ils avaient un accent de l'Indiana prononcé.

Lowell était allongé sur la pente herbeuse, les mains derrière la nuque. Je m'étendis à côté de lui, mais la pelouse n'était pas aussi épaisse et douce qu'on l'aurait cru à première vue, même si son parfum était toujours épais et doux. L'odeur de l'été. Je posai la tête sur le ventre de Lowell et écoutai ses rouages intérieurs.

J'étais heureuse alors, et heureuse aujourd'hui, sur mon lit, à me remémorer cet épisode. La nuit où j'étais allée au royaume des fées avec mon frère. Mieux encore, il m'y avait emmenée alors qu'il n'avait aucune raison particulière de m'inviter, rien à me demander. Il m'avait emmenée comme ça.

Étendue dans l'herbe, la tête sur son ventre, je m'étais efforcée de garder les yeux ouverts, craignant qu'il ne rentre sans moi si je m'endormais. Le royaume des fées, c'était bien joli, mais je ne tenais pas à y rester seule. Même ce souvenir était agréable. Mon frère aurait pu m'abandonner ce soir-là, mais il ne l'avait pas fait.

Dans mon esprit, je complétai le diagramme que j'avais commencé en prison, le diagramme de ce qui avait disparu. Un : mon vélo, deux : Madame Defarge, trois : les carnets, quatre : mon frère.

Cinq : Fern. Où était Fern ? Lowell le savait probablement. Une part de moi souhaitait le savoir aussi, mais j'avais très peur de la réponse. Si je pouvais faire un vœu, alors bientôt je reverrais mon frère et rien de ce qu'il dirait au sujet de Fern ne serait douloureux à entendre.

Cependant, je n'ignorais pas qu'au royaume des fées comme dans le monde réel les vœux étaient plus insaisissables que les étoiles filantes.

5

Une fois de plus, je téléphonai à Harlow et tombai sur le répondeur. Une fois de plus, sans ressentiment ni hystérie, rien que du calme et de la dignité aussi loin que portait le regard, je demandai où se trouvait Madame Defarge. La fille-singe avait resurgi de manière imprévue et elle avait de nouveau atterri en prison. Quand apprendrait-elle à se conduire avec tact et modération ?

Il pleuvait encore – de grosses gouttes glacées – et je n'avais plus de vélo. J'appelai donc le Graduate pour savoir si on avait retrouvé une marionnette de ventriloque à l'effigie de Madame Defarge la nuit précédente. L'homme au téléphone ne semblait pas comprendre ma question. Il ne semblait pas non plus faire d'effort. Pluie ou pas, je n'avais plus qu'à me déplacer et à vérifier par moi-même.

Je passai les deux heures suivantes à arpenter la ville à la recherche de ce que j'avais perdu. J'étais trempée jusqu'aux os et j'avais les yeux qui piquaient, car je les avais agressés avec une nouvelle paire de lentilles. J'étais une flaque ambulante d'autoapitoiement. Manifestement, quelqu'un avait enlevé Madame Defarge. Jamais je n'aurais les moyens de payer la rançon. Jamais je ne la retrouverais.

Davis était un haut lieu du vol de vélo. On les fauchait sur un simple coup de tête, parfois un étudiant qui se servait juste pour aller à son prochain cours. La police ramassait les bicyclettes abandonnées et les vendait aux enchères chaque année. La recette était reversée à un centre d'accueil pour les femmes en difficulté. Je reverrais mon vélo, mais quelqu'un surenchérirait et je n'aurais même pas le droit de me plaindre, parce que c'était pour la bonne cause. Est-ce que je voulais que les femmes en difficulté aient un abri ou non ? J'adorais ce vélo.

Par ailleurs, il se pouvait fort bien que mon frère ait flippé en voyant l'agent Haddick bavarder gentiment avec moi. Il devait se douter que je ne le dénoncerais jamais délibérément. Malgré tout, combien de fois m'avait-il dit : « Tu es incapable de fermer ta grande bouche » ? Quand j'avais cinq, six, huit, dix ans, cent mille fois ? J'avais depuis appris à fermer ma grande bouche, mais Lowell ne pouvait pas le savoir.

Je regagnai mon appartement frigorifiée, les yeux irrités et les mains vides.

— Mes pieds ne se réchaufferont jamais, annonçai-je à Todd et Kimmy. Je ne recouvrerai jamais l'usage de mes orteils.

Ils étaient attablés dans la cuisine, engagés dans une énergique partie de cartes. La plupart des cartes jonchaient le sol.

Ils s'interrompirent le temps d'émettre un claquement de langue compatissant, puis entreprirent de m'exposer leurs propres doléances : ça n'avait pas arrêté en mon absence.

D'abord, Ezra était passé, sous un prétexte bidon, alors qu'il cherchait clairement Harlow. Bien sûr, il avait remarqué le détecteur de fumée cassé et s'était fendu d'une petite leçon de morale. Todd et moi mettions non seulement nos vies en danger, mais celles de tous les habitants de l'immeuble. Et qui était responsable de la sécurité de ces gens ? De qui dépendaient-ils ? Pas de nous, c'était clair. Non, c'était à Ezra qu'ils avaient confié leur sort. Peut-être que cela ne voulait rien dire pour nous, mais si on imaginait qu'Ezra allait les trahir comme ça, on se fourrait le doigt dans l'œil.

Puis un *baka*, un bouffon avec une casquette de base-ball à l'envers. Il cherchait Harlow et avait remis à Todd une marionnette que Harlow prétendait vouloir récupérer.

— Un machin hideux, précisa Todd, parlant a priori de Madame Defarge. C'est devenu quoi ici, son bureau ? poursuivit-il, cette fois à propos de Harlow. Son adresse professionnelle ? Parce que ensuite Sa Majesté en personne a débarqué. Elle a pris une bière dans le frigo sans même demander et elle a porté la marionnette dans ta chambre. Elle te fait dire que celle-ci est à sa place dans la valise, comme promis.

— Et qu'elle n'est pas abîmée, compléta Kimmy. Comme promis.

Puis encore un coup à la porte ! Un type tout maigre, les cheveux décolorés, peut-être la trentaine. Un certain Travers. Il voulait me voir, mais, puisque je n'étais pas là, il était parti avec Harlow.

— Elle te l'a emberlificoté en moins de deux, ce grand benêt, je te raconte pas, ajouta Todd.

Le fait que Harlow avait à peine touché à sa bière était ce qui semblait le choquer le plus. Elle n'avait même pas demandé et maintenant il n'y avait plus qu'à la vider dans l'évier comme si c'était une vulgaire Bud light et non sa dernière bière blanche artisanale, une Hefeweizen de la microbrasserie Sudwerk. Et il n'était pas question qu'il la boive, allez savoir où la bouche de Harlow avait traîné.

— Tu vois un peu la soirée qu'on a passée. Un vrai défilé de *kisama*.

Il retourna à son jeu de cartes et abattit sur la table un valet de trèfle.

— Enfoiré, lança Kimmy, soit à Todd, soit à son impitoyable valet, même si j'avais cru un instant qu'elle s'adressait à moi.

Kimmy comptait parmi les gens que je mettais mal à l'aise pour des raisons qu'eux-mêmes ne comprenaient pas. Elle ne regardait jamais mon visage, mais peut-être se conduisait-elle ainsi avec tout le monde, peut-être lui avait-on appris que c'était impoli. Todd prétendait que sa grand-mère maternelle ne regardait jamais personne dans les yeux ni ne montrait jamais ses pieds, bien qu'il racontât aussi qu'elle était d'une grossièreté inimaginable avec les employés et les serveuses. « On est aux États-Unis, lui rappelait-elle d'une voix claironnante s'il semblait gêné. Le client est roi. »

Kimmy se racla la gorge.

— Ils ont dit aussi que si tu rentrais dans l'heure, tu pouvais les retrouver à la crêperie. Ils sont partis il y a tout juste une heure.

Je n'avais donc qu'à franchir la porte, retraverser la ville sous la pluie battante glacée, et Lowell serait là. Je me sentais un peu remuée, un peu excitée, un peu nauséeuse. Lowell serait là.

Avec Harlow.

Comment pourrions-nous parler librement en présence de Harlow ?

Mais voulais-je réellement parler librement ?

J'étais consciente de l'urgence de la situation. Et je n'étais pas prête. Alors, je me rendis dans ma chambre, séchai mes cheveux avec une serviette et enfilai d'autres vêtements, puis j'ouvris la valise bleu ciel, où Madame Defarge était étalée sur les habits pliés, me montrant son postérieur. Je la sortis. Elle sentait le tabac et il y avait une tache humide sur sa robe. Manifestement, la nuit avait été rude. Cependant, elle était entière, sans un cheveu de travers. Elle pouvait rentrer chez elle quand la compagnie aérienne se déciderait à passer la chercher, pas abîmée, comme promis.

Bizarrement, mon cœur se serra soudain à l'idée de la perdre. La vie n'est qu'arrivées et départs.

— On se connaît à peine et déjà tu me quittes.

Ses yeux me regardaient fixement. La vallée dérangeante. Sa mâchoire reptilienne claqua. Je plaçai ses bras autour de mon cou, comme si elle aussi était triste. Ses aiguilles à tricoter me piquèrent et je dus l'écarter. « S'il te plaît, ne pars pas », dit-elle. Ou peut-être était-ce moi. C'était l'une de nous deux, en tout cas.

Au solipsisme s'oppose la théorie de l'esprit. Elle postule que, même si ceux-ci ne sont pas explicites, nous prêtons divers « états mentaux » à autrui (et à nous-mêmes, puisque l'on part du principe que c'est la conscience de nos propres états mentaux qui nous permet de généraliser). Ainsi, nous passons notre temps à décrypter les intentions des autres, leurs pensées, ce qu'ils savent ou ne savent pas, leurs doutes, leurs désirs, leurs croyances, leurs suppositions, leurs préférences, leurs buts et beaucoup, beaucoup de choses qui nous aident à vivre en société.

Les enfants de moins de quatre ans ont du mal à organiser une série d'images en désordre selon une séquence narrative. Ils sont capables de décrire une image isolée, mais pas de percevoir les intentions ni les objectifs d'un personnage. Autrement dit, ils ne distinguent pas ce qui lie et ordonne les éléments. Ils n'ont pas le sens de l'histoire.

Ils possèdent néanmoins dès la naissance le potentiel pour élaborer une théorie de l'esprit, elle demande seulement à être développée (tout comme ils ont les structures permettant l'acquisition de la parole, ainsi que l'a expliqué Noam Chomsky). Cela dit, j'ai fait ce test de nombreuses fois quand j'étais enfant et je ne me rappelle pas avoir jamais échoué. Cependant, si Piaget affirme qu'il y avait un moment où j'en étais incapable, c'est que je devais en être incapable.

En 1978, du temps où Fern vivait encore à la maison, les psychologues David Premack et Guy Woodruff publièrent un article intitulé : « Le chimpanzé a-t-il une théorie de l'esprit ? » Leurs recherches se fondaient essentiellement sur des tests réalisés avec un chimpanzé de quatorze ans appelé Sarah, pour déterminer si elle était capable de comprendre les intentions humaines dans des situations données. Ils en conclurent que, dans une certaine mesure, la réponse était oui.

Des travaux ultérieurs (dont ceux de mon père) remirent en question ces résultats. Les chimpanzés prédisaient peut-être simplement le comportement des humains grâce à leur expérience plutôt qu'en attribuant des désirs et des intentions à l'autre. S'ensuivirent des années d'études qui consistèrent principalement à améliorer la méthodologie d'exploration du cerveau des chimpanzés.

En 2008, Josep Call et Michael Tomasello revinrent sur ces recherches. Leurs conclusions rejoignaient celles de Premack et Woodruff trente ans plus tôt. À la question « Les chimpanzés ont-ils une théorie de l'esprit ? », ils répondirent par un oui catégorique. Les chimpanzés comprennent que l'intention et la connaissance se combinent pour produire une action délibérée. Ils comprennent même la duperie.

En revanche, ce qui leur échappe apparemment, c'est la croyance erronée. Ils n'ont pas de théorie de l'esprit expliquant les actions motivées par des croyances en conflit avec la réalité.

Et franchement, sans cette aptitude, comment survivre dans le monde des humains ?

Vers l'âge de six ou sept ans, les enfants sont capables d'échafauder une théorie de l'esprit à plusieurs niveaux. Ils maîtrisent déjà depuis un moment les inférences de premier niveau, par exemple : maman pense que je suis allé me coucher. Ensuite, ils apprennent à manier (et à exploiter) un étage supplémentaire : papa ne sait pas que maman pense que je suis allé me coucher.

Les interactions sociales entre adultes reposent en grande partie sur ces états imbriqués. La plupart les utilisent sans effort et sans même en être conscients. Selon Premack et Woodruff, l'adulte moyen peut manier sans difficulté jusqu'à quatre niveaux d'imputation : X croit que Y sait que Z pense qu'untel est mécontent. Au-delà, cela devient plus compliqué. Mais quatre, ce n'est pas grand-chose. Toujours d'après Premack et Woodruff, les sujets les plus doués peuvent jongler avec sept niveaux. Il semble toutefois que ce soit la limite humaine.

Les retrouvailles avec mon frère au Crêpe Bistro allaient demander une bonne maîtrise de la théorie de l'esprit. Lowell avait-il dit à Harlow depuis combien de temps nous ne nous étions pas vus ? Pouvais-je montrer ma joie et jusqu'à quel point ? Si je savais pouvoir me fier à la discrétion de Lowell, je doutais que la réciproque fût vraie. Nous devions donc chacun tenter de découvrir ce que l'autre avait déjà appris à Harlow au sujet de notre famille, et deviner ce que l'autre préférait taire, et tout cela devait être communiqué rapidement et devant Harlow, sans qu'elle se doute de rien.

Question du test : Combien de niveaux d'imputation trouvez-vous dans la phrase suivante ? Rosemary a peur que Lowell ne perçoive pas que Rosemary ne veut pas du tout qu'il parle de Fern, car elle pense que Harlow le répétera à tout le monde et que tout le monde verra en Rosemary la fille-singe qu'elle est réellement.

De plus, tout ce que je désirais, c'était être seule avec mon frère. J'espérais que Harlow avait une théorie de l'esprit assez fine pour le détecter. Si nécessaire, je lui donnerais un coup de pouce pour qu'elle arrive à cette conclusion. Et je comptais aussi sur l'aide de Lowell.

6

J'avais tellement marché que, lorsque j'arrivai au restaurant, j'avais mal des pieds jusqu'aux genoux. J'avais si froid que le sang battait dans mes oreilles. J'entrai avec soulagement dans la petite salle chaleureuse, avec ses bougies allumées et ses fenêtres embuées. Lowell et Harlow partageaient une fondue dans un coin. La scène semblait intime.

Lowell tournant le dos à la porte, je repérai Harlow en premier. Son visage était rouge, ses cheveux bruns défaits s'enroulaient autour de sa gorge. Elle portait un pull à encolure bateau qui avait glissé sur une épaule, révélant la bretelle de son soutien-gorge. (Couleur chair.) Je la vis prendre un morceau de pain et le jeter à Lowell avec son sourire éblouissant. Aussitôt, je me retrouvai à quatre ans, abandonnée au pied du pommier, tandis que Lowell et Fern grimpaient en riant. « Tu ne me choisis jamais ! criais-je à mon frère. Ce n'est jamais mon tour. »

Je ne notai rien dans l'attitude de Harlow indiquant qu'elle m'avait remarquée, mais elle se pencha vers Lowell, dit quelque chose et il se retourna. Vendredi, au bar, je l'avais reconnu sur-le-champ, mais ce soir, il avait l'air plus vieux, plus fatigué, pas lui-même. Il était devenu un adulte, et c'était arrivé sans moi. En dépit des cheveux décolorés, il ressemblait à notre père ; il avait sa barbe de fin de journée.

— Enfin ! Hé, frangine ! Ramène-toi.

Il se leva pour m'enlacer brièvement, mit par terre son sac à dos et son manteau qui se trouvaient sur la troisième chaise, afin que je puisse m'asseoir. Le tout très désinvolte, comme si nous nous voyions souvent. Message reçu.

Je tâchai de dissiper le sentiment que j'avais interrompu quelque chose, que c'était moi l'intruse.

— La cuisine fermait, dit Harlow. Travers a commandé pour toi.

Ils semblaient avoir déjà vidé plusieurs verres de l'excellent cidre brut de la maison. Harlow était de bonne humeur.

— On était sur le point de renoncer et de manger ta part. Tu arrives juste à temps.

Lowell m'avait pris une salade et une crêpe au citron. C'était très proche de ce que j'aurais choisi moi-même. Je sentis les yeux me piquer à l'idée qu'après toutes ces années mon frère était encore capable de commander pour moi. Il n'avait commis qu'une erreur, c'était le poivron dans la salade. Je les retirais toujours de la sauce de notre mère quand elle faisait des spaghettis. C'était Fern qui aimait les poivrons.

— Hé !

Lowell s'était penché en arrière et se balançait sur sa chaise. Je redoutais de ne plus pouvoir le lâcher des yeux si je commençais à regarder son visage. Alors, je l'évitais. J'étudiai son assiette tachetée de fromage fondu. Je m'attardai sur son torse. Il portait un maillot à manches longues noir orné d'un paysage coloré et des mots WAIMEA CANYON. J'examinai ses mains. Des mains d'homme, calleuses, avec sur le dos de la droite une cicatrice qui partait de la base des doigts et remontait jusqu'au poignet puis disparaissait sous sa manche. Je clignai des yeux ; tous ces détails étaient tantôt nets, tantôt flous.

— Harlow me dit qu'elle ne savait même pas que tu avais un frère. Comment ça se fait ?

Je pris une inspiration, m'efforçant de me ressaisir.

— Je te réserve pour les grandes occasions. Mon frère préféré. L'unique. Tu es trop précieux, je t'économise.

Je tentai d'imiter l'insouciance de Lowell, mais je ne pense pas que j'y parvins, car tout de suite après, Harlow remarqua que je tremblais tellement que mes dents claquaient.

— Il fait un froid de canard dehors, rétorquai-je, plus irritée que j'aurais voulu le laisser paraître. Et j'ai dû sillonner Davis sous la pluie à la recherche de Madame Defarge. Une longue histoire, ajoutai-je, sentant le regard de Lowell sur moi.

Mais Harlow avait commencé à parler avant même que j'aie terminé.

— Tu n'avais qu'à me demander ! Je savais où elle était ! Rosemary et moi, on a fait une virée en ville vendredi, les marionnettes en folie.

Nous nous adressions toutes les deux à Lowell, à présent.

— Harlow ne m'a rien dit sur sa famille non plus. On ne se connaît pas depuis très longtemps, en fait.

— Ce n'est pas une longue amitié, admit Harlow. Mais super profonde. Comme on dit, on ne connaît pas vraiment quelqu'un avant d'avoir fait de la taule ensemble.

Lowell me sourit affectueusement.

— De la taule ? Mademoiselle sainte-nitouche ?

Harlow saisit ses poignets. Aussitôt, il se tourna vers elle.

— Elle a un casier comme ça, dit-elle en écartant les mains de Lowell à trente centimètres l'une de l'autre.

Ils se regardaient dans les yeux. Je sentis mon cœur battre trois fois : tac, tac, tac. Puis elle le lâcha et m'adressa un rapide sourire.

Je crus y lire une question, un « Je peux ? », sans être sûre de ce qu'elle me demandait au juste. Est-ce qu'elle pouvait lui raconter notre arrestation ou est-ce qu'elle pouvait lui tenir les mains en lui faisant les yeux doux ? Je tâchai de lui renvoyer un regard qui disait non, un non catégorique pour les deux, mais soit elle ne comprit pas, soit elle n'avait pas voulu me poser la moindre question. Ou alors elle avait déjà détourné la tête.

Elle lui relata en détail notre premier séjour en cabane. Au trou. À l'ombre.

Mais elle se débrouilla pour le faire sans mentionner Reg une seule fois. J'intervins afin de l'inclure. Le gentil Reg, pas le type insupportable.

— Son petit copain est venu la sortir de là dès qu'il a su.

Elle géra la situation habilement. Reg devint aussitôt un individu effrayant. Quant à moi, je me métamorphosai en modèle de générosité qui avait accepté de cacher dans son appartement quelqu'un qu'elle venait à peine de rencontrer.

— Ta sœur est géniale, affirma Harlow. Je me suis dit à moi-même : voilà une fille qui gagne à être connue, une fille qui ne te laissera jamais tomber.

Vint ensuite l'histoire de la valise perdue, puis la découverte de Madame Defarge et notre virée du vendredi soir. Harlow s'acquitta de la plus grande partie du récit, m'invitant cependant à participer à plusieurs reprises.

— Raconte-lui la station de lavage, proposa-t-elle.

Et je racontai, tandis que Harlow mimait notre progression à travers les tentacules savonneux dans l'obscurité, planifiant notre mariage.

Elle inclut aussi Tarzan et ma théorie de la relativité, même si, dans la présente version, il apparaissait qu'elle avait toujours été d'accord avec moi. Lorsqu'elle prononça le nom de Tarzan, Lowell posa sa main balafrée sur ma manche et la laissa là. Je m'apprêtais à ôter mon manteau, mais je me ravisai. Ce poids sur mon bras était la seule marque d'attention qu'il m'accordait et il n'était pas question que j'y renonce.

Pour être honnête, toutes les anecdotes que raconta Harlow, tous les détails me faisaient paraître à mon avantage. C'était moi qui avais les idées à la fois géniales et loufoques. C'était sur moi qu'on pouvait compter. Je savais me défendre et défendre mes amis. J'étais trop forte. J'étais une fille d'enfer.

J'étais tout sauf ça.

Je pense malgré tout que Harlow voulait bien faire. Elle croyait vraiment me faire plaisir en me parant d'un tas de qualités que je n'avais pas. Ce n'était pas sa faute si la lumière de la bougie peignait de différentes couleurs son visage et ses cheveux, si la flamme se reflétait dans ses yeux. Elle ne pouvait pas se rendre compte de l'effet qu'elle produisait. Elle faisait rire mon frère.

Les phéromones sont le premier idiome de cette planète. Et même si c'est une langue que nous ne parlons pas aussi couramment que les fourmis, le message finit toujours par passer. J'étais venue en pensant que nous nous débarrasserions de Harlow le plus vite possible. Mais le cidre coula à flots et les histoires s'enchevêtrèrent jusqu'à se mordre la queue, comme dans une gravure d'Escher. Et moi, bien sûr, j'avais tout faux.

La soirée se termina chez moi. Madame Defarge avait recouvré sa liberté et elle s'éclatait. Elle effleura la joue de Lowell. Elle lui dit qu'il était très cool et très sexy. Ouh là là. Un vol direct pour le septième ciel.

Lowell tendit le bras, frôlant la jupe de Madame Defarge pour toucher Harlow. Il tint sa main une minute, lui caressant la paume avec son pouce. Il l'attira vers lui.

— Ne jouez pas avec moi, madame, murmura-t-il, si doucement que je l'entendis à peine.

Madame Defarge envoya soudain valser son accent français.

— Pas encore, mon joli, répondit-elle d'une voix aussi douce. Mais j'y compte bien.

— Marionnette ? Quelqu'un a dit marionnette ? marmonna Todd avec un signe de tête méprisant en direction de Lowell.

Il n'avait pas compris que c'était mon frère. Lorsqu'il percuta, il se sentit si gêné qu'il m'offrit son lit et alla dormir chez Kimmy. Il m'autorisa même à jouer à sa Nintendo 64 toute neuve, parce que c'était le genre de chose qui lui aurait fait plaisir.

Je les laissai pour aller à la salle de bains retirer mes lentilles et apaiser mes yeux outragés. Je m'étais tellement forcée à sourire que j'avais mal à la mâchoire. À un moment de la soirée, entre la salade et la crêpe, j'avais décidé que je n'avais plus envie d'être l'amie de Harlow, que j'aurais préféré ne jamais l'avoir rencontrée. Je m'en voulais – de ma jalousie, de ma colère –, alors qu'elle disait toutes ces choses sympas à mon sujet. De toute manière, elle était loin de m'aimer autant qu'elle le prétendait.

Quoi qu'il en soit, elle ne savait pas depuis combien de temps Lowell et moi ne nous étions pas vus.

Mais lui, si. J'étais encore plus furieuse contre lui. Il m'avait abandonnée, me laissant avec nos parents dans leur maison triste et silencieuse alors que je n'avais que onze ans. Et maintenant que nous étions réunis, après dix ans, c'était à peine s'il me regardait. Il n'avait pas plus de volonté qu'un bonobo.

La chambre de Todd sentait la pizza, sans doute parce qu'il y en avait deux parts en train de sécher sur son bureau, la pointe se recroquevillant comme la languette d'une vieille chaussure. Sur le bureau également : une lampe à lave, très rétro, qui enflait et éclatait et diffusait une lumière rougeâtre. Des bandes dessinées à n'en plus finir au cas où j'aurais du mal à trouver le sommeil, mais je ne m'inquiétais pas pour ça. Reg appela deux fois et me réveilla deux fois, et je dus lui dire que je n'avais aucune idée de l'endroit où était Harlow. J'étais sûre qu'elle avait entendu le téléphone et qu'elle savait que c'était Reg, qu'elle m'obligeait sciemment à lui mentir. Au moins, je me sentais enfin autorisée à lui en vouloir sans réserve.

Jc savais que Reg savait que je mentais, et il savait que je savais qu'il savait. La science prétend peut-être que les plus doués d'entre nous ne peuvent gérer que sept niveaux de théorie de l'esprit, mais moi je dis que je pourrais continuer à l'infini.

Puis, comme au bon vieux temps, Lowell vint me chercher en pleine nuit. Il portait son manteau et son sac à dos. Il me secoua pour me réveiller et, sans un mot, me fit signe de me lever, puis il alla m'attendre au salon tandis que je m'habillais, contrainte d'enfiler mes vêtements humides de la veille, puisque toutes mes affaires se trouvaient dans ma chambre, où dormait Harlow. Je franchis la porte derrière lui. Dans le couloir sombre, il m'enlaça. Les revers de son manteau sentaient la laine mouillée.

— Si on allait manger une part de tarte ? dit-il.

J'envisageai de le repousser, de lui lancer une remarque désobligeante, mais j'avais trop peur qu'il ne soit déjà sur le départ. J'optai pour la brièveté. Une froideur que je pourrais toujours nier.

— D'accord.

Il connaissait manifestement bien Davis, savait où trouver une part de tarte en pleine nuit. Les rues étaient désertes et la pluie avait enfin cessé. Nous allions de réverbère en réverbère vers une brume spectrale qui planait constamment devant nous, mais dans laquelle nous ne nous enfoncions jamais. Nos pas résonnaient sur le trottoir silencieux.

— Comment vont papa et maman ? demanda Lowell.

— Ils ont déménagé. Une petite maison sur North Walnut Street. Ils ont aménagé ça bizarrement : on dirait un pavillon témoin. Ils n'ont rien gardé du mobilier d'autrefois.

Contre mon gré, je m'adoucissais déjà, au moins provisoirement. C'était réconfortant de partager mes inquiétudes et mes irritations au sujet de mes parents avec quelqu'un qui était aussi responsable que moi de leur malheur. Plus encore, à vrai dire. C'était ce que j'espérais chaque fois que j'imaginais revoir Lowell, le moment où je pourrais cesser d'être une enfant unique.

— Papa ne boit pas trop ?

— Ça va. Mais pour être honnête, je n'en sais rien, je ne suis jamais là. Maman travaille au planning familial maintenant. Je crois qu'elle aime ça. Elle joue au tennis. Au bridge.

— Bien sûr.

— Il n'y a pas de piano dans la nouvelle maison.

Je laissai une minute à mon frère pour digérer cette nouvelle dérangeante. Je n'avais pas dit : elle a cessé de jouer quand tu es parti. Une voiture passa en soulevant une gerbe d'eau. Un corbeau, couvant le lampadaire tiède comme si c'était un œuf, nous lança des imprécations. Peut-être en japonais. « *Ba ! Ka ! Ba ! Ka !* » En quelle langue, je l'ignore, mais il nous insultait, c'est sûr. C'est ce que j'expliquai à Lowell au lieu de lui parler de maman.

— Les corbeaux sont très intelligents. S'il nous traite d'idiots, c'est que nous le sommes, répondit-il.

— Ou alors il ne s'adresse qu'à toi.

J'avais employé le genre de ton neutre qu'on adopte quand on veut pouvoir prétendre plus tard que ce n'était qu'une plaisanterie. Je m'étais adoucie, mais je n'avais pas pardonné.

« *Ba ! Ka ! Ba ! Ka !* »

Je n'aurais jamais pu distinguer ce corbeau d'un autre, pourtant, m'apprit Lowell, ils étaient capables de reconnaître et se rappeler les gens. Ils avaient un cerveau énorme pour leur taille, proportionnellement similaire à celui des chimpanzés.

Mon pouls eut des ratés à la mention des chimpanzés, mais Lowell s'en tint là. Nous dépassâmes une maison dans B Street, où on avait accroché des ballons gonflables dans les arbres. Il y avait une banderole au-dessus de la porte d'entrée, encore éclairée par la lumière de la véranda. JOYEUX ANNIVERSAIRE, MARGARET ! Fern et moi avions toujours des ballons pour nos anniversaires, même s'il fallait la surveiller à chaque instant, car si elle en mordait un, elle risquait de s'étouffer en avalant le plastique.

Nous passâmes devant Central Park. Malgré l'obscurité, on voyait que l'herbe avait été noyée par la boue de l'hiver ; le sol était noir et brillant. Une fois, j'avais confectionné des chaussures pour Fern et moi avec des assiettes en carton et des lacets. Fern avait refusé de mettre les siennes, mais j'avais attaché les miennes, pensant marcher ainsi sur la boue comme avec des raquettes sur la neige. On apprend autant de l'échec que de la réussite, disait toujours mon père.

Mais on ne gagne l'admiration de personne.

— J'ai essayé de lire le dernier article de papa, avoua Lowell. « La courbe d'apprentissage dans la théorie de l'apprentissage stochastique. » Je n'arrivais pas à faire le lien entre un paragraphe et le suivant. J'avais l'impression de ne jamais avoir vu ces mots avant. J'aurais peut-être dû aller à la fac.

— Ça ne t'aurait servi à rien.

Je lui racontai brièvement ce qui s'était passé à Thanksgiving, quand notre père avait réussi à énerver grand-mère Donna avec ses chaînes de Markov. Je mentionnai les mauvais résultats de Peter aux SAT et la théorie conspirationniste de l'oncle Bob. Je faillis lui dire que notre mère m'avait donné ses carnets, mais s'il voulait les voir ? Je ne tenais pas à avouer, même à lui, qu'ils étaient perdus.

Nous arrivâmes au Bakers Square. Il y avait des rideaux en vichy, des sets de table laminés et de la musique d'ambiance. Le décor n'était pas mal choisi, un peu daté : il nous ramenait dix ans en arrière, ou plus, quand nous étions enfants, quoique la lumière fût sans doute un peu trop vive. Les chansons étaient encore plus vieilles : les Beach Boys et les Supremes. « Be True to Your School ». « Ain't No Mountain High Enough ». La musique de nos parents.

Nous étions les seuls clients. Le serveur, qui avait un faux air d'Albert Einstein jeune, vint nous voir immédiatement et prit notre commande : deux parts de tarte à la crème et à la banane. Il nous les apporta avec un commentaire guilleret sur le temps, indiquant la fenêtre, derrière laquelle il s'était remis à pleuvoir – « La sécheresse est finie ! La sécheresse est finie ! » –, puis nous laissa.

Le visage de mon frère en face de moi ressemblait plus que jamais à celui de notre père. Ils avaient tous les deux cette figure hâve et décharnée que le Jules César de Shakespeare trouvait dangereuse. Joues creuses, menton bleuté. Au restaurant, il avait déjà besoin de se raser. À présent, c'était un homme-loup. Le contraste entre sa barbe noire et ses cheveux décolorés était bizarre et saisissant. Il avait l'air exténué, mais pas comme quelqu'un qui vient de passer une folle nuit d'amour. Il avait juste l'air de quelqu'un d'exténué.

Et, pour la première fois, il ne me paraissait pas beaucoup plus âgé que moi. Il remarqua que je le dévisageais.

— Regarde-toi ! Une jeune fille, une étudiante, loin de chez elle. Ça te plaît ici ? Tu es heureuse de ta vie ?

— Je peux pas me plaindre.

— Allons !

Lowell piqua un morceau de tarte avec sa fourchette et le porta à sa bouche en souriant.

— Allons, pas de fausse modestie. Je parie que tu es capable de te plaindre pendant des jours et des jours.

7

Lowell et moi restâmes au Bakers Square jusqu'au lever du jour. La pluie cessa, reprit, cessa et reprit. Je mangeai des œufs, Lowell des pancakes et nous bûmes du café tous les deux. La clientèle du matin arriva. Notre serveur rentra chez lui et trois le remplacèrent. Lowell me dit qu'il était végétarien, et même végétalien, sauf quand il se déplaçait, c'est-à-dire presque tout le temps.

À l'école vétérinaire de Davis, il y avait une vache, célèbre parce qu'elle présentait une fistule. On lui avait percé un trou dans l'estomac afin de pouvoir observer le processus digestif. C'était une destination populaire pour les excursions scolaires, une attraction qui ne faisait jamais défaut le jour de la fête de l'université. On pouvait mettre la main dedans, toucher ses intestins. Des centaines de personnes l'avaient fait. Et cette vache menait la vie de château par comparaison à une simple laitière.

Lowell était convaincu que Davis avait en fait plusieurs vaches à fistule. Toutes s'appelaient Maggie, pour que les gens se figurent qu'il n'y en avait qu'une et qu'il ne leur vienne pas à l'idée de poser des questions gênantes sur les fistulisations inutiles.

Il avait toujours cru qu'il irait à l'université et il regrettait sincèrement d'avoir raté cela. Mais il se débrouillait pour lire le plus possible. Il me recommanda l'ouvrage de Donald Griffin intitulé *La Pensée animale*. Peut-être pourrais-je persuader notre père de le lire.

Même si Lowell n'avait pas compris son dernier article, il avait un certain nombre de critiques concernant ses travaux. Il lui semblait que les études psychologiques étaient lourdes, alambiquées, pour ne pas dire bizarres. Elles nous apprenaient relativement peu de choses sur les animaux, mais beaucoup sur les chercheurs qui les concevaient et les menaient. Il n'y avait qu'à voir Harry Harlow, que nous avions rencontré enfants et qui, d'après Lowell, nous avait offert des pastilles au citron.

Je me souvenais de Harry Harlow. Il était venu dîner à la ferme et s'était assis entre Fern et moi. Après, il nous avait lu un chapitre de *Winnie l'Ourson*, prêtant à Petit Gourou une voix aiguë et ténue qui nous faisait rire dès qu'il parlait. Je ne me rappelais pas les pastilles au citron, mais j'étais prête à parier que Fern, elle, s'en souviendrait. Je songeai que si notre père l'avait réellement admiré, il aurait pu me donner son nom. Je pourrais être Harlow maintenant, être comme elle. Ça fait froid dans le dos.

Mais personne ne risquait de nommer un enfant d'après Harry Harlow. Il avait arraché des bébés macaques rhésus à leurs mères et remplacé celles-ci par des substituts inanimés, soit en tissu-éponge, soit en fil de fer, pour voir laquelle ils préféraient en l'absence d'autre choix. Non sans provocation, il prétendait étudier l'amour.

Les petits singes s'accrochaient désespérément à ces fausses mères indifférentes, jusqu'à devenir psychotiques ou mourir.

— Je ne sais pas ce qu'il croit avoir appris à leur sujet, dit Lowell. Mais au cours de leur courte et triste vie, eux en ont beaucoup appris sur lui.

« Nous avons besoin d'un genre de test du miroir inversé. Une manière d'identifier les espèces assez intelligentes pour se voir dans un autre animal. Plus on s'éloigne de sa propre espèce, plus on a de points supplémentaires. Les insectes comptent double.

Notre nouvelle serveuse, une jeune fille latino avec une épaisse frange courte, nous tourna autour pendant un moment, se précipitant pour ranger les flacons de sirop d'érable, débarrasser nos tasses, placer l'addition bien en évidence sur la table. Elle finit par renoncer et se mit en quête de clients plus influençables.

Lowell s'était tu à son arrivée. Lorsqu'elle nous laissa, il reprit là où il s'était interrompu.

« C'est fou ce que je parle, ce soir, avait-il dit un peu plus tôt. C'est moi qui joue ton rôle, on dirait. Je n'en ai pas souvent l'occasion. Je mène une vie de reclus. »

Il m'avait souri. Son visage avait changé, mais pas son sourire.

— Tu veux savoir quel est le problème de l'approche de papa ? demanda-t-il en tapant sur le set de table du Bakers Square, comme si les œufs brouillés jambon-champignons-tomates étaient la cause de tous nos maux. C'est le postulat de départ. Papa disait toujours que nous étions tous des animaux, mais, quand il s'agissait de Fern, il ignorait ce facteur commun. Avec sa méthode, c'était à elle de faire ses preuves. Si elle n'était pas capable de nous parler, c'était elle qui ne savait pas se faire comprendre et pas nous qui étions incapables de la comprendre. La rigueur scientifique aurait voulu qu'il parte d'une base commune. Ça aurait été beaucoup plus darwinien.

« Et plus poli. Tu te souviens de ce jeu avec les jetons de poker rouge et bleu ? Pareil/Pas-Pareil ?

Évidemment que je m'en souvenais.

— Fern te donnait toujours le jeton rouge. À personne d'autre. Rien qu'à toi. Tu te rappelles ?

La scène me revint à l'instant où il prononça ces mots. Elle apparut dans mon esprit comme un souvenir tout neuf, plus vif que les autres, qui s'étaient usés et semblaient aussi fins qu'une pièce de monnaie romaine. J'étais allongée sur le parquet abîmé à côté du fauteuil de notre père et Fern était étendue près de moi. C'était le jour où je m'étais cassé le coude. Papa et les étudiants discutaient encore du rire inattendu de Fern. Elle tenait toujours les jetons de poker : le rouge signifiait pareil ; le bleu, pas pareil. Elle roula sur le dos. Je distinguais chaque poil de duvet sur son menton. Elle sentait la transpiration. Elle me gratta la tête. Un cheveu se détacha. Elle le porta à sa bouche.

Puis, après ce qui parut un temps de réflexion, elle me tendit le jeton rouge. Je revoyais toute la scène : Fern qui me regardait avec ses yeux brillants mi-clos et déposait le jeton sur ma poitrine.

Je sais ce que notre père pensait. Rien de notable. Un jour, elle m'avait donné un raisin sec chaque fois qu'elle en mangeait un, et à présent elle avait deux jetons de poker et m'en offrait un. Un comportement intéressant – il n'irait pas plus loin.

Mais je n'avais pas compris le geste de Fern ainsi. Je pensais qu'elle s'excusait. Quand tu n'es pas bien, je ne suis pas bien non plus : c'est ce que signifiait pour moi ce jeton rouge. Nous sommes pareilles, toi et moi.

Fern, ma sœur. Dans le monde entier, mon unique jeton rouge.

Sans volonté consciente de ma part, mes mains se trouvèrent sous la table et s'agrippèrent l'une à l'autre. Je me forçai à poser la question que j'aurais dû prononcer à l'instant où nous nous étions retrouvés seuls tous les deux.

— Comment va Fern ?

C'était un murmure et je regrettai d'avoir parlé avant même d'avoir terminé. J'avais tellement peur de la réponse que je poursuivis.

— Reprends au début, lui dis-je, espérant repousser la mauvaise nouvelle le plus tard possible. Commence par le soir où tu es parti.

Mais vous préférez sans doute aller directement à Fern. Je résume.

J'avais raison de croire que Lowell s'était rendu au laboratoire d'Uljevik après son départ. Il n'avait que quelques jours avant qu'on se mette à sa recherche et il savait qu'il aurait besoin de ce temps pour aller dans le Dakota du Sud. Il faisait un froid glacial là-bas. Un paysage de terre compacte, sans neige, des arbres noirs et nus, un vent sec et piquant.

Il était arrivé en pleine nuit et il avait loué une chambre dans un motel, car il ignorait où se trouvaient les laboratoires et il était trop tard pour faire quoi que ce soit. Sans compter qu'il dormait debout après deux nuits de bus. La réceptionniste avait une coiffure des années 1950 et le regard éteint. Il redoutait qu'elle ne lui demande son âge, mais son indifférence était telle qu'elle dut faire un effort pour prendre son argent.

Le lendemain, il se rendit au bureau d'Uljevik sur le campus et se fit passer pour un futur étudiant auprès de la secrétaire du département. Une vraie femme du Midwest, précisa Lowell. Super chaleureuse. Le visage plat comme une pelle, ouvert. Un cœur gros comme ça. Le genre de femme qu'il finissait toujours par décevoir.

— Elle me rappelait Mme Byard, tu vois ce que je veux dire ?

Mme Byard était morte cinq ans plus tôt, il ne risquait plus de la décevoir. Mais je me tus.

Il avait expliqué à la secrétaire qu'il s'intéressait tout particulièrement aux études sur les chimpanzés. Était-il possible de voir le travail réalisé ici ? Elle lui communiqua les horaires d'ouverture du bureau d'Uljevik, qu'il connaissait déjà, car ils étaient affichés sur la porte.

Puis elle s'absenta un instant pour aller chercher quelque chose, ce qui permit à Lowell de fouiller discrètement dans la boîte aux lettres universitaire d'Uljevik. Il tomba sur une facture d'électricité très élevée, avec une adresse en pleine campagne. Il acheta une carte et un hot-dog dans une station-service. L'endroit se trouvait à dix kilomètres de la ville. Il fit le trajet à pied.

Il ne croisa presque pas de voitures sur la route. Il y avait du soleil, mais le froid était âpre. Il valait mieux bouger. Il faisait des moulinets avec les bras pour se réchauffer, se demandant comment s'était déroulé le match contre Marion. Bloomington n'aurait pas gagné, même s'il avait été présent. Dans le meilleur des cas, ils auraient évité une déculottée. Et sans lui ? Qu'est-ce qui est pire qu'une déculottée ? Il se dit qu'il ne devrait peut-être pas retourner au lycée, qu'il devrait passer son diplôme en candidat libre et aller directement à la fac, où personne ne saurait qu'il avait joué au basket. Il n'était pas assez costaud pour les équipes universitaires, de toute manière.

Il arriva enfin devant un enclos. Normalement, ce n'était pas un grillage qui aurait arrêté Lowell quand il était adolescent. Les grillages le faisaient rire. Mais celui-ci était électrifié. Au moins, il était sûr d'être au bon endroit, même s'il ne pouvait pas entrer.

Le jardin était planté d'arbres serrés qui avaient perdu leurs feuilles. Des mauvaises herbes jaunies poussaient çà et là entre les étendues de terre nue et les rochers. Il y avait un pneu transformé en balançoire accroché à une branche et un filet à grimper, comme sur les parcours d'obstacles à l'armée. Les lieux semblaient déserts. Lowell trouva un tronc fendu de l'autre côté de la route, où il put s'abriter du vent et des regards. Il s'y blottit et ne tarda pas à s'endormir.

Le claquement d'une portière le réveilla. Le portail était ouvert. À l'intérieur de l'enclos, un homme déchargeait d'un break vert de gros sacs de croquettes pour chiens Purina qu'il entassait sur un chariot. Puis il le poussa vers ce qui ressemblait à un garage. Dès qu'il eut disparu, Lowell traversa la route, franchit la grille et se glissa dans le bâtiment principal.

— Je suis entré aussi facilement que ça, dit-il.

Il se trouvait dans un couloir sombre, avec un escalier qui montait et un autre qui descendait. Il entendait les chimpanzés. Ils étaient à la cave.

Ça sentait fort dans l'escalier, un mélange d'ammoniaque et de merde. Un interrupteur, qu'il ne toucha pas. Le soleil pénétrait par une série de soupiraux juste au-dessus du sol. Il faisait assez clair pour distinguer les cages, toute une rangée, au moins une douzaine dans l'obscurité, des silhouettes accroupies à l'intérieur.

— Ce qui est arrivé ensuite est atroce. Je sais que tu n'aimes pas qu'on parle de Fern. Tu es sûre que tu veux que je continue ?

C'était un avertissement. Il ne me laissait pas réellement le choix.

— J'ai tout de suite repéré Fern, dit-il, pas parce que je l'ai reconnue dans la pénombre, mais parce qu'elle était la plus jeune et la plus petite.

« Elle se trouvait dans une cage avec quatre adultes beaucoup plus gros qu'elle. Je ne pense pas que je m'étais rendu compte jusque-là à quel point deux chimpanzés pouvaient être différents. Ses poils étaient plus roux que la plupart, et ses oreilles placées plus haut sur le crâne, un peu comme un ours en peluche. Elle était aisément reconnaissable, même si elle avait beaucoup changé. Solide et trapue, elle qui était si gracieuse autrefois. Elle a perçu ma présence bien avant de me voir. C'était surréaliste. Je me rappelle avoir pensé que papa devrait faire une étude sur la prémonition chez les chimpanzés.

« Je traversais la cave en direction des cages lorsque je l'ai vue se raidir. Elle me tournait le dos, mais ses poils se sont dressés et elle a commencé à faire des petits *ouh ouh*, comme quand elle était agitée. Puis elle a pivoté et elle a sauté sur les barreaux. Elle les secouait et elle se balançait d'avant en arrière. À présent, elle me regardait bien en face. Elle me hurlait dessus.

« J'ai couru à elle et, lorsque je me suis trouvé assez près, elle a tendu le bras et m'a attrapé en tirant si fort que j'ai été projeté contre les barreaux. Je me suis cogné la tête et c'est là que ça a tourné au vinaigre. Fern retenait ma main à l'intérieur de la cage, dans sa bouche, mais elle ne m'avait pas encore mordu. Je pense qu'elle n'arrivait pas à décider si elle était contente de me voir ou furieuse contre moi. C'était la première fois de ma vie que j'avais peur d'elle.

« J'ai essayé de reculer, mais elle ne lâchait pas. Je sentais son excitation, une odeur de poil brûlé. Ça faisait très longtemps qu'elle n'avait pas pris de bain moussant, ni même qu'elle ne s'était brossé les dents. Et honnêtement, elle puait.

« Je lui ai parlé, je me suis excusé, je lui ai dit que je l'aimais. Mais elle criait toujours et il était évident qu'elle ne m'entendait pas. Elle serrait mes doigts si fort que j'avais des éclairs qui explosaient devant les yeux. Je devais faire des efforts démesurés pour garder une voix calme et apaisante.

« Elle avait réussi à exciter les autres chimpanzés. Un grand mâle, dressé de toute sa hauteur, s'est approché. Il a tenté d'attraper ma main, mais elle ne l'a pas laissé faire. Alors, il a saisi mon autre bras et ils tiraient tous les deux, si bien que je me suis pris plusieurs fois les barreaux en pleine figure. Je me suis cogné le nez, le front, la joue. Fern tenait toujours ma main, mais plus dans sa bouche. Elle s'est tournée et elle a mordu le mâle à l'épaule. Elle avait bien planté ses dents et ne desserrait pas. À présent, ça criait partout autour de nous et les hurlements résonnaient entre les murs de béton. On se serait cru dans la fosse pour un concert. Une fosse où ça craignait vraiment.

« Le grand mâle m'a lâché et il a reculé, la gueule grande ouverte, révélant ses canines, des vraies dents de requin, je te promets. Il se tenait debout, ses poils hérissés, comme ceux de Fern. Il essayait de lui faire peur, mais elle ne lui accordait aucune attention. Elle me faisait des signes de sa main libre. Mon nom, ses doigts en L avec une claque contre la poitrine, puis gentille, gentille Fern. Fern est une gentille fille. S'il te plaît, ramène Fern à la maison, maintenant. Fern gentille. Promis, Fern gentille.

« L'autre lui est tombé dessus par-derrière. Fern ne pouvait pas se défendre et me tenir en même temps. Il lui a lacéré le dos avec ses pieds, de longues blessures sanguinolentes. Et pendant tout ce temps, elle continuait de crier, tous les chimpanzés hurlaient. Ça puait le sang, la rage et la terreur, une odeur de cuivre acide, de sueur musquée, d'excréments, et j'avais la tête qui tournait après tous les coups que j'avais pris. Mais elle ne me lâchait toujours pas.

« Il est arrivé du monde, deux hommes qui ont dévalé l'escalier en me gueulant dessus. Je n'entendais pas ce qu'ils disaient. Ils ne semblaient pas assez vieux pour être profs, peut-être des étudiants. Peut-être des gardiens. Ils étaient costauds et l'un d'eux avait un aiguillon électrique. Je me rappelle avoir pensé : comment vont-ils se débrouiller ? Comment comptent-ils envoyer une décharge à Fern sans que je m'en prenne une aussi ? Comment est-ce que je peux les empêcher de toucher à Fern ?

« En fait, ils n'ont pas eu besoin de s'en servir. Le grand mâle a vu l'aiguillon et a aussitôt reculé jusqu'au fond en gémissant. Tout le monde s'est tu. Ils ont agité l'instrument devant Fern, qui a fini par lâcher.

« J'ai pris un jet de merde en pleine poire. Ça venait d'une autre cage. Elle a explosé et dégouliné dans mon col. L'odeur était épouvantable. Ils m'ont dit de dégager avant qu'ils appellent la police. Fern se pressait contre les barreaux comme si elle espérait passer à travers, faisant toujours mon nom et le sien. Gentille Fern, gentille Fern. Les hommes se disputaient pour savoir s'ils devaient lui flanquer une décharge. Puis ils ont vu le sang et ça a coupé court à la discussion.

« L'un d'eux est remonté afin d'appeler le vétérinaire. Il m'a emmené, me traînant par mon bras valide. Il était beaucoup plus baraqué que moi.

« "La prochaine fois, j'appelle la police. Tu te crois drôle ? Tu trouves ça drôle de tourmenter des animaux en cage ? Dégage et ne remets plus jamais les pieds ici."

« Son collègue est resté près de Fern. Il était penché sur elle avec l'aiguillon. Il voulait sans doute la protéger des autres chimpanzés, mais elle était persuadée qu'il la menaçait. Ses signes sont devenus moins précis. Plus désespérés.

« Ça me fait encore mal rien que d'y penser, ajouta Lowell. Après tout ce qui s'était passé, elle s'est quand même interposée quand le mâle dominant a tenté de m'attaquer. Le prix qu'elle a payé… L'expression sur son visage quand je l'ai abandonnée…

« Je ne l'ai jamais revue.

Cinquième partie

Je ne peux bien sûr traduire aujourd'hui qu'avec des mots humains le ressenti du singe que j'étais alors, et je le dénature, par conséquent […].

Franz KAFKA,
Ein Bericht für eine Akademie

1

Il y avait pourtant un point sur lequel Fern et moi n'étions Pas-Pareilles, une différence si scandaleuse que Lowell ne l'aurait jamais imaginée avant le Dakota du Sud. Et je l'ignorais moi-même jusqu'à ce qu'il m'en parle au Bakers Square. La différence entre nous, c'était que, comme une chaise, une voiture ou un téléviseur, Fern pouvait être vendue et achetée. Pendant tout le temps où elle avait vécu à la ferme comme un membre de la famille, tout le temps où elle était une sœur et une fille pour nous, elle était en fait la propriété de l'université de l'Indiana.

Lorsque notre père décida qu'elle ne pouvait plus rester avec nous, il espérait continuer à travailler avec elle au laboratoire. Mais son entretien coûtait cher et l'université n'avait pas d'endroit sûr où la loger. On chercha une porte de sortie. Elle fut vendue au Dakota du Sud, à condition qu'on l'emmène immédiatement.

Notre père n'eut pas voix au chapitre. Il avait pris sur lui d'envoyer Matt là-bas et celui-ci n'avait pas de position officielle. Malgré tout, il était resté aussi longtemps que possible et il allait voir Fern chaque fois qu'on l'y autorisait. Ils avaient fait de leur mieux, admit Lowell, qui ne risquait pourtant pas de pécher par excès d'indulgence. Malgré tout, je ne comprenais pas – et je n'ai toujours pas compris – comment des parents pouvaient se retrouver si démunis alors que le sort de leur propre fille était en jeu.

— Ma visite lui a fait plus de mal qu'autre chose. Papa avait raison. Sauf quand il disait qu'à moi ça ferait du bien.

Lowell avait les yeux rougis par la fatigue et il n'arrêtait pas de les frotter, ne réussissant qu'à empirer les choses.

— Est-ce que tu sais où elle est, maintenant ?

Il le savait. Elle était toujours dans le Dakota du Sud, au laboratoire d'Uljevik. Il avait une autre bonne raison de ne pas retourner là-bas : le FBI l'attendait. Il n'était pas question qu'il y remette les pieds. Cependant, il avait un contact à l'intérieur. Quelqu'un qui lui donnait des nouvelles.

Uljevik avait pris sa retraite cinq ans plus tôt et le sort des chimpanzés s'était amélioré.

— Ce n'était pas un vrai scientifique. Plutôt un savant fou comme dans les films. Un psychopathe qui aurait été plus à sa place en prison.

Malheureusement, à en croire Lowell, les chercheurs de son acabit restaient trop nombreux.

— Il avait dressé les chimpanzés pour qu'ils lui baisent la main quand il circulait entre les cages. Fern en particulier. Il trouvait ça drôle, m'a dit quelqu'un qui a travaillé là-bas.

« Il avait pris Fern en grippe. Personne n'a jamais pu m'expliquer pourquoi. Un jour, j'ai réussi à persuader un type plein aux as de l'acheter et de verser suffisamment d'argent à une réserve en Floride pour qu'on l'admette en priorité malgré la liste d'attente, car ces endroits sont toujours complets. Uljevik a refusé. Il lui a proposé un autre chimpanzé à la place et le type, se disant qu'il valait mieux en sauver un que pas du tout, a accepté. Au bout du compte, ce n'était sans doute pas plus mal. C'est délicat d'introduire un nouvel élément dans un groupe.

J'eus une brève vision de mon premier jour de maternelle et je me revis, différente, inadaptée, arrivant avec plusieurs mois de retard.

— Le chimpanzé qu'ils ont envoyé dans la réserve a été attaqué et presque battu à mort.

Lowell dit :

— J'ai eu une grosse frayeur en 1989, quand Uljevik a annoncé qu'il allait résorber leur déficit budgétaire en vendant certains animaux aux laboratoires de recherche biomédicale. Uma, Peter, Joey, Tata et Dao sont partis. Uma est la seule encore en vie.

« J'étais sûr que Fern serait sur la liste. Mais non, peut-être parce que c'était une bonne reproductrice. Malgré tout, avoir grandi avec nous semble avoir bousillé sa sexualité : ça ne l'intéresse pas. Ils ont donc entrepris de l'inséminer. J'appelle ça du viol sans les bleus.

« Elle a eu trois enfants. Le premier, un petit garçon qu'ils ont nommé Basil, lui a été retiré immédiatement par une femelle plus âgée. Il paraît que ça arrive même dans les meilleures familles. Il n'empêche, ça a fichu un coup à Fern.

« Puis Uljevik a vendu Basil, ainsi que Sage, le deuxième bébé de Fern, au zoo de Saint Louis. Ça, les bonnes familles parviennent normalement à l'éviter. Mais pas la nôtre, manifestement.

« Tu devrais aller les voir, ajouta Lowell. Ce n'est pas génial, mais ce n'est pas non plus les labos de recherche.

Tandis que nous parlions, un homme à une table voisine accusa sa compagne de chier des Bisounours. J'ignore si c'est précisément à cet instant qu'il prononça ces mots, en tout cas, ils restèrent gravés dans ma mémoire. L'image me paraissait insupportable. Et c'était exactement l'inverse de ce que faisait Lowell. Exactement ce qu'il ne faisait jamais. Alors, s'il disait que la situation de Fern s'était améliorée après le départ à la retraite d'Uljevik, je pouvais être sûre que c'était vrai.

— Les étudiants adorent Fern. Mais ça a toujours été le cas, tu te rappelles ?

Fern avait eu un troisième enfant, une petite fille nommée Hazel. Celle-ci venait d'avoir deux ans et Fern lui apprenait la langue des signes. Il semblait qu'elle allait pouvoir la garder, car elles faisaient l'objet d'une étude. Personne n'avait le droit de faire le moindre signe devant Hazel tant qu'elle ne l'avait pas employé elle-même au moins quatorze fois en présence de quatre témoins distincts.

Fern connaissait plus de deux cents signes et les chercheurs voulaient savoir combien elle allait en transmettre à sa fille. Lui apprendrait-elle uniquement les plus utiles ou aussi ceux à usage conversationnel ?

— Hazel mène tout le labo par le bout du nez. Elle invente déjà ses propres signes. Robe d'arbre pour feuilles. Grande soupe pour baignoire. Elle est super intelligente. Et rusée avec ça. Le portrait craché de sa maman.

— C'est Fern qui t'a fait ça ? demandai-je en désignant la cicatrice sur sa main.

Et il me répondit que non, que c'était un souvenir laissé par une buse à queue rousse effrayée, mais je ne sus jamais le fin mot de l'histoire, car il n'en avait pas fini avec Fern.

Dans le Dakota du Sud, après sa visite au laboratoire, Lowell avait dû recevoir des soins. Outre les meurtrissures au visage causées par les barreaux de la cage, il s'était cassé deux doigts et foulé le poignet. Un médecin vint l'examiner chez un particulier et le soigna là, à titre officieux. Quelqu'un qu'il ne connaissait pas avait passé la nuit à son chevet, le réveillant de temps en temps pour s'assurer qu'il n'avait pas de commotion cérébrale. Il avait peut-être été secouru par quelqu'un qui l'avait vu chez Uljevik, ou dans la matinée à l'université, à moins que ce fût quelqu'un de Bloomington, impressionné par la Grande Évasion des rats. Lowell resta très vague, mais il était certain que cette personne n'aimait pas la manière dont on traitait les animaux de laboratoire et espérait le convaincre qu'il fallait agir.

— J'ai fini par comprendre que je ne pourrais pas sauver Fern seul, poursuivit Lowell. C'était idiot et puéril de penser que nous pourrions partir bras dessus, bras dessous. Mettre la gomme et passer dans l'hyperespace, comme Han et Chewbacca.

« J'étais venu sur un coup de tête. Je voulais simplement la voir, savoir comment elle allait, lui montrer qu'on ne l'avait pas oubliée. Lui dire que je l'aimais.

« Après cela, j'ai compris que j'avais besoin d'un plan. J'avais besoin d'un endroit où l'emmener et de gens pour m'aider. J'étais conscient qu'au regard de la loi je serais coupable de vol, ce dont je me contrefichais. On m'a parlé d'une action prévue à Riverside, en Californie. Il restait une place dans une voiture et je l'ai prise. Je me disais que c'était le meilleur moyen pour qu'on me renvoie l'ascenseur le jour venu.

Lowell avait détourné la tête et regardait la rue, où le défilé des travailleurs matinaux avait commencé. Le brouillard était de retour. La pluie avait cessé et le soleil s'était levé, mais timide et voilé, et les voitures roulaient tous phares allumés. La ville entière semblait avoir été fourrée dans une chaussette.

Le Bakers Square résonnait à présent du tintement des couverts et du bourdonnement des conversations. La caisse enregistreuse. La sonnette de la porte. Je pleurais et je ne savais même pas depuis quand.

Lowell serra mes mains dans ses paumes calleuses. Ses doigts étaient plus chauds que les miens.

— J'ai appris que la police était passée au laboratoire d'Uljevik le lendemain. Papa et maman ont été avertis de ma visite et ils savaient donc que j'allais bien. Mais j'étais encore trop en colère pour rentrer. Riverside me semblait la meilleure solution pour quitter la ville sans être pris.

« Je croyais agir raisonnablement. Faire au mieux pour Fern. J'étais furieux. Contre vous. Je revoyais sans cesse son visage.

« Je n'avais pas décidé de ne plus remettre les pieds à la maison. Je voulais seulement m'occuper de Fern d'abord, lui trouver un endroit bien, un endroit où elle serait heureuse. Une ferme, ajouta-t-il en serrant légèrement mes mains.

Il se produisit un phénomène étrange. Tous les bruits semblaient s'être tus autour de nous. Personne ne parlait. Personne ne faisait tinter sa cuillère sur le bord de sa tasse. Dehors, pas un aboiement, pas un Klaxon, pas un bruit de toux. Pause. Arrêt sur image.

— J'étais idiot, dit Lowell d'une voix soudain atone, brisant le charme. J'aurais pu m'inscrire à la fac là-bas. Trouver le moyen de travailler au labo. Voir Fern tous les jours. Au lieu de quoi, je me suis retrouvé dans le collimateur du FBI, sans possibilité de retour en arrière. Plus question d'aller à la l'université. Ni de rentrer à la maison.

Il se ratatina soudain.

— J'ai vraiment essayé de la sauver. Pendant des années et des années. J'ai fait tout ce que je pouvais, et tout ça pour quoi ? Tu parles d'un frère à la manque.

Nous payâmes l'addition, alors que notre serveuse avait perdu tout espoir depuis des heures. Lowell mit son sac sur son dos et nous prîmes Second Street, marchant ensemble dans le brouillard. Des gouttelettes perlaient sur le manteau de laine noir de Lowell.

Je me souvins qu'un jour où j'avais pris froid il avait décidé que, puisque je ne pouvais pas sortir, la neige viendrait à moi. Il avait rapporté des flocons sur le dos de ses gants de cuir noir, me promettant des cristaux complexes à six facettes, des châteaux de reine des neiges en miniature. Mais le temps de les mettre sous le microscope, il ne restait que des gouttes d'eau transparentes.

C'était juste avant la disparition de Fern, mais elle était absente de ce souvenir et je me demandai pourquoi. Il était difficile de tenir Fern à l'écart, un vrai *carpe diem* monté sur ressorts, qui sans cesse tourbillonnait, virevoltait, caracolait. Peut-être travaillait-elle avec les étudiants. Ou peut-être l'avais-je effacée. Il était trop douloureux de se remémorer toute cette exubérance poilue en ce moment.

— Raccompagne-moi à la gare, demanda Lowell.

Alors, il partait. Il n'était même pas resté assez longtemps pour que je lui pardonne d'avoir couché avec Harlow.

— Je me disais qu'on pourrait aller se promener, protestai-je d'un ton geignard que je ne tentai pas de dissimuler. Je me disais qu'on pourrait passer la journée à San Francisco. Je ne pensais pas que tu repartirais aussi vite.

J'avais tellement de choses à lui dire. J'espérais, à l'aide de sous-entendus habilement présentés, lui prouver qu'il ne pouvait pas m'abandonner une seconde fois. Une entreprise de culpabilisation en bonne et due forme. Dès qu'il arrêterait de monologuer.

Il l'avait peut-être deviné. Pas grand-chose ne lui échappait, du moins pas grand-chose me concernant.

— Je m'excuse, Rosie, mais je ne peux m'attarder nulle part, et surtout pas ici.

Une dizaine d'étudiants attendaient l'ouverture du Mishka's, rassemblés devant la porte. Nous fendîmes le groupe, Lowell avec son sac sur le dos, moi à côté, la tête baissée. Le café était généralement pris d'assaut pendant la semaine des examens et il fallait être là de bonne heure pour trouver une place au fond de la salle. Les tables à l'avant étaient réservées aux clients qui n'étudiaient pas : c'était « La Règle », comme on disait.

Dehors, le brouillard sentait le café et les muffins. Je levai les yeux et me retrouvai face à Doris Levy, logée dans le même bâtiment que moi à la cité universitaire. Par chance, elle ne parut pas me reconnaître. Je n'étais pas d'humeur à faire la causette.

Lowell ne reprit qu'une fois les étudiants loin derrière nous.

— Le FBI doit savoir que tu étudies ici, surtout avec ton impressionnant casier judiciaire. Le gardien de ton immeuble m'a vu. Ton coloc. Harlow. C'est trop dangereux. Et puis on m'attend ailleurs.

Lowell préparait une nouvelle action. Du long terme. Une opération si clandestine qu'il allait devoir disparaître complètement de la circulation. Cela signifiait qu'il ne pourrait plus recevoir les rapports sur la santé de Fern.

C'est à moi qu'on les transmettrait. Je n'avais pas besoin d'en savoir plus, on prendrait contact avec moi. Tout était arrangé. C'était le dernier détail à régler : m'annoncer que Fern était désormais sous ma responsabilité.

Voilà pourquoi il était venu.

Nous étions arrivés à la gare. Lowell acheta son billet tandis que j'attendais sur le banc où, deux nuits plus tôt, je sanglotais, imaginant le jour où on avait emmené Fern. J'avais tellement pleuré depuis le cours de M. Sosa que je pensais mes glandes lacrymales taries, mais c'était reparti de plus belle. Au moins, nous étions à la gare. C'était l'avantage des aéroports et des gares, on pouvait y verser toutes les larmes de son corps sans attirer l'attention. Je m'étais rendue une fois dans un aéroport rien que pour ça.

Je l'accompagnai loin sur le quai, jusqu'à ce que nous soyons de nouveau seuls. J'aurais aimé être celle qui partait. Un billet pour n'importe où. Que serait Davis sans l'espoir de tomber sur Lowell ? Quelle raison avais-je d'y rester ?

La manière qu'avait Ezra de transformer sa vie en film m'avait toujours paru un peu vaine, un peu ridicule. À présent, j'en comprenais l'utilité. Si je jouais un rôle, je pouvais établir une distance, prétendre que je prétendais éprouver ce que j'éprouvais. Cette scène avait une qualité cinématographique, malgré mes reniflements. À ma droite et à ma gauche, les rails se perdaient dans le brouillard. Le sifflement du train retentit. Je disais adieu à mon frère qui partait à la guerre. À la ville, faire fortune. À la recherche de notre père disparu dans les régions aurifères.

Lowell m'enlaça. Mon visage laissa une traînée humide de morve sur son manteau en laine. J'inspirai bruyamment par le nez, tâchant de retenir son odeur. Il sentait le chien mouillé, mais c'était seulement son manteau. Le café. L'eau de toilette vanillée de Harlow. En dépit de mes efforts, je n'arrivais pas à discerner ce qu'il y avait en dessous : son odeur à lui. Je touchai sa joue rugueuse, tripotai ses cheveux comme autrefois, quand j'étais petite, ainsi que Fern faisait avec moi. Une fois, en cours, j'avais tendu la main vers la tresse enroulée sur le crâne de l'étudiante devant moi. J'avais agi sans réfléchir, curieuse de sentir cet arrangement capillaire complexe. Elle s'était aussitôt retournée. « Ma tête ne t'appartient pas », avait-elle lancé d'une voix réfrigérante, tandis que je bredouillais des excuses, horrifiée de constater que ma nature simienne n'attendait qu'un instant d'inattention pour resurgir.

Une sonnerie retentit au passage à niveau tout proche. Le train arrivait du nord. Je m'efforçai d'opérer un tri frénétique parmi toutes les choses que j'avais prévu de lui dire, cherchant la plus importante et, dans la précipitation, je fis un choix imprudent.

— Je sais que tu as toujours pensé que c'était ma faute si on a emmené Fern.

— Je n'aurais pas dû. Tu n'avais que cinq ans.

— Mais honnêtement, je ne me rappelle pas ce que j'ai fait. Je ne me souviens de rien à propos du départ de Fern.

— Sérieux ?

Lowell ne parla pas tout de suite. Je voyais qu'il réfléchissait à ce qu'il pouvait me dire. S'il y avait des choses qu'il valait peut-être mieux taire, c'était mauvais signe. Mon cœur se hérissa d'épines. Chaque battement me lacérait.

Le train ralentit devant nous. Le contrôleur déplia le marchepied. Des passagers descendirent. D'autres montèrent. Il ne restait plus beaucoup de temps. Nous nous dirigions vers la porte la plus proche.

— Tu as demandé à papa et maman de choisir, dit-il enfin. Toi ou elle. Tu étais super jalouse, enfant.

Il posa son sac à dos sur la plateforme du wagon, grimpa et se tourna vers moi.

— Tu n'avais que cinq ans, répéta-t-il. Ne culpabilise pas.

Il me regarda alors comme quelqu'un qu'on ne va pas revoir avant longtemps. *Son visage quand je l'ai abandonnée.*

— Tu diras à papa et maman que je les aime ? Débrouille-toi pour qu'ils le croient, ce sera le plus dur.

Il était toujours dans l'encadrement de la porte, avec ce visage qui était en partie le sien et en partie – la partie fatiguée – celui de notre père.

— Toi aussi, frangine. Tu ne peux pas savoir à quel point vous me manquez tous. Ce bon vieux Bloomington. « Quand je rêve du clair de lune sur le Wabash… » Alors mon Indiana natal me manque[1].

Une Asiatique, en jean et talons hauts, arriva en courant. Elle sauta d'un bond agile, heurtant le bras de Lowell avec son sac au passage.

1. « On the Banks of the Wabash, Far Away », chanson populaire de la fin du XIXe siècle, devenue l'hymne de l'Indiana en 1913.

— Pardon. J'ai cru que j'allais le rater.

Elle disparut dans le wagon et le sifflet retentit.

— Je suis content que tu aies une amie. Harlow a vraiment l'air d'avoir de l'affection pour toi.

Puis le contrôleur s'approcha et l'invita à rejoindre sa place. C'est la dernière chose que je me rappelle l'avoir entendu dire, mon grand frère, ma comète Hale-Bopp qui passait à toute allure dans le ciel : que Harlow avait de l'affection pour moi.

Malgré la brièveté de sa visite, il avait réussi à me lancer quelques piques. Je pensais me servir de ma solitude pour le faire culpabiliser, puis Harlow s'en était mêlée avec son amitié idiote et maintenant c'était moi qui avais honte. J'avais toujours su qu'il me tenait pour responsable de ce qui était arrivé à Fern, mais c'était une accusation que je n'avais pas entendue depuis dix ans.

Les mots de Lowell et son départ s'ajoutèrent à mon manque de sommeil et au contrecoup de la drogue dégueulasse que j'avais prise. Un seul de ces éléments aurait suffi à me déprimer. J'étais terrassée. Je me sentais triste et horrifiée, honteuse et démunie, abandonnée et exténuée, gavée de caféine, bourrelée de remords et assommée de chagrin, sans compter tout le reste. Une erreur système fatale. Tandis que je regardais le brouillard avaler le train, tout ce que je ressentais, c'était une immense fatigue.

— Tu aimes Fern, me dit quelqu'un.

Ce quelqu'un s'avéra être ma vieille copine imaginaire Mary. Je ne l'avais pas vue depuis la disparition de Fern et elle n'avait pas pris une ride. Elle ne s'attarda pas. Elle avait délivré son message – Tu aimes Fern – et elle était repartie aussitôt. J'avais envie de la croire. Mais

Mary avait été créée pour me rassurer face à Fern, alors peut-être se contentait-elle de faire son boulot.

Nous les nommons sentiments parce que nous les ressentons. Ils ne prennent pas naissance dans notre cerveau, mais dans notre corps : c'était ce que ma mère disait toujours, appelant en renfort le matérialiste William James. C'était un élément essentiel de son éducation : on n'a aucun contrôle sur ce que l'on éprouve, seulement sur ce que l'on fait. (Pourtant, raconter à tout le monde ce que l'on ressent, c'est faire quelque chose. Surtout quand ce que l'on ressent est mesquin. Même si, enfant, ce n'était pas si clair pour moi.)

Creusant à travers ma fatigue, fouillant chaque respiration, chaque muscle, chaque battement de cœur, je finis par tomber sur une certitude rassurante, profondément inscrite en moi. J'aimais Fern. J'avais toujours aimé Fern. Je l'aimerais toujours.

Seule au bord de la voie, je me trouvai assaillie par un déferlement d'images. Ma vie avec Fern si elle n'était jamais partie. Fern à la maternelle, fabriquant une dinde en papier en dessinant le contour de sa main. Fern au gymnase du lycée, regardant Lowell jouer au basket et poussant ses petits cris quand il marquait. Fern à la cité universitaire, dans le bâtiment des première année, se plaignant de nos parents avec les autres filles. Fern faisant les signes qui nous amusaient tant alors. « Loser. » « Laisse tomber. »

Dans tous ces endroits, à chacun de ces moments, elle m'avait cruellement manqué et je ne le savais même pas.

Mais d'aussi loin que je me souvienne, j'avais également été jalouse. À peine un quart d'heure plus tôt, j'avais encore éprouvé de la jalousie, quand j'avais compris que Lowell était venu pour elle et non pour moi. Peut-être était-ce inévitable, entre sœurs.

Mais quand même pas au point de forcer l'autre à l'exil. Avais-je réellement fait une chose pareille ? C'était là que le conte de fées déraillait.

Je décidai de ne plus y penser pour l'instant. J'y réfléchirais à tête reposée. À la place, je méditai sur une autre question : quel genre de famille laissait une telle décision à une fillette de cinq ans ?

2

Dans l'autocar qui l'emmenait à Vermillion, m'avait raconté Lowell, il s'était retrouvé à côté d'une jeune femme venue aux États-Unis pour se marier, une fiancée choisie sur catalogue. Elle avait un an de plus que lui et débarquait des Philippines. Elle s'appelait Luya. Elle lui avait montré une photo de son futur époux. Lowell n'avait rien d'aimable à dire sur un homme qui ne se déplaçait même pas jusqu'à l'aéroport pour accueillir sa fiancée, alors il se tut.

Un voisin demanda à la femme si elle était une professionnelle. Ni elle ni Lowell ne savaient ce que cela signifiait. Un autre homme assis derrière eux se pencha en avant, les yeux fuyants, les pupilles dilatées, pour leur expliquer que la concentration en plomb dans le lait maternel était le fruit d'un complot. Les femmes ne voulaient plus être enchaînées à leur famille et leur maison. Si leur lait était toxique, elles tenaient l'excuse idéale. « Elles veulent toutes porter la culotte », ajouta l'homme.

« Aujourd'hui, je vois tant de choses de l'Amérique », répétait nerveusement Luya avec un accent prononcé.

Cette phrase, Lowell se l'était appropriée : à présent, chaque fois que les choses n'étaient pas à son goût, il disait cela. Aujourd'hui, je vois tant de choses de l'Amérique.

Je regagnai mon appartement. Le fond de l'air était frais. Les fantômes de Fern et de Lowell tourbillonnaient autour de moi, à des âges divers, d'humeurs diverses, apparaissant et disparaissant dans le brouillard. Je marchais lentement afin de me donner le temps de digérer la visite de mon frère et son départ. Et aussi pour repousser le moment de voir Harlow.

Je ne voulais pas me prendre la tête à cause d'elle. Elle n'aurait pas dû être la toute dernière chose que Lowell me disait. Elle aurait dû être le cadet de mes soucis. Mais quand j'arriverais chez moi, elle serait là, dans mon lit, et il faudrait bien que je fasse quelque chose.

Je n'aimais pas penser que Lowell était le genre de garçon à coucher avec une fille pour la laisser tomber aussitôt. Partir sans un mot, c'était tout lui et cela n'avait rien de personnel. Bienvenue au club, Harlow.

À la décharge de Lowell, il m'avait semblé fou. Fou pour de bon, comme quelqu'un qui n'a pas pris son traitement. Je suis consciente que ce n'est pas perceptible dans mon récit. Je l'ai fait paraître plus lucide qu'il ne l'était. Et je l'ai fait par amour. Mais il faut être honnête : ce genre de faux-fuyant ne rend service à personne, et surtout pas à Lowell.

Alors, par amour, essayons encore une fois. Avec Harlow, il semblait parfaitement normal, un représentant pharmaceutique tout à fait crédible. C'était ainsi qu'il s'était présenté à elle et c'était peut-être réellement ce qu'il était, allez savoir. C'est après, au Bakers Square, que les choses se gâtèrent.

Ce n'étaient pas ses accès de rage – je l'avais toujours connu en colère, à taper du pied et faire des bras d'honneur, une tempête perpétuelle. J'avais l'habitude. La simple évocation de sa fureur me rendait nostalgique.

Non, là, il était plus fou que furieux. C'était subtil et discutable ; je pouvais faire semblant de ne rien voir, parce que cela m'arrangeait. Mais, même après dix ans, je connaissais Lowell. Je connaissais son langage corporel comme je connaissais autrefois celui de Fern. Il y avait quelque chose qui clochait dans sa manière de bouger les yeux et de tenir ses épaules. Quelque chose qui clochait dans les mouvements de sa bouche. Fou n'était peut-être pas le mot adéquat, après tout : trop intérieur. Traumatisé serait sans doute plus juste. Ou instable. Lowell semblait instable au sens le plus littéral du terme. Comme quelqu'un qu'on a poussé et qui a perdu l'équilibre.

Le mieux, c'était de l'expliquer à Harlow. Ce n'est pas un mufle, lui dirais-je, c'est seulement qu'il est instable. Elle, entre tous, devrait être capable de le comprendre.

Puis je chassai Harlow de mes pensées pour laisser la place à Fern. Assez de larmes et de regrets. Lowell avait décrété que Fern était sous ma responsabilité, maintenant. Mais est-ce que cela n'avait pas toujours été le cas ? Il était grand temps que je m'en occupe.

Des rapports réguliers, c'était bien joli, mais on ne pouvait pas abandonner notre Fern dans une cage de laboratoire. Lowell s'efforçait de la libérer depuis dix ans. Il s'était heurté à un certain nombre de problèmes : il fallait l'emmener discrètement (et sa fille Hazel avec elle), se procurer de l'aide, se débrouiller pour que leur asile demeure secret si on ne voulait pas qu'elles soient aussitôt identifiées et renvoyées en prison. Les quelques refuges accueillant des chimpanzés aux États-Unis étaient déjà surpeuplés et aucun n'accepterait en toute conscience des animaux volés.

Lui trouver un endroit était presque insurmontable en soi, même sans avoir à la cacher. Les difficultés financières étaient énormes ; introduire deux chimpanzés, dont un jeune, dans un groupe établi représentait un risque réel. Comment pouvais-je espérer réussir là où Lowell, qui était plus intelligent, plus déterminé et qui possédait un réseau, avait échoué ? Par ailleurs, Fern souhaiterait-elle réellement être déracinée une fois de plus, arrachée aux personnes et aux chimpanzés qu'elle avait appris à connaître ? Lowell m'avait dit qu'elle avait des amis au laboratoire, à présent.

Je supposai qu'une grande partie de ces problèmes pouvaient être résolus avec de l'argent. Beaucoup d'argent. Le genre de somme dont on a besoin pour faire un film ou créer une fondation. Le genre de somme dont je ne verrais jamais la couleur.

Beaucoup de problèmes, qui à première vue apparaissent très divers, se résument au fond à une question financière. C'est rageant. La valeur de l'argent est une vaste escroquerie perpétrée par ceux qui en ont au détriment des autres ; c'est « le roi est nu » à l'échelle mondiale. Si les chimpanzés utilisaient l'argent et pas nous, nous ne l'admirerions pas. Nous le trouverions irrationnel et primitif. Une illusion. Et pourquoi l'or ? Les chimpanzés se servent de la viande comme monnaie d'échange. Sa valeur va de soi.

J'avais fini par atteindre ma rue. Il y avait trois voitures garées devant l'immeuble, l'une d'elles avec le plafonnier éclairé. Je voyais le chauffeur, une ombre recroquevillée dans l'habitacle, et je sentis mes antennes frémir. Le FBI. Ils avaient raté Lowell de peu. Si je l'avais persuadé de rester, je ne me le serais jamais pardonné.

Puis j'examinai le véhicule plus attentivement. Une vieille Volvo, qui avait dû être blanche il y avait très longtemps. Sur le pare-chocs, les vestiges d'un autocollant dont quelqu'un s'était lassé, n'en laissant qu'un V ou la moitié d'un W. Je frappai à la vitre côté passager et ouvris lorsque la portière se déverrouilla. Il faisait plus chaud à l'intérieur et ça fouettait, avec cependant une note mentholée, comme l'haleine matinale masquée par des pastilles à sucer. Son occupant avait allumé le plafonnier pour lire – un gros livre, *Introduction à la biologie*. Il épiait sa petite amie et révisait en même temps. Un cumulard.

— Salut, Reg.

— Qu'est-ce que tu fais debout à cette heure ?

— J'étais sortie avec mon frère. Manger une part de tarte.

Qu'est-ce qui pouvait être plus innocent, plus gentiment américain ?

— Et toi, qu'est-ce que tu fabriques ici ?

— Je perds mon amour-propre.

Je lui tapotai le bras.

— C'est fantastique d'avoir réussi à le garder aussi longtemps.

Un ange passa. J'avais dit à Reg au téléphone cette nuit que Harlow n'était pas chez moi. Sa présence dans la rue, sa petite surveillance, tout cela me traitait ouvertement de menteuse. J'aurais bien aimé avoir le temps de jouer les offensées, de m'émerveiller de sa jalousie paranoïaque, mais l'idée que Harlow risquait de franchir la porte d'un instant à l'autre gâchait tout.

— Rentre chez toi. Elle y est sans doute déjà et se demande où tu es passé.

Il m'examina attentivement puis détourna le regard.

— Je pense que nous allons rompre. Je pense que je vais rompre.

J'émis un son indéfinissable. Un bref grognement. Il était en train de rompre la première fois que j'avais posé les yeux sur lui et n'avait pour ainsi dire pas cessé depuis.

— Il s'agit d'une dépendance affective, l'informai-je, serviable.

— Exactement. Je veux une copine normale. Quelqu'un de reposant. Tu n'en connaîtrais pas une ?

— Je me porterais volontaire si tu étais riche. Vraiment riche. Je pourrais être reposante en échange d'une montagne d'argent.

— Je suis flatté. Mais sans façon.

— Alors, ne me fais pas perdre mon temps et rentre chez toi.

Je descendis de la voiture et ouvris la porte d'entrée. Je ne me retournai pas pour voir ce qu'il faisait, de peur qu'il ne trouve cela suspect. Je pris l'escalier.

Il n'y avait pas trace d'Ezra : il était encore trop tôt pour qu'il ait endossé le fardeau que représente la gestion d'un immeuble. Todd n'était pas rentré. La porte de ma chambre était toujours fermée. Madame Defarge occupait le canapé, les jambes gaillardement jetées au-dessus de la tête. Je l'emportai dans la chambre de Todd et m'endormis en la serrant dans mes bras. Je rêvai que Reg et moi nous disputions pour savoir si la guillotine était plus humaine que la chaise électrique. Je ne me rappelle plus qui soutenait quoi. Seulement que la position de Reg était indéfendable.

3

Pour revenir à mon petit déjeuner avec Lowell, son instabilité n'est pas le seul détail que j'ai omis. J'ai également passé sous silence un certain nombre de choses qu'il a dites. Des choses trop épouvantables pour être répétées, d'autant plus que, dans le fond, vous savez déjà tout cela. Je les ai omises, parce que je n'avais pas envie de les entendre et vous non plus.

Cependant, nous devons quand même les entendre, rétorquerait Lowell.

Il m'a donc parlé d'une expérience qui s'est déroulée ici, à Davis, sur trente ans. Plusieurs générations de beagles exposés à des doses de strontium 90 et de radium 226, leur larynx retiré pour qu'on ne les entende pas souffrir. Apparemment, les chercheurs participant au projet se surnommaient entre eux le Beagle Club.

Il m'a parlé de constructeurs automobiles qui, dans le cadre d'études sur les accidents, soumettaient des babouins pleinement conscients et terrorisés à des coups sur la tête violents et répétés. De laboratoires pharmaceutiques qui pratiquaient la vivisection sur des chiens, les techniciens leur hurlant d'arrêter leurs conneries s'ils gémissaient ou se débattaient. De sociétés cosmétiques qui badigeonnaient de produits chimiques les yeux de lapins glapissants, puis les euthanasiaient si les lésions étaient irréversibles et recommençaient s'ils se rétablissaient. D'abattoirs où les vaches étaient si terrifiées que leur chair se décolorait. De batteries avicoles où, exactement comme le répétait mon oncle Bob depuis des années, on élevait des poulets incapables de se tenir sur leurs pattes et a fortiori de marcher. Du fait que les chimpanzés de l'industrie du divertissement étaient toujours des bébés, car à l'adolescence ils étaient déjà trop forts pour être maîtrisés. Ces bébés, qui auraient dû être encore agrippés au dos de leur mère, étaient enfermés dans des cages, isolés et frappés à coups de batte de base-ball de façon que, sur les plateaux, ils obéissent à la simple vue de l'instrument. Ainsi, on pouvait écrire au générique qu'aucun animal n'avait été maltraité pendant le tournage du film, puisque les brutalités avaient eu lieu avant.

« Le monde tourne grâce à cette souffrance sans fin et sans fond. Les gens savent, mais tant qu'ils ne voient rien, cela ne les gêne pas. Si on les oblige à regarder, alors ils sont révoltés et ils te détestent parce que tu les as forcés à voir. »

« Ils », disait mon frère lorsqu'il parlait des humains. Jamais « nous ».

Quelques jours plus tard, je racontai tout cela dans mon contrôle de « Religion et violence ». C'était une forme d'exorcisme : en écrivant ces horreurs, j'espérais me les sortir de la tête et les mettre dans celle de quelqu'un d'autre. Je me retrouvai dans le bureau de M. Sosa, sous un poster en couleurs de la photographie de Hubble intitulée « Piliers de la création ». Une citation était accrochée au mur opposé : « Tout le monde veut changer le monde, mais personne ne veut changer. » Le bureau du professeur était manifestement un lieu qui visait à l'élévation des esprits.

Il était festif, également. Les étagères étaient ornées de guirlandes lumineuses rétro : des boules transparentes contenant un liquide volatil qui bouillonnait sous l'effet de la chaleur. Et M. Sosa avait toujours des sucres d'orge à nous offrir quand nous bavardions.

— Je ne tiens pas à vous recaler, dit-il.

Au moins, nous étions d'accord sur ce point.

Il était confortablement installé dans son fauteuil de bureau, ses pieds sur une pile de magazines. Il avait une main sur son ventre replet, qui montait et descendait au rythme de sa respiration. De l'autre, il brandissait son sucre d'orge à intervalles réguliers.

— Vos devoirs précédents étaient tout à fait satisfaisants, en revanche, votre dernier partiel… votre dernier partiel est très passionné. Vous soulevez des problèmes importants, certes, mais vous devez vous rendre compte que vous n'avez pas répondu aux questions. Vous étiez complètement hors sujet.

Il se redressa soudain et posa ses pieds par terre, se penchant en avant pour plonger son regard bienveillant dans le mien. Il savait ce qu'il faisait.

Mais moi aussi. J'avais été à bonne école avec mon père. Je copiai sa posture et soutins son regard.

— J'ai écrit au sujet de la violence. De la compassion. De l'Autre. Cela me semblait pertinent. Thomas More affirme que c'est en étant cruel avec les animaux que l'être humain apprend à l'être avec ses semblables.

J'avais souligné ce point dans ma dissertation, je savais donc que Thomas More n'avait pas convaincu le professeur. Mais, lorsque je m'étais penchée en avant, j'avais vu surgir de chaque côté de son crâne les boules oblongues de la guirlande, comme des cornes incandescentes et effervescentes. Mon argumentation en avait pâti.

À vrai dire, Thomas More ne s'oppose pas à la cruauté envers les animaux, il propose plutôt de payer quelqu'un pour être cruel à notre place. Les Utopiens doivent garder les mains propres, c'est tout ce qui l'intéresse et c'est plus ou moins ce que notre civilisation a réussi à faire, même si je ne suis pas sûre que cela ait produit les effets escomptés sur notre délicate sensibilité. Je ne crois pas que cela nous ait rendus meilleurs. Lowell non plus. Et Fern encore moins.

Non pas que je lui aie demandé. Non pas que je puisse aujourd'hui affirmer savoir ce qu'elle pense.

M. Sosa lut à voix haute la première question de l'examen.

— La laïcité s'est d'abord développée pour limiter la violence. Commentez.

— Indirectement pertinent. Les animaux ont-ils une âme ? Un point essentiel, quelle que soit la religion. Avec d'innombrables implications.

Il refusa de se laisser distraire. Deuxième question :

— Toute violence qui prétend avoir un fondement religieux est une distorsion de la véritable foi. Commentez, en vous appuyant sur des exemples précis, empruntés soit au judaïsme, soit au christianisme, soit à l'islam.

— Et si je disais que la science est une forme de religion pour certains ?

— Je m'inscrirais en faux, répondit M. Sosa en se carrant joyeusement dans son fauteuil. Quand la science devient religion, elle cesse d'être science.

Les guirlandes lumineuses donnaient à ses yeux le scintillement d'une étoile de Noël. Comme tous les bons professeurs, il n'aimait rien tant qu'un débat d'idées.

Il me proposa d'aller au repêchage, parce que j'avais été attentive en cours tout le trimestre et parce que j'étais venue dans son bureau pour défendre ma position. J'acceptai.

Mes parents reçurent mes notes juste après Noël.

— Est-ce que tu sais ce que nous payons pour que tu fréquentes cette université ? demanda mon père. Cet argent, nous le gagnons à la sueur de notre front, et toi, tu le jettes par les fenêtres.

J'apprenais un tas de choses, rétorquai-je avec hauteur. L'histoire, l'économie, l'astronomie et la philosophie. Je lisais des livres extraordinaires et découvrais de nouvelles idées. N'était-ce pas le but d'un enseignement universitaire digne de ce nom ? J'ajoutai que le problème avec les gens (comme s'ils n'étaient qu'un), c'était qu'ils croyaient que tout pouvait être évalué en dollars et en cents.

Mes notes et mon attitude me firent aussitôt basculer sur la liste noire du père Noël.

— Je suis sans voix, dit ma mère, ce qui était un mensonge éhonté.

4

Mais je m'emballe.

À Davis, M. Benson quitta l'appartement 309, situé en dessous du nôtre. Je le connaissais de vue. C'était un homme d'âge indéterminé, ce qui en général signifie entre quarante et cinquante ans. Il m'avait dit un jour qu'il pensait être le seul gros à Davis. Il travaillait à la librairie The Avid Reader et chantait souvent « Dancing Queen » sous la douche, assez fort pour nous en faire profiter à l'étage du dessus. Je l'aimais bien.

Il avait passé les semaines précédentes à Grass Valley, auprès de sa mère. Elle était décédée le lendemain de Thanksgiving et il avait manifestement hérité, car il avait quitté son emploi, réglé les derniers mois de son bail et engagé une société de déménagement pour s'occuper de ses affaires. Il n'avait jamais remis les pieds ici. Je tenais ces détails d'Ezra, très déçu par M. Benson, qui selon lui avait laissé les lieux dans un état déplorable.

Le temps qu'on nettoie, repeigne, répare et change la moquette au 309, Ezra autorisa Harlow à s'y installer. Je présume que le propriétaire n'était pas au courant. Ezra espérait qu'elle ne souffrirait pas trop d'avoir pour voisins les mécréants du deuxième étage, mais il était ravi de sa présence dans l'immeuble. Il était toujours fourré au 309. Il y avait tant à faire dans cet appartement.

Harlow échappait aux perturbations créées par le chantier, à l'absence de mobilier et sans doute aux attentions d'Ezra en passant une bonne partie de ses journées chez nous. Todd fulminait, mais je lui rappelais que c'était temporaire. Bientôt, nous rentrerions tous dans nos familles pour Noël et, à notre retour, il y aurait en toute logique un vrai locataire. Un locataire qui a priori voudrait l'appartement sans Harlow dedans. Ce dont Todd n'était pas si certain.

J'étais prête à parier qu'elle finirait par se remettre avec Reg. Je ne l'avais pas vu depuis le matin où il faisait le guet devant chez nous et Harlow avait à peine prononcé son nom. Je ne savais même pas lequel des deux avait rompu.

Harlow passait ses journées sur notre canapé à boire nos bières et à parler avec ferveur de Lowell. Il l'avait prévenue qu'il ne reviendrait pas, mais elle ne l'avait pas cru. Elle examinait chacun de ses mots au microscope de l'obsession amoureuse. J'étais sa sœur. Bien sûr qu'il reviendrait, ne serait-ce que pour me voir.

Que voulait-il dire lorsqu'il avait avoué qu'elle le rendait nerveux ? Quand il avait affirmé qu'il avait l'impression qu'ils se connaissaient depuis toujours ? Est-ce que ce n'était pas contradictoire ? Et moi, qu'en pensais-je ?

Elle voulait tout savoir à son sujet. Quel genre de petit garçon était-il ? Combien de copines avait-il eues et combien de relations sérieuses ? Quel était son groupe préféré ? Croyait-il en Dieu ? Qu'est-ce qu'il aimait ?

Je lui dis qu'il aimait *La Guerre des étoiles*. Jouait au poker pour de l'argent. Élevait des rats dans sa chambre, qui portaient presque tous des noms de fromages. Elle adorait.

Je lui dis qu'il n'avait eu qu'une copine lorsqu'il était au lycée, une mormone délurée appelée Kitch. Qu'il était meneur de jeu de l'équipe de basket de son école, mais avait raté le match le plus important de l'année. Qu'il piquait des bâtons de réglisse dans les magasins avec son meilleur ami Marco. Cependant, j'avais l'impression d'être son dealer : elle n'en avait jamais assez. Je m'emportai. J'avais une dissertation à écrire.

D'accord, mais que m'avait-il dit à son sujet ?

— Il était content que nous soyons amies, avouai-je. Il pensait que tu avais de l'affection pour moi.

— C'est vrai ! s'écria-t-elle, son visage pareil à un globe lumineux. Quoi encore ?

Il n'y avait rien d'autre, mais cela semblait trop cruel de l'admettre. Et tout aussi cruel de la laisser continuer à espérer.

— Travers est parti, lui jetai-je sans ménagement, en plein dans sa face radieuse.

Peut-être m'adressais-je à moi-même autant qu'à elle. J'avais passé la moitié de ma vie à attendre Lowell, et à présent nous devions apprendre à vivre sans l'attendre.

— Tu veux la vérité ? Il est recherché. Comme ces criminels qui ont leur photo affichée à la poste. Recherché par le FBI. Un écoterroriste, membre du Front de libération des animaux. Tu ne peux pas répéter à qui que ce soit qu'il est venu ici, ou je serai arrêtée. Encore une fois. Mais pour de vrai.

« Avant ce week-end, je ne l'avais pas vu depuis dix ans. Tu veux connaître son groupe préféré ? Eh bien, je n'en ai pas la moindre idée. Il ne s'appelle même pas Travers. Il faut que tu l'oublies, point.

C'était reparti : j'étais vraiment incapable de fermer ma grande bouche.

Et voilà que Harlow se croyait à présent dans *Casablanca*, découvrant soudain que c'était son idéal : un homme de principes. Un homme d'action. Un écoterroriste.

Le fantasme de toute jeune fille qui se respecte, quand elle n'a pas de vampire sous la main.

L'ALF n'a pas de direction, pas de quartier général, pas de liste de membres. Le mouvement est composé de cellules autonomes, sans organisation structurée. Un vrai casse-tête pour le FBI : un nom conduit au mieux à deux ou trois autres et la piste s'arrête là. Lowell avait attiré l'attention parce qu'il avait trop parlé : une erreur de débutant qu'il ne risquait pas de répéter (quand on songeait à toutes les fois où il m'avait reproché de ne pas être capable de me taire, cela prêtait quand même à sourire).

N'importe qui peut rejoindre l'ALF. En fait, il suffit de libérer des animaux ou d'intervenir physiquement contre leur exploitation et leur maltraitance pour devenir automatiquement membre, dans la mesure où l'on respecte la charte du groupe. L'ALF désapprouve toute forme de cruauté envers les êtres vivants, humains ou non.

La destruction de biens, en revanche, est vivement encouragée. Causer des dommages économiques à ceux qui profitent de la détresse animale est un but avoué de l'organisation. Tout comme la nécessité de faire savoir ce qui se passe : dévoiler au grand jour les horreurs perpétrées dans les chambres de torture. C'est pourquoi un certain nombre d'États envisagent de rendre illégales les photographies non autorisées prises dans les élevages industriels et les abattoirs. Obliger les gens à regarder la vérité en face risque de devenir un grave délit.

Non seulement l'action directe donne automatiquement accès à l'ALF, mais c'est aussi la condition sine qua non pour rejoindre le groupe. Le statut de sympathisant n'existe pas. Écrire que les souffrances infligées aux animaux vous révoltent et vous attristent ne suffit pas. Il faut agir.

D'après le philosophe Jacques Derrida, les choses sont en train de changer. La torture affecte celui qui la perpètre comme celui qui la subit. Ce n'est pas une coïncidence si la jeune tortionnaire d'Abou Ghraib avait travaillé dans une usine de transformation de poulets avant l'armée. Cela prendra peut-être du temps, mais le spectacle des violences infligées aux animaux finira par nous devenir intolérable.

L'ALF n'a pas le temps.

Et comment pourrait-il en être autrement, quand on est témoin de cette souffrance ? Toute cette souffrance, c'est maintenant.

L'état de Harlow empirait. Sa figure était boursouflée, ses yeux rouges, ses lèvres pincées, sa peau blafarde. Elle cessa de venir chez nous. Elle n'avait pas touché à la nourriture dans notre réfrigérateur depuis deux jours, ce qui signifiait sans doute qu'elle ne mangeait pas. Ezra, sa ceinture à outils pendouillant à sa taille, organisa une rencontre au sommet chez nous – juste lui et moi – pour me dire qu'il l'avait récemment trouvée couchée par terre, le visage contre la nouvelle moquette du 309. Peut-être en train de pleurer. Ezra était un de ces hommes que les larmes féminines bouleversaient tant qu'ils n'avaient même pas besoin de les voir pour être émus.

Il rendait Reg responsable de tout. Lui qui croyait béatement que rien de la vie de l'immeuble ne lui échappait avait à l'évidence raté un épisode.

— Il faut que tu lui parles. Qu'elle se rende compte que chaque fin est aussi un nouveau début. Elle a besoin d'entendre ça de la bouche d'une amie.

Il pensait que Reg était peut-être un homosexuel refoulé, voire qu'il avait été victime d'abus sexuels dans son enfance. Était-il catholique ? Sinon, rien ne justifiait une telle cruauté et Harlow pouvait s'estimer heureuse de s'être échappée à temps.

Ezra avait expliqué à Harlow que, en chinois, on utilisait le même idéogramme pour dire « fermer une porte » et « ouvrir une porte ». Dans les périodes difficiles, cette idée lui avait apporté un grand réconfort. Je ne sais pas d'où il sortait cette information. Cela dit, la plupart de ses citations étaient tirées de *Pulp Fiction*. En tout cas, je pense pouvoir affirmer sans risque que c'est faux.

Je lui rétorquai donc que, en chinois, le caractère désignant une femme était un homme à genoux. J'ajoutai que je n'étais pas certaine que la solution au cœur brisé de Harlow se trouvait dans l'ancienne sagesse orientale. Je ne parlai pas à Harlow. Je me suis souvent demandé ce qui se serait passé si je l'avais fait.

Le problème, c'était que je lui en voulais toujours. Rien ne l'autorisait à éprouver un tel chagrin ; elle n'avait aucun droit sur Lowell. Elle l'avait connu pendant quoi ? quinze minutes ? Je l'aimais depuis vingt-deux ans et il m'avait manqué pendant presque tout ce temps. C'était à elle de s'occuper de moi, voilà comment je voyais les choses.

Je me demande parfois si je suis la seule à sans cesse répéter la même erreur ou si c'est simplement humain. Avons-nous tous un péché de prédilection ?

Si c'est le cas, le mien est la jalousie et on serait tenté d'attribuer cette fâcheuse constance à mon caractère. Mais, s'il était toujours de ce monde, mon père protesterait très certainement. Pour qui me prenais-je ? Hamlet ? Les dernières recherches en psychologie indiquent que le caractère influe étonnamment peu sur le comportement humain. Au contraire, nous réagissons aux plus insignifiantes modifications de circonstances. Dans ce domaine, nous ne sommes pas si différents des chevaux, encore que moins doués.

Pour ma part, je ne suis pas convaincue. Plus les années passent, plus j'ai l'impression que les gens réagissent moins en fonction de ce qu'on leur fait que de qui ils sont. Bien sûr, cela m'arrange de penser ainsi. Tous ces garçons et ces filles qui étaient cruels avec moi au collège ? Qu'est-ce qu'ils devaient être malheureux !

Les recherches actuelles ne confirment pas mon hypothèse. Et après ? Il y en aura d'autres. Nous changerons d'avis et je serai celle qui avait tout compris depuis le début, jusqu'à ce qu'on change encore d'avis et que j'aie de nouveau tort.

D'ici là, donnons raison à mon père et épargnons-moi. Ma jalousie importait peut-être moins que la pression des examens. Je me sentais tenue d'obtenir au moins quelques unités de valeur. C'était une question d'honneur. De plus, j'avais une dissertation à rendre. Prétendre que j'avais attendu la dernière minute serait exagéré, mais disons qu'il ne m'en restait que quelques-unes. Mon sujet m'intéressait, ce qui était d'autant plus étonnant que le professeur nous avait obligés à choisir plusieurs semaines auparavant, à un moment où je ne pouvais pas prédire qu'il prendrait une telle importance pour moi. En gros, il s'agissait de voir comment la manière dont Thomas More s'accommodait du mal dans l'*Utopie* se traduisait dans sa vie et ses opinions politiques. Tout ce qui me traversait l'esprit semblait s'y rapporter. Mais je dois avouer que je pourrais en dire autant de la plupart des sujets.

Et il y avait les coups de fil que je continuais à passer pour récupérer ma valise. La femme qui s'occupait des bagages à l'aéroport de Sacramento m'appelait « trésor » à présent, c'est dire si on était devenues copines.

J'avais donc provisoirement relégué Harlow au second plan, ce qui était la dernière chose à faire avec une fille dans son genre. Vingt-quatre heures avant de prendre l'avion pour Indianapolis, un événement survint alors que je remplissais un sac marin emprunté à Todd. Je fredonnais « Joy to the World », réfléchissant à ce qu'il valait mieux révéler à mes parents à propos de Lowell et me demandant si la nouvelle maison pouvait être sur écoute, comme l'ancienne. (C'était du moins ce que nous avions toujours supposé : comme des rats de laboratoire, sous constante surveillance, avec l'argent de nos impôts, fulminait mon père qui ne décolérait pas, et c'était sans doute aussi le véritable motif de leur déménagement.) J'essayais en outre de trouver la manière la plus diplomatique de réclamer un vélo pour Noël, puisque j'avais perdu le mien au cours d'une errance narcotique. C'est alors qu'un policier frappa à la porte.

Ce n'était pas l'agent Arnie, cette fois. Celui-là avait un visage triangulaire de mante religieuse, avec une bouche large et un menton pointu, et il dégageait des vibrations totalement maléfiques. Il me demanda de le suivre sur un ton plutôt poli, mais je ne le sentais pas. Il ne déclina pas son identité, ce qui ne me posait pas de problème. Je ne tenais pas à le connaître.

5

On ne me passa pas les menottes, cette fois. On ne me mit pas en cellule. On ne me fit pas remplir de formulaire. On me laissa dans une salle d'interrogatoire presque vide : deux chaises inconfortables en plastique orange, une table recouverte de linoléum. La porte était fermée pour m'empêcher de sortir. La pièce était glacée et moi aussi.

Personne ne vint. Il y avait une carafe d'eau, mais pas de verre. Rien à lire, pas même une brochure sur les accidents de la route, l'utilisation des armes ou les dangers de la drogue. J'attendis un moment. Je me levai et marchai. J'avais l'habitude, où que je sois, de me demander jusqu'où je pourrais grimper, jusqu'où Fern et Mary grimperaient. Il n'y avait pas de fenêtre dans cette pièce et les murs étaient nus. Aucune de nous n'aurait pu aller très loin.

Personne n'allait débarquer avec un aiguillon électrique, du moins je le supposais, mais on voulait quand même me remettre à ma place et m'apprendre qui j'étais. J'eus la surprise de me découvrir réfractaire à toute leçon sur le sujet. Je n'avais jamais su qui j'étais. Ça ne voulait pas dire que quelqu'un d'autre le savait mieux que moi.

Il y avait un cloporte par terre et je finis par l'observer, histoire de m'occuper. Fern les mangeait autrefois. Maman essayait de l'en empêcher, mais papa affirmait que ce n'étaient pas vraiment des insectes, plutôt des crustacés terrestres qui respiraient par des branchies et avaient du cuivre dans le sang au lieu du fer. Si notre mère mangeait des crevettes, elle n'avait aucune raison de faire la moue devant un cloporte. Je ne me souviens pas d'en avoir goûté, mais j'ai dû le faire, car je sais qu'ils croquent sous la dent comme des Cheerios.

Le cloporte avança jusqu'au mur, puis le longea et se retrouva dans un coin. Ce qui le décontenança ou le découragea. La matinée passa. J'appris que je disposais de ressources intérieures limitées.

Le policier qui m'avait amenée réapparut. Il avait un magnétophone, qu'il posa sur la table entre nous, avec une pile impressionnante de feuilles, de pochettes et de carnets. Au sommet, je remarquai une vieille coupure de journal titrée « Les incroyables sœurs de Bloomington ». Ainsi, le *New York Times* avait publié un portrait de Fern et moi, dans le temps. Je ne l'avais jamais su.

Le policier s'assit et fouilla dans ses papiers. De longues minutes s'écoulèrent encore. Il y avait très, très longtemps de cela, j'aurais comblé ce silence et je voyais bien que c'était ce qu'il attendait. C'était un jeu et je décidai de gagner : je ne serais pas la première à parler. Ma baby-sitter d'antan et mes grands-parents Cooke en seraient restés comme deux ronds de flan. Je les imaginais dans la pièce, m'encourageant. « Tais-toi ! me disaient-ils. Arrête, c'est infernal ! On ne s'entend pas penser. »

Je marquai le premier point : le policier renonça et alluma le magnétophone. Il donna la date et l'heure. Il me demanda de dire mon nom. J'obtempérai. Il me demanda si je savais pourquoi j'étais là. Je l'ignorais.

— Votre frère est Lowell Cooke.

Cela ne semblait pas être une question, mais manifestement je me trompais.

— Confirmez, ajouta-t-il d'une voix neutre.

— Oui.

— Quand l'avez-vous vu pour la dernière fois ?

Je me penchai sur la table et croisai son regard, conformément à la méthode employée avec le succès que l'on sait par M. Sosa.

— Il faut que j'aille aux toilettes. Et je veux un avocat.

Je n'étais peut-être qu'une petite étudiante, mais j'avais vu une ou deux séries télé. Je n'avais pas encore peur, du moins pas pour moi. Je supposais qu'ils avaient arrêté Lowell et c'était horrible, absolument horrible, néanmoins, cela ne devait pas me faire perdre de vue ma mission, à présent : me débrouiller pour ne pas dire des choses qui pourraient être utilisées contre lui.

— Pourquoi ? demanda le policier en se levant d'un air furieux. Vous n'êtes pas en état d'arrestation. Ce n'est qu'une conversation amicale.

Il éteignit le magnétophone. Une femme aux fines lèvres maussades et à la coiffure républicaine, cheveux pommadés et lissés en arrière, vint me chercher pour me conduire aux toilettes. Elle attendit devant la porte, m'écoutant pisser et tirer la chasse. Lorsqu'elle me ramena, la salle était vide. Il ne restait rien sur la table, pas un papier. Même la carafe avait disparu.

Les minutes s'égrenaient. Je retournai à mon cloporte. Il n'avait pas bougé et je me demandai s'il n'était pas moins découragé que mort. Je commençais à sentir une odeur d'insecticide. J'étais debout, adossée au mur. Je me laissai glisser au sol et le touchai du bout du doigt. Avec soulagement, je le vis se recroqueviller. Une image apparut dans mon esprit, une chatte noire à la tête et au ventre blancs, pelotonnée, la queue devant sa truffe.

J'entendis Lowell dire que j'étais incapable de fermer ma grande bouche. Je l'entendis dire que j'avais obligé papa et maman à choisir.

Ce chat ressemblait beaucoup à celui que mon père avait écrasé, si ce n'était qu'il dormait. Ce n'est pas le bon chat, fit une voix tout au fond de moi, chaque consonne martelée. Ce n'est pas le bon chat.

Je n'avais jamais entendu de voix aussi distincte dans ma tête. Ce n'était pas la mienne. Qui était au volant de la voiture remplie de clowns ? Que faisait-elle quand elle ne me parlait pas ? Quelles bêtises ? Quels détours ? « J'écoute », dis-je, mais tout bas, au cas où on me surveillerait. Personne ne répondit.

Les bruits du dehors parvenaient à peine dans la salle d'interrogatoire. C'étaient toujours les mêmes lampes fluorescentes papillotantes. Pour m'occuper, je réfléchis à ce que je dirais à la prochaine personne qui franchirait le seuil. Je demanderais mon manteau et quelque chose à manger. Je demanderais à téléphoner à mes parents. Les pauvres. Leurs trois enfants derrière les barreaux en même temps ; vous parlez d'une déveine.

Je réclamerais de nouveau un avocat ; c'était d'ailleurs peut-être ce que nous attendions tous, l'arrivée de mon avocat, bien que rien n'indiquât qu'on en avait appelé un. Je vis le cloporte se dérouler prudemment.

La femme qui m'avait conduite aux toilettes réapparut. Elle me donna une assiette en carton avec un sandwich au thon et des chips. Le sandwich était aplati comme si quelqu'un l'avait glissé entre les pages d'un livre pour le faire sécher. Le contour des chips était vert, mais ce n'était peut-être que l'effet de la lumière.

Elle me demanda si je voulais retourner aux toilettes. Je n'avais pas envie, mais il me parut prudent d'accepter, car je ne savais pas quand l'occasion se représenterait. Et c'était toujours quelque chose à faire. Je revins et mangeai la moitié du sandwich. Mes mains sentaient le thon, une odeur que je n'aimais pas particulièrement. Elles sentaient la nourriture pour chat.

Je posai une autre question à la voix dans ma tête : y avait-il un bon chat ? Je vis apparaître la chatte aux yeux couleur de lune qui traînait autour de la ferme quand j'étais petite. Ma mère lui laissait à manger dehors l'hiver. Elle avait tenté à plusieurs reprises de l'attraper pour la faire opérer, mais la bête était rusée et ma mère avait trop à faire. Depuis qu'elle nous avait lu *Des chats par millions* avec ses jolies illustrations, j'en réclamais un à cor et à cri. En vain, à cause des rats qui défilaient à la maison. « Les chats sont des tueurs, disait mon père. L'un des rares animaux qui tuent par plaisir. Ils s'amusent avec leur proie. »

Je me sentais nerveuse. Un chat se hérisse quand il a peur, pour paraître plus gros. Tout comme le chimpanzé. Quant à moi, j'avais la chair de poule, la version humaine de cette érectilité pilaire.

Je vis le dessin du dernier chaton, dans le livre, celui que le vieux couple décidait de garder. Je vis Fern, assise dans le grand fauteuil avec ma mère, posant sa main sur la page, étalant et recroquevillant ses doigts comme si elle pouvait ramasser l'image.

« Fern veut un chaton », dis-je à ma mère.

La chatte aux yeux de lune eut des petits. Trois. Je les découvris un après-midi, étendus sur un surplomb moussu, au bord du ruisseau. Ils malaxaient le ventre de leur mère de leurs petites pattes pour aider le lait à sortir. Deux d'entre eux étaient noirs, parfaitement identiques. La mère leva la tête, mais ne bougea pas. En temps normal, je ne pouvais pas l'approcher. La maternité l'avait apaisée.

Les chatons n'étaient pas des nouveau-nés. Ils étaient assez grands pour courir partout, mignons tout plein, comme peuvent l'être des chatons. Le désir d'en avoir un était trop fort. Je savais que je ferais mieux de les laisser tranquilles, cependant j'attrapai le petit gris, celui qui était différent, et le retournai pour regarder son sexe. Il protesta bruyamment. Je voyais au fond de sa gorge rose, au-delà de ses dents et sa langue. Il sentait le lait. Tout en lui était minuscule et parfait. Sa mère le réclamait, mais je le voulais moi aussi. Si je l'avais trouvé sans mère, s'il avait été orphelin, nous aurions dû le garder.

Dans la salle d'interrogatoire, je grelottais.

— Il fait hyper-froid ici, dis-je à haute voix, au cas où on m'écouterait.

Je ne voulais pas qu'ils imaginent qu'ils avaient réussi à me faire peur. Je ne voulais pas leur donner cette satisfaction.

— Est-ce que je pourrais avoir ma veste ?

En fait, je ne tremblais pas parce que j'étais enfermée dans une salle froide et vide depuis des heures. Ni parce que le policier qui m'avait amenée ici semblait aussi sympathique que Keyser Söze, ni parce qu'il savait pour Fern et moi, ni parce qu'il avait arrêté Lowell. Je ne tremblais pas à cause de ce qui se passait maintenant ni à cause de ce qui risquait d'arriver après. J'étais très loin, dans l'univers fantastique, flou et fragile du passé.

Sigmund Freud a émis l'hypothèse que nous n'avions aucun souvenir de notre prime enfance. Nous les fabriquons plus tard et ils sont plus liés au contexte de cette période ultérieure qu'aux faits réels. Parfois, quand de très fortes émotions sont associées à un événement particulier, il est refoulé et remplacé par une représentation sans rapport apparent, mais qui garde toute l'intensité de l'original. La nouvelle représentation est alors appelée souvenir-écran. C'est un compromis entre le souvenir d'un épisode douloureux et le désir de l'oublier.

Notre père affirmait toujours que Sigmund Freud était un homme très intelligent mais pas un scientifique, et que la confusion entre les deux avait causé de graves dégâts. C'est donc avec une tristesse infinie que je déclare ici que l'anecdote du chat écrasé est sans doute un souvenir-écran. C'est d'autant plus cruel que j'insulte doublement la mémoire de mon père. Après l'avoir dépeint en impitoyable tueur de chats, voilà que je fais une analyse freudienne de l'épisode.

Vous vous souviendrez que, à l'époque de la disparition de Fern, quand j'avais cinq ans, on m'avait envoyée chez mes grands-parents d'Indianapolis. Je vous ai raconté ce qui s'est passé là-bas. Je vous ai raconté ce qui s'est passé après.

Voici maintenant ce qui, je le crois, s'est passé avant. Mais attention : ce souvenir n'est pour moi ni plus ni moins net que celui qu'il a remplacé.

6

Fern et moi étions au bord du ruisseau. Elle se tenait au-dessus de moi, sur une branche qu'elle faisait rebondir. Elle était vêtue d'une jupe plissée écossaise, le genre qui se ferme à l'aide d'une grosse épingle à nourrice à l'avant. Celle de Fern n'en avait pas et la jupe battait sur ses cuisses comme des ailes. Elle ne portait rien d'autre. Elle était devenue propre et elle ne mettait plus de couches depuis quelques mois.

Quand la branche descendait, je tentais de toucher ses pieds en sautant. Si je réussissais, je gagnais. Sinon, c'était elle. Nous ne comptions pas les points, mais nous étions toutes les deux plutôt contentes, nous devions donc être plus ou moins à égalité.

Puis elle se lassa du jeu et grimpa hors de ma portée. Elle refusait de descendre, riant et me jetant des feuilles et des brindilles. Alors, je lui dis que je m'en moquais. Je m'approchai du ruisseau d'un pas déterminé, comme si j'avais quelque chose d'important à y faire, même s'il était trop tard dans l'année pour les têtards et trop tôt dans la journée pour les lucioles. Sur la saillie, je découvris la chatte et ses petits.

Je pris le gris et refusai de le rendre en dépit des cris de sa mère. Je le portai à Fern. C'était une fanfaronnade. Je savais qu'elle serait jalouse, mais c'était le mien.

Elle dégringola aussi vite que possible. Elle me fit signe qu'elle le voulait et je lui répondis qu'il était à moi, mais qu'elle pouvait le tenir. Si la chatte aux yeux couleur de lune se méfiait de moi, elle ne s'approchait pas de Fern. Et pour rien au monde, même nageant dans la béatitude de la maternité, elle ne l'aurait laissée prendre un de ses petits. Fern n'aurait jamais pu ne fût-ce que le toucher si je ne le lui avais pas donné.

Le chaton miaulait toujours. La mère nous rejoignit. J'entendais ses deux autres petits vagir sur le surplomb où elle les avait abandonnés. Ses poils étaient hérissés, comme ceux de Fern. Tout alla très vite. La chatte crachait et feulait. Le chaton gris dans la main de Fern braillait. La mère attaqua, toutes griffes dehors. Et Fern projeta la minuscule et parfaite créature contre un tronc. Elle le tenait toujours, mais il pendait silencieusement, à présent, la gueule ballante. Elle l'ouvrit, comme un sac.

Je la vois faire dans mon souvenir et j'entends encore Lowell dire que le monde tourne grâce à cette souffrance animale sans fin et sans fond. Au loin, les chatons noirs pleuraient.

Paniquée, je partis en courant en direction de la maison. J'allai chercher notre mère pour qu'elle vienne arranger ça, pour qu'elle répare le chaton. En chemin, je tombai sur Lowell, littéralement : je lui fonçai dedans et m'étalai, m'écorchant les genoux. Je tentai de lui raconter ce qui s'était passé, mais j'étais incohérente et il me prit par les épaules afin de me calmer. Il me demanda de le conduire jusqu'à Fern.

Elle n'était pas là où je l'avais laissée, mais accroupie au bord du ruisseau. Ses mains étaient mouillées. Les chats, vivants ou morts, n'étaient visibles nulle part.

Fern bondit, attrapa Lowell par les chevilles, se faufila entre ses jambes avec une cabriole clownesque, révélant son derrière tacheté sur lequel sa jupe retomba pudiquement. Je remarquai des piquants de bardane accrochés à ses bras. Je les montrai à Lowell.

— Elle a caché le chaton dans les ronces. Ou elle l'a jeté dans le ruisseau. Il faut le retrouver. Il faut l'amener chez le médecin.

— Où est le chaton ? demanda mon frère d'une voix forte et en parlant avec ses mains.

Elle l'ignora, assise sur son pied, s'agrippant à sa jambe. Elle aimait se faire transporter ainsi. Je pouvais en faire autant avec notre père, mais j'étais déjà trop grande pour Lowell.

Ils firent quelques pas ensemble, puis elle bondit avec sa joie folâtre habituelle. Elle attrapa une branche, s'élança en l'air et retomba.

— Cours-moi après, lui dit-elle en langue des signes. Cours-moi après.

C'était un beau spectacle, mais pas exceptionnel. Elle savait qu'elle avait commis une bêtise et faisait semblant de rien. Lowell était-il aveugle ?

Il s'assit par terre et elle s'approcha, posa le menton sur son épaule, souffla dans son oreille.

— Elle a peut-être blessé un chat par accident, avança mon frère. Elle ne se rend pas compte de sa force.

C'était une concession. En fait, il ne me croyait pas. Ce qu'il croyait alors et croyait encore aujourd'hui, c'est que j'avais tout inventé pour que Fern se fasse disputer. Il n'y avait pas de cadavre, pas de sang. Rien.

Je cherchai parmi les ambroisies, les pourpiers, les pissenlits, les morelles. Je cherchai parmi les cailloux du ruisseau. Lowell ne m'aida même pas. Fern m'épiait derrière lui, ses immenses yeux ambre brillant d'une joie mauvaise, ou du moins était-ce ce que j'imaginais.

Je lui trouvais un air coupable et Lowell pensait que c'était moi qui avais l'air coupable. Et il n'avait pas tort. J'avais arraché le chaton à sa mère. Je l'avais donné à Fern. S'il était mort, c'était ma faute. Mais pas entièrement.

Je ne peux pas en vouloir à Lowell. À cinq ans, je m'étais déjà taillé une solide réputation de fabulatrice. Mon but était de divertir et d'amuser. Ce n'était pas que je mentais, mais je n'hésitais pas à enjoliver une histoire si elle était trop ennuyeuse. La distinction était, hélas, souvent trop subtile pour mon entourage. Notre père me surnommait « la fille qui criait au loup ».

À force de me voir chercher, Lowell se mit en colère.

— Je t'interdis d'en parler. Tu m'entends, Rosie ? Je suis sérieux. Fern se fera disputer à cause de toi et je ne te le pardonnerai jamais. Si tu le répètes, je te haïrai éternellement. Je raconterai à tous que tu es la plus grosse menteuse du monde. Jure-moi que tu ne diras rien.

Je voulais sincèrement tenir cette promesse. Le spectre de la haine éternelle de Lowell me paraissait terrifiant.

Mais j'étais incapable de me taire. C'était l'une des nombreuses choses que Fern pouvait faire et pas moi.

Quelques jours plus tard, elle tenta de m'empêcher d'entrer dans la maison. C'était un jeu auquel elle excellait. Bien que plus petite que moi, elle était plus rapide et plus forte. Lorsque je parvins à passer, elle m'attrapa et me repoussa si brutalement que je sentis mon épaule claquer. Elle riait.

J'éclatai en sanglots, appelant notre mère. C'était la facilité de tout cela, la victoire sans effort de Fern qui me faisait pleurer de rage et de frustration. Je dis à ma mère que Fern m'avait fait mal. Cela arrivait si souvent que, dans la mesure où je n'étais pas blessée, ce n'était pas une accusation très grave. Les enfants se bagarrent jusqu'à ce que l'un d'eux se fasse mal. Toutes les familles connaissent cela. Les mères, qui avaient prévenu tout le monde que cela finirait ainsi, sont en général plus excédées qu'inquiètes.

Mais j'ajoutai que Fern me faisait peur.

— Allons bon, pourquoi est-ce que tu aurais peur de notre petite Fern ? demanda maman.

Alors, je racontai tout.

Alors, on m'envoya chez mes grands-parents.

Alors, on emmena Fern.

7

Au poste de police, ce souvenir se déplaçait dans mon corps comme une perturbation météorologique. Toute l'histoire ne me revint pas d'un coup, pas comme je la raconte ici. Mais je me remémorai la plupart des éléments et, curieusement, après, je cessai de pleurer et de trembler. Je n'avais plus faim ni froid, je n'avais plus envie de parler à un avocat, d'aller aux toilettes ni de manger un sandwich. J'éprouvais un étrange sentiment de lucidité. Je n'étais plus dans le passé, mais pleinement dans l'instant. J'étais calme et concentrée. Lowell avait besoin de moi. Le reste attendrait.

J'avais envie de parler.

Je ramassai le cloporte, qui se roula en boule une fois de plus, une sphère parfaite, une œuvre d'art, une sculpture d'Andy Goldsworthy. Je le posai sur la table, à côté de l'assiette où se desséchait mon demi-sandwich au thon. J'avais décidé de l'emmener lorsqu'on me relâcherait, parce que je pensais que Lowell ne voudrait pas qu'on le laisse ici. Les insectes comptent double. Personne ne méritait de vivre dans une salle d'interrogatoire.

Mon plan était de m'en tenir à mon récit de secours habituel – mes grands-parents et leur feuilleton, le trampoline et l'homme dans la petite maison bleue avec la femme attachée sur le lit –, mais de le truffer de mots compliqués. Mimesis, diégèse, hypodiégétique : je ne me contenterais pas de raconter l'histoire, je la commenterais. Je la disséquerais. Et je ferais en sorte qu'on ait toujours l'impression que j'étais sur le point de répondre à la question posée, d'en venir au fait, à ce qui les intéressait. Mon plan était d'afficher une docilité machiavélique.

Je connaissais bien la technique. Adolescent, Lowell était un maître Jedi du genre.

Mais mon interrogateur ne revint jamais. Il s'était volatilisé, comme le diable.

À sa place, une femme mollassonne aux hanches larges vint m'annoncer que j'étais libre, ce qui n'est pas une mission dont on charge les êtres maléfiques. Je la suivis dans le couloir et me retrouvai dehors. Il faisait nuit. Au-dessus de moi, je vis les lumières d'un avion qui se dirigeait vers l'aéroport de Sacramento. Je m'agenouillai et déposai le cloporte dans l'herbe. J'avais passé huit heures dans cette salle d'interrogatoire.

Kimmy, Todd et la mère de Todd m'attendaient. Ils m'apprirent que Lowell n'avait jamais été arrêté.

En revanche, la police tenait quelqu'un d'autre.

La nuit précédente, alors que je me couchais avec les poules pour fêter la fin du trimestre, Ezra Metzger avait tenté de pénétrer par effraction au centre des primates de l'université. Il avait été appréhendé sur les lieux, avec tout un attirail pour crocheter les serrures, couper les câbles et dévier les signaux électriques à sa ceinture, voire à la main. Il avait eu le temps d'ouvrir huit cages avant d'être interrompu. Selon un représentant anonyme de l'université cité dans la presse, les singes avaient été « traumatisés par l'intrusion ». Ils hurlaient à l'aide, précisait un autre, et il avait fallu leur administrer des sédatifs. Le plus triste, c'est que la plupart avaient refusé de quitter leur prison.

La complice d'Ezra était en fuite. Elle avait pris sa voiture, sans quoi Ezra aurait sans doute pu s'échapper aussi.

Non, quand même pas. C'était une méchanceté gratuite.

En 1996, l'université de Californie à Davis venait de créer le centre de médecine comparative, censé être un pont entre les écoles médicales et vétérinaires, une manière de réunir toutes les recherches sur les maladies infectieuses réalisées avec des animaux. Le centre des primates jouait un rôle essentiel dans ce projet. Depuis son ouverture, on y faisait des études épidémiologiques sur la peste, le virus d'immunodéficience simienne, le kuru et diverses zoonoses, dont le virus Marburg, transmissible du singe à l'homme. Les deux incidents distincts où des chercheurs d'Europe de l'Est avaient été infectés étaient relativement récents. Et tout le monde avait encore à l'esprit *Ebola*, de Richard Preston, un essai devenu un best-seller.

Rien de tout cela ne transpira dans la presse, pas un mot. À l'audience préliminaire, on mentionna seulement qu'il ne s'agissait pas d'une simple farce, qu'Ezra aurait pu lâcher dans la nature beaucoup plus que ce qu'il imaginait.

Sept ans plus tard, en 2003, l'université se proposa pour héberger un laboratoire sécurisé de biodéfense, où l'on aurait inoculé aux singes l'anthrax, la varicelle et Ebola, mais se vit recaler après la disparition d'un macaque rhésus femelle. L'animal s'était fait la belle pendant qu'on nettoyait sa cage au jet. On ne le retrouva jamais.

On attribue aujourd'hui au centre des primates de Davis des avancées significatives dans la compréhension et le traitement du VIS, de la maladie d'Alzheimer, de l'autisme et de la maladie de Parkinson. Personne ne prétend que ce sont des questions simples.

Quatre éléments me sauvèrent de la prison.

Premièrement, Todd et Kimmy pouvaient me fournir un alibi pour la soirée précédente. Je m'étais couchée tôt, tandis que de leur côté ils avaient fêté la fin du trimestre devant des vidéos. Que des classiques, Noël avant Noël. Ils avaient loué *Psychose*, *La Nuit des morts-vivants*, *Le Dieu d'osier*, *Carrie au bal du diable* et *Le Miracle de la 34e Rue*. Ils les avaient regardés dans cet ordre, sur le canapé du salon, ne s'interrompant que pour aller faire du pop-corn à la cuisine. Il n'y avait aucune chance que j'aie pu quitter l'appartement à leur insu. Sauf si j'étais Spiderman, avait déclaré Kimmy à la police.

— Moi, j'ai dit Tarzan, intervint Todd. Mais Spiderman, c'était pas mal non plus.

Sauf si j'étais Fern, pensai-je. Je gardai cette réflexion pour moi, même si je présumais qu'à présent tout le monde était au courant. Mon inférence se fondait sur une fausse croyance. Je sous-estimais les policiers et leur capacité à se taire.

En fait, je ne suis pas sûre que ce premier élément ait convaincu qui que ce soit. Dès qu'on avait fait le lien entre Lowell et moi, on avait décidé que j'étais la coupable idéale. Aux yeux de la police, nous faisions tous partie de la même cellule terroriste et nous nous protégions les uns les autres. Cela faisait un certain temps que notre immeuble était surveillé. Un groupe d'individus peu recommandables vivait au deuxième étage.

Ensuite, il y avait la mère de Todd. Un idiot avait autorisé ce dernier à passer un appel avant de l'interroger. Sa mère était une avocate de renom à San Francisco, spécialisée dans la défense des droits civiques ; j'aurais sans doute dû le mentionner plus tôt. Imaginez William Kunstler[1], mais en moins sympa. William Kunstler, s'il avait été un petit bout de femme d'origine japonaise. Elle était arrivée en hélicoptère pour exiger la libération immédiate de Todd et Kimmy, ajoutant généreusement mon nom aux leurs lorsqu'elle menaça la police. Quand je sortis enfin, elle m'attendait au volant d'une voiture de location rutilante et nous emmena tous les trois au restaurant.

Le troisième élément était Harlow. Pas Harlow en personne, car on ignorait où elle se trouvait, mais Todd et Kimmy se déclarèrent sûrs et certains que la femme en fuite était Harlow Fielding. Les autorités allèrent trouver Reg : il ne savait rien, n'avait rien vu, rien entendu, cependant il imaginait très bien Harlow tourner la tête à un pauvre type et l'envoyer en taule à sa place.

Il ajouta qu'en revanche il ne me voyait pas du tout faire une chose pareille, ce qui était très aimable de sa part et sans doute sincère. Il ne pouvait pas deviner que Fern était derrière les barreaux à cause de moi depuis des années.

Ezra dit également à la police que c'était Harlow. Je me demandai dans quel film il jouait, à présent.

1. Célèbre avocat et militant des droits civiques (1919-1995) qui a notamment défendu les Black Panthers.

Luke la main froide ? *Les Évadés* ? *Ernest en prison* ? Il avait balancé Harlow un peu vite à mon goût. Je pris conscience qu'il l'avait peut-être fait pour me sauver seulement lorsque Todd le suggéra, bien plus tard. Non pas qu'Ezra me préférât à Harlow, évidemment. Mais c'était un homme d'honneur. Il ne m'aurait pas laissée moisir en prison pour un crime que je n'avais pas commis, pas s'il pouvait l'empêcher.

Quatrièmement, la police n'avait pas lu ma copie de « Religion et violence ».

La mère de Todd nous emmena donc au restaurant, non pas à Davis, où il n'y avait rien d'assez chic pour elle, mais dans la vieille ville de Sacramento, avec ses rues pavées et ses trottoirs en bois. Nous dînâmes au Firehouse. Elle voulait que je commande un homard pour fêter ma libération. Je refusai, car il aurait fallu que j'en choisisse un vivant dans l'aquarium. J'aurais eu l'impression d'avoir un cloporte géant dans mon assiette.

Elle m'assura que je pouvais rentrer passer Noël dans ma famille le lendemain, même si j'avais promis à la police de ne pas quitter la ville.

Je la remerciai abondamment.

— Inutile, me dit-elle. Je suis heureuse de rendre service aux amis de Todd.

— Tu as pigé que c'était du flan ? me demanda celui-ci après son départ.

Pendant un instant, je crus qu'il parlait de notre amitié. Mais non, il voulait dire que sa mère adorait rouler ses mini-mécaniques et peu lui importait pour qui. Je comprenais que ça ne devait pas être toujours facile d'avoir une mère pareille, mais là cela me semblait déplacé. Il y a des moments pour se plaindre de nos parents et il y a des moments pour les remercier. Je trouvai dommage de ne pas faire la distinction. Je notai dans un coin de ma tête de m'en souvenir dans ma propre vie, pour l'oublier aussi vite, comme tout ce qu'on note dans un coin de sa tête.

Des semaines plus tard, je demandai à Todd si nous étions amis.

— Rosie ! Ça fait des années que nous sommes amis !

Il paraissait blessé.

La grosse voiture noire nous ramena à l'appartement, puis s'évanouit dans la nuit étoilée avec la mère de Todd au volant. Au deuxième étage, c'était déjà la nouba. La musique était à fond. Cela se terminerait par un coup de fil à la police. On avait réduit des notes de cours en confettis pour les éparpiller dans le jardin ; une chaise de bureau gisait au milieu de l'allée, ses roulettes tournant encore. Nous franchîmes la porte d'entrée, salués par une averse de capotes remplies d'eau. Voilà ce que c'était de vivre dans un immeuble sans gardien consciencieux. Il faudrait s'y habituer.

Nous nous assîmes autour de la table, un îlot de sombre réflexion dans un océan de joyeux charivari. Nous bûmes les bières artisanales de Todd et hochâmes la tête, songeant à Ezra qui rêvait de rejoindre la CIA et n'avait même pas réussi à libérer un seul singe lors de sa première (à notre connaissance) opération commando. Personne ne mentionna Fern et je finis par en déduire qu'ils n'étaient pas au courant. En revanche, ils savaient pour Lowell et ils n'étaient pas peu fiers d'avoir hébergé un individu aussi dangereux. Je les impressionnais également un peu, maintenant qu'ils découvraient que j'avais une double vie. Je cachais bien mon jeu, se disaient-ils.

Todd s'excusa d'avoir pu croire que Lowell n'était qu'une marionnette entre les mains de Harlow, alors que c'était manifestement l'inverse.

— Ton frère a dû la recruter, déclara-t-il. Elle fait partie de sa cellule, à présent.

C'était une possibilité que je n'avais pas envisagée et cette idée me déplut instantanément. De toute manière, cela semblait peu probable. Le cœur brisé de Harlow paraissait trop réel. Je l'avais vue quand elle jouait la comédie. Je l'avais vue quand elle ne la jouait pas. Je savais faire la différence.

Puis nous regardâmes *Le Miracle de la 34e Rue*, Todd et Kimmy ayant avoué qu'ils avaient dormi pendant une bonne partie du film. Des autres aussi, d'ailleurs. En fait, j'aurais pu sortir et rentrer plusieurs fois, ils n'y auraient vu que du feu.

Le Miracle de la 34e Rue est un film très pro-avocats. Il ne ménage pas les psychologues, en revanche.

Même si Lowell n'avait pas recruté Harlow, c'était pour lui qu'elle s'était mise dans cette situation. Nous étions une famille dangereuse, mais pas au sens où le pensait Todd. À l'évidence, Harlow s'efforçait de retrouver Lowell avec ce qu'elle avait, sa piste de miettes de pain. Je me demandai si elle avait réussi. La connaissant, tout était possible.

Elle n'était pas vraiment son genre de fille ; elle aimait surtout faire semblant. Si elle voulait Lowell, il faudrait qu'elle arrête de jouer. Fini les poses de théâtreuse, les grandes scènes narcissiques. Mais je me dis qu'elle en était capable. Ils seraient peut-être même heureux ensemble.

Plus tard dans la soirée, lorsque j'ouvris la porte de ma chambre, je sentis le fantôme du parfum vanillé de Harlow. Je me précipitai vers la valise bleu ciel. Comme on pouvait s'y attendre, Madame Defarge avait disparu.

Sixième partie

[…] Je reconnus bientôt que deux possibilités m'étaient ouvertes : le jardin zoologique ou le music-hall. Je n'hésitai pas. Je me suis dit : mobilise toutes tes forces pour faire du music-hall ; c'est là l'issue. Le jardin zoologique n'est rien d'autre qu'une nouvelle cage à barreaux. Entres-y, et tu as signé ta perte.

Franz KAFKA,
Ein Bericht für eine Akademie

1

Après Fern, nous prîmes l'habitude de partir en voyage à Noël. Deux fois à Yosemite, une fois à Puerto Vallarta. Une fois à Vancouver. Une fois carrément à Londres, où je goûtai des harengs fumés, et une fois à Rome, où mes parents achetèrent un petit camée à un vendeur devant le Colisée parce qu'il affirmait que la fille du portrait me ressemblait, que j'étais *bellissima* comme elle. M. Remak, qui enseignait la littérature allemande à l'université de l'Indiana, mais qui possédait des talents cachés, l'enchâssa dans une bague à notre retour et je me sentais *bellissima* chaque fois que je la portais.

N'étant pas très religieux, nous n'attachions pas de réelle importance à Noël. Après Lowell, nous ne fîmes même plus semblant.

Lorsque j'arrivai à Bloomington par un froid glacial en 1996, la seule concession aux fêtes de fin d'année était un petit romarin taillé en forme d'arbre de Noël. Il était posé sur une table à côté de la porte et embaumait l'entrée. Pas de guirlandes dehors. Pas de décorations sur le romarin. Je décidai de laisser passer le 25 avant de parler à mes parents de la visite de Lowell. L'absence manifeste de réjouissances signifiait que la date était encore trop fragile, ma mère encore trop instable.

Il n'y avait pas de neige cette année. L'après-midi de Noël, nous nous rendîmes à Indianapolis pour dîner avec mes grands-parents Cooke. C'était, comme toujours, un repas humide. La purée était détrempée ; les haricots verts, mous. Sur les assiettes s'entassaient des choses indéterminées noyées sous une sauce maronnasse. Mon père buvait comme un trou.

Si je me souviens bien, cette année, il leva son verre aux buteurs des Colts, élus meilleurs joueurs de leur catégorie par l'Associated Press. C'était un honneur rare pour Indianapolis. Il voulait trinquer avec grand-père Joe, mais celui-ci s'était endormi à table en plein milieu d'une phrase, comme un homme à qui on a jeté un sort. Rétrospectivement, je me rends compte que c'étaient les premiers symptômes d'alzheimer. Nous l'ignorions à l'époque et le regardions d'un air affectueux et amusé.

J'avais mal au ventre à cause de mes règles. Une douleur sourde qui me servit d'excuse pour aller m'allonger sur le lit, dans la chambre qui avait été la mienne l'été où nous avions perdu Fern. Bien sûr, je ne dis pas que je saignais. En fait, j'employai une formule si alambiquée et si typique du Midwest que grand-père ne comprit pas de quoi je parlais et que grand-mère Fredericka dut le lui chuchoter à l'oreille.

Les arlequins étaient toujours au mur, mais le lit avait un nouveau cadre en fer forgé, les montants, la tête et le pied ornés de volutes feuillues. Après l'Asie, grand-mère Fredericka était entrée dans une période faux rustique.

C'était dans cette chambre que j'avais passé plusieurs semaines, persuadée d'être la sœur qui crachait des crapauds et des serpents, la laissée-pour-compte, chassée et condamnée à mourir seule. C'était dans cette chambre que j'avais imaginé que Lowell avait raconté à tout le monde que j'étais une grosse menteuse et qu'on l'avait cru puisqu'il disait toujours la vérité. C'était dans cette chambre que j'avais été le pendant malheureux de Fern.

Cette histoire au sujet des chatons était abominable. Et si je l'avais inventée, c'était impardonnable.

Mais l'avais-je inventée ?

J'éteignis la lampe de chevet et m'allongeai, face à la fenêtre. De l'autre côté de la rue, les illuminations de Noël ruisselaient du toit des voisins, diffusant une pâle lueur dans la pièce. Je songeai à Abbie, la fille de la résidence universitaire qui nous avait raconté un soir que sa sœur avait accusé leur père d'avoir abusé d'elle, avant de se rétracter, prétendant que c'était un rêve. « Parfois, je la hais. Tout allait bien jusqu'au jour où ma dingue de frangine a tout foutu en l'air », avait dit Abbie.

Et Lowell : « Si tu le répètes, je te haïrai éternellement. »

J'avais trouvé ça normal, ce soir-là, à la résidence universitaire. Normal de haïr quelqu'un pour un mensonge aussi odieux.

Tout comme j'avais trouvé normal que Lowell me haïsse, quand j'avais cinq ans. J'avais promis de me taire et je n'avais pas tenu ma promesse. J'avais pourtant été prévenue.

Nos manteaux s'entassaient sur le couvre-lit. J'étalai sur mes pieds la parka de ma mère. Lorsque j'étais enfant, celle-ci s'aspergeait d'une eau de toilette appelée Florida Water. Le parfum qu'elle portait à présent m'était aussi peu familier que l'odeur du pavillon témoin où avaient emménagé mes parents. En revanche, l'odeur dans la chambre n'avait pas changé : biscuits rassis, et pas plus rassis que quand j'avais cinq ans.

On a longtemps pensé que les lieux où s'étaient produits les événements avaient le pouvoir de raviver les souvenirs. On n'en est plus si certain aujourd'hui, mais c'est le lot de tout ce que l'on croit savoir à un moment donné.

Revenons cependant à ce jour de Noël 1996 où je m'efforçai de retrouver ce que je ressentais à cinq ans, quand, à la fin d'une nouvelle journée d'exil, je m'allongeais sur ce lit, dans cette chambre.

En premier lieu remonta mon sentiment de culpabilité parce que je n'avais pas tenu ma promesse. Ensuite, le désespoir d'avoir perdu l'amour de Lowell à tout jamais. En troisième, le désespoir d'avoir été chassée.

Et encore de la culpabilité. J'avais pris le chaton à sa mère qui le réclamait et l'avais donné à Fern. Pire, j'avais omis de mentionner mon rôle quand j'avais dénoncé Fern, prétendant qu'elle avait agi seule. En général, nous commettions toutes nos bêtises à deux et nous en subissions les conséquences ensemble. Nous y mettions un point d'honneur.

Puis, en creusant encore, je trouvai de l'indignation. Peut-être portais-je une part de responsabilité, mais je n'avais pas tué le chaton. C'était elle. Il était injuste de ne pas me croire, injuste de me punir. Les enfants sont aussi sensibles à l'injustice que les chimpanzés, surtout quand ils en font les frais.

Certes, je n'avais pas dit toute la vérité. Mais je me sentais profondément lésée et je n'aurais pas éprouvé un tel sentiment si j'avais menti.

Allongée sur le lit, les pieds enveloppés dans la parka de ma mère, bercée par le murmure de la vaisselle et des conversations sportives, écoutant les échos de la traditionnelle alliance féminine contre les excès de boisson de mon père et les cabrioles d'un Frank Sinatra jeune et mince à la télévision, je me forçai à revivre l'insupportable souvenir. Je cherchai les craquelures dans le vernis ; je m'observai m'observant. Soudain, il se produisit une chose étonnante. Je me rendis compte que je savais qui j'étais.

En dépit du souvenir-écran encore assez net dans mon esprit pour bouleverser le concept même de souvenir avec l'efficacité et la précision d'une démonstration mathématique, en dépit de tous les travaux indiquant que ce n'est pas le caractère qui détermine l'action, et même si à vos yeux je ne suis qu'une marionnette sans volonté manipulée par des extraterrestres, je savais que je n'avais pas inventé ce chaton. J'en étais sûre, parce que la personne que j'étais, la personne que j'avais toujours été, cette personne-là ne ferait jamais cette chose-là.

Je m'endormis. Autrefois, mes parents m'auraient prise silencieusement dans leurs bras et m'auraient ramenée à Bloomington où ils m'auraient portée dans mon lit, le tout sans me réveiller. Dans un conte de Noël, j'aurais ouvert les yeux le lendemain matin pour découvrir que j'étais à la maison, et Lowell et Fern aussi.

J'envisageai de parler de la visite de mon frère le soir même. Je me trouvais dans la disposition d'esprit adéquate après cette douloureuse introspection. En outre, un long trajet en voiture vaut bien un confessionnal – du moins je l'imagine, ne m'étant jamais confessée – pour évoquer un sujet délicat. Mais mon père était ivre. Il inclina son siège et s'endormit.

J'estimai que le lendemain n'était pas plus propice, pour des raisons que j'ai oubliées, sans doute liées à l'humeur de ma mère. Puis mes notes arrivèrent : j'aurais été ravie d'une diversion, mais cela aurait été indigne de moi. Lorsque je parlai enfin, mon séjour touchait à sa fin. Assis à la table du petit déjeuner, nous profitions du soleil qui se déversait par les portes-fenêtres donnant sur la terrasse à l'arrière. Les arbres dans le jardin formaient un écran si dense que les rayons parvenaient rarement jusque-là. C'était d'autant plus appréciable quand cela arrivait. Les seuls animaux visibles étaient un groupe de moineaux, très civilement réunis autour de la mangeoire à oiseaux.

Je vous ai déjà raconté la visite de Lowell. Au lieu de me répéter, je ne mentionnerai que ce que j'ai omis du récit destiné à mes parents : Harlow, Ezra, le centre des primates de l'université, mes deux nouveaux séjours au poste, la drogue, l'alcool et le vandalisme. Ces détails, estimais-je, ne présentaient aucun intérêt pour eux. Je commençai au milieu et m'arrêtai également au milieu. Je me concentrai sur notre longue nuit au Bakers Square, passée à discuter et à manger de la tarte.

Et je leur en fis un rapport circonstancié. Je ne dissimulai ni mes inquiétudes au sujet de la santé mentale de Lowell, ni ses critiques sur les travaux paternels, ni les horreurs que nous faisions subir à nos frères animaux. Mon père en prit pour son grade. Lorsque j'en arrivai à Fern, je déclarai tout net qu'elle n'était pas et n'avait jamais été dans une ferme, qu'elle avait quitté notre maison pour une vie de douleur et d'emprisonnement. Je ne me souviens pas exactement des mots employés, mais mon père me reprocha d'insister lourdement.

— Tu avais cinq ans, protesta-t-il. Qu'est-ce que j'étais censé te dire ?

Comme si son plus grand crime était d'avoir menti.

Mes parents se décomposèrent lorsqu'ils apprirent que Lowell aurait aimé aller à l'université. Son regret de ne pas pouvoir rentrer à la maison les aurait achevés et je le gardai pour une autre conversation, plus tard dans la journée. Un torrent de larmes autour de la table. Ma mère déchirait en lambeaux la feuille d'essuie-tout qu'elle utilisait comme serviette.

Je pensais être la seule en possession d'informations nouvelles, mais mes parents me réservaient eux aussi quelques surprises. Le plus sidérant, c'était que, à les en croire, j'étais celle qui refusait d'évoquer Fern, celle qui ne le supportait pas. Je faisais de l'hyperventilation à la simple mention de son nom, je me grattais jusqu'au sang et m'arrachais les cheveux. Ils étaient d'accord : au fil des ans, ils avaient fait de nombreuses tentatives pour aborder le sujet, mais je m'y étais systématiquement opposée.

Du fameux soir où Lowell avait dit que Fern adorait le maïs, le soir où il était sorti parce que notre mère n'était pas prête pour parler de Fern, ils gardaient un souvenir totalement différent du mien. Selon eux, c'était moi qui avais éclaté en sanglots et leur avais ordonné d'arrêter. Je leur avais crié qu'ils me faisaient mal à la tête, puis j'avais tenu des propos incohérents et hystériques jusqu'à ce que tout le monde se taise et que Lowell quitte la table.

Cette affirmation contredit un certain nombre de mes souvenirs. Je la transmets par acquit de conscience et non par conviction.

Malgré ma prétendue hystérie, mes parents parurent étonnés d'apprendre que je me sentais responsable de l'exil de Fern. On n'abandonne pas un enfant parce qu'il a tué un animal non humain, aussi perturbant cela soit-il. Le chaton n'avait rien à voir avec le bannissement de Fern. S'il ne s'était agi que de cela, on l'aurait disputée et on aurait veillé à ne plus la laisser toucher aux petites bêtes fragiles, rien de plus.

Le problème, c'était qu'il y avait eu d'autres incidents dont, toujours d'après mes parents, je connaissais l'existence et dont j'avais même été témoin, bien que je n'en aie aucun souvenir. Tante Vivi avait affirmé que Fern s'était penchée sur la poussette de mon cousin Peter et avait pris son oreille entière dans sa bouche. Elle avait déclaré qu'elle ne mettrait plus les pieds chez nous tant que cette bête sauvage serait à la maison, ce qui avait bouleversé ma mère et ravi mon père, qui ne voyait là que des avantages.

Fern avait mordu la main de l'un des étudiants. Il tenait une orange et il est donc possible qu'elle ait voulu croquer le fruit, mais il avait quand même fallu deux opérations pour soigner la blessure et l'incident avait donné lieu à un procès contre l'université. Sans compter que Fern n'avait jamais aimé ce garçon.

Un jour, elle avait projeté violemment contre un mur Amy, une étudiante qu'elle adorait. Rien ne permettait d'anticiper son geste et Amy clamait que c'était un accident. Cependant, d'autres témoins avaient affirmé que Fern n'avait l'air ni joueuse ni distraite, même si personne ne pouvait expliquer ce qui avait pu provoquer une réaction d'une telle violence. Sherie, témoin de la scène, avait préféré abandonner le cursus, bien qu'Amy fût restée.

Fern était encore une gentille petite fille. Mais elle grandissait et elle devenait ingérable.

— On ne pouvait pas attendre qu'un accident plus grave arrive, dit mon père. Cela n'aurait été bon ni pour Fern ni pour personne. Si elle avait réellement blessé quelqu'un, l'université l'aurait fait tuer. Il fallait penser à tout le monde. Chérie, nous n'avions pas le choix.

— Ce n'était pas à cause de toi, ajouta ma mère. Ça n'a jamais rien eu à voir avec toi.

Encore une fois, je n'étais pas convaincue, mais soit. À la fin de mon séjour, cependant, je me rendis compte que, si je m'étais exonérée d'un mensonge, je n'étais pas tirée d'affaire pour autant. J'avais dit à ma mère que Fern avait tué un chaton et non seulement ce n'était pas un mensonge, mais ce n'était pas la cause de son exil. Je n'avais donc pas à me sentir coupable d'avoir parlé.

Malheureusement, ce n'était pas tout. Je n'avais jamais pensé que Fern me ferait mal délibérément. Je ne l'avais jamais envisagé, pas plus que je ne l'aurais cru possible de la part de Lowell ni de mes parents. Cependant, son absence de remords, cette manière impassible de regarder le chaton puis de lui ouvrir le ventre à mains nues, tout cela m'avait choquée au plus profond de moi. C'était ce que j'aurais dû dire à ma mère, c'était ce que je voulais dire.

Qu'il y avait en Fern quelque chose qui m'échappait.

Qu'au fond je ne la connaissais pas, contrairement à ce que j'avais toujours cru.

Qu'elle avait des secrets, des secrets inquiétants.

Mais, à la place, j'avais dit que j'avais peur d'elle. C'était cela, le mensonge qui l'avait condamnée à l'exil. C'est à ce moment que j'avais obligé mes parents à choisir entre nous.

2

Dans la vie de chacun, il y a des gens qui restent et des gens qui s'en vont, et des gens qui disparaissent contre leur gré.

Sur les conseils de la mère de Todd, Ezra passa un accord avec le bureau du procureur. La justice refusant de considérer qu'ouvrir une porte et la fermer, c'était la même chose, il plaida coupable et écopa de huit mois dans une prison de faible sécurité à Vallejo. Il perdit son emploi, qui comptait beaucoup pour lui. Il perdit toute chance de travailler un jour à la CIA (ou peut-être pas, qu'en sais-je, après tout ? C'était peut-être le petit plus qui manquait jusque-là à son CV). Depuis Ezra, je n'ai jamais connu de gardien qui mettait un tel cœur à l'ouvrage. « Pour être heureux, m'avait-il dit une fois, il faut donner le meilleur de soi-même, quoi que l'on fasse. Même s'il ne s'agit que de sortir les poubelles, il faut viser l'excellence. »

Je lui rendis visite après Noël, alors qu'il était incarcéré depuis un mois. On l'amena, vêtu de sa combinaison orange, et on nous fit asseoir de chaque côté d'une table que, dans un autre contexte, j'aurais qualifiée de table de pique-nique. On nous rappela que nous n'avions pas le droit de nous toucher puis on nous laissa seuls. La moustache d'Ezra avait disparu, la peau au-dessus de sa lèvre supérieure à vif, comme si on avait arraché les poils avec un morceau de sparadrap. Son visage semblait nu et ses dents immenses, des dents de lapin. Il était manifestement déprimé. Je lui demandai comment il allait.

— En chemin, le juste est assailli de toutes parts par les iniquités de l'égoïste et la tyrannie des méchants.

Voilà qui était rassurant. C'était toujours Ezra. Toujours *Pulp Fiction*.

Il voulut savoir si j'avais des nouvelles de Harlow.

— Ses parents sont venus de Fresno, ils la cherchaient. Mais rien. Personne ne l'a vue.

Après le dîner où j'avais dit à Lowell que Harlow ne parlait jamais de sa famille, elle m'avait livré les informations suivantes : trois jeunes frères, deux sœurs plus âgées. Des demi-frères et sœurs pour être précis.

Sa mère était de ces femmes qui adoraient la maternité, mais étaient incapables de vivre une relation durable. Une hippie, genre déesse de la terre. Tous ses enfants étaient de pères différents, mais ils habitaient tous avec elle, dans une bicoque à l'extérieur de la ville. Deux enfants plus tôt, elle s'était rendu compte que la maison n'était pas assez grande, alors quelques-uns des pères avaient transformé le sous-sol en un dédale de chambres où vivaient les gosses, souvent livrés à eux-mêmes. Une vie à la Peter Pan. Harlow n'avait pas vu son père depuis des années, mais il gérait une petite compagnie théâtrale à Grass Valley et il lui donnerait du travail une fois qu'elle aurait obtenu son diplôme. Il était, disait-elle, l'atout qu'elle gardait dans sa manche.

La similarité entre le sous-sol de Harlow et ma cabane dans les arbres d'autrefois m'avait frappée. La seule différence, c'était qu'il fallait descendre pour pénétrer dans le monde magique de Harlow. (Cette différence serait essentielle si les études récentes indiquant que l'on a tendance à se comporter avec plus d'altruisme après avoir monté un escalier que si l'on vient de descendre n'étaient pas une vaste blague. Attention, je dis seulement qu'il y a science et science. Quand le sujet d'étude est humain, souvent, ce n'est pas de la science.)

Le sous-sol et la cabane dans les arbres avaient un autre point commun : aucun des deux n'était réel.

Harlow était enfant unique. Son père relevait les compteurs de gaz. Un emploi certes peu glamour, mais plus dangereux qu'on ne le croit, à cause des chiens. Sa mère travaillait à la bibliothèque municipale. Lorsque je serai maître du monde, les bibliothécaires seront dispensées de tragédie. Leurs chagrins n'excéderont jamais la durée de prêt d'un livre.

Ses deux parents étaient grands, mais ils avaient tous les deux les épaules voûtées, comme s'ils venaient de recevoir un coup de poing dans le ventre. Sa mère avait les mêmes cheveux que Harlow, sauf que les siens étaient courts, une coiffure pratique et sans chichi. Elle portait une écharpe de soie et en dessous une longue chaîne en argent avec un cartouche égyptien. Je distinguai un hiéroglyphe représentant un oiseau et je songeai au soin qu'elle avait apporté à sa tenue pour aller voir la police locale, pour me voir, pour voir Reg. Je l'imaginai devant son placard, choisissant ce qu'elle allait mettre pour se renseigner sur son enfant et apprendre des choses qui allaient peut-être lui briser le cœur. Elle me rappelait ma mère, même si elles n'avaient en commun que leur cœur brisé.

Les parents de Harlow craignaient qu'elle n'ait été enlevée et Dieu sait quoi, car ce n'était pas son genre de les laisser sans nouvelles. Ils étaient aussi fragiles que du verre soufflé. Ils craignaient qu'elle ne soit morte. Ils s'efforcèrent de me le faire comprendre à demi-mot. Ils suggérèrent qu'Ezra l'accusait peut-être parce qu'elle ne risquait pas de contredire sa version, qu'il avait monté son coup contre le centre des primates dans le but de couvrir un crime bien plus sordide. Pour rien au monde elle ne raterait Noël. Son cadeau l'attendait toujours sur le manteau de la cheminée, où il resterait jusqu'à son retour.

Ils avaient insisté pour qu'on aille parler dans un café. Nous buvions donc un café au Mishka's, profitant de la quiétude du début du trimestre dans la salle presque vide, avec pour seul bruit le grondement du moulin.

Du moins, moi, je buvais le mien. Les leurs, intacts, refroidissaient à vue d'œil.

J'étais sûre et certaine que Harlow était en vie, affirmai-je, car elle était repassée chez moi le lendemain de ses singeries pour récupérer quelque chose qu'elle avait oublié. Même si je ne l'avais pas vue, j'avais des preuves, des preuves irréfutables. Je n'en dis pas plus. Sa mère laissa échapper un bruit – entre cri et soupir –, involontaire, mais fort et aigu. Puis elle éclata en sanglots et me serra les mains, renversant nos tasses.

Son joli corsage, qui était en première ligne, se retrouva copieusement arrosé. Il était sans doute fichu.

« Mais ça ne lui ressemble pas, répétait inlassablement son père tandis que nous épongions. Entrer par effraction quelque part. Prendre des choses qui ne lui appartiennent pas… »

Par choses, il voulait dire singes, supposai-je, car je n'avais pas soufflé mot de Madame Defarge.

Je me demandai également si nous parlions de la même personne. Rien ne ressemblait autant à Harlow, à mon avis.

Mais il est facile de tromper ses parents ; ils ne voient que ce qu'ils ont envie de voir. Je racontai cela à Ezra. Il était trop abattu pour s'y intéresser. À ma plus grande surprise, j'éprouvai un besoin irrépressible de le toucher, un désir qui ne m'avait jamais effleurée jusque-là et que je ressentais sans doute uniquement parce que c'était interdit. Je voulais lui caresser le bras, jouer avec ses cheveux, l'ébouriffer afin de lui remonter le moral. Je m'assis sur mes mains pour m'en empêcher.

— Où pensais-tu que les singes iraient ? lui demandai-je.

— Où ils voulaient, quelle question !

3

Depuis que j'avais raccompagné Lowell à la gare de Davis, je savais que je n'avais plus rien à faire ici, plus aucune raison de prolonger mes études. J'avais une sœur qui avait besoin de moi. Il était temps de passer aux choses sérieuses.

J'attendis en vain le premier rapport au sujet de Fern. Il y avait manifestement eu des complications. J'en profitai pour dévorer tous les livres sur les filles-singes qui me tombaient sous la main : Jane Goodall (les chimpanzés), Dian Fossey (les gorilles) et Biruté Galdikas (les orangs-outans).

J'envisageais, une fois diplômée, d'aller travailler au parc de Gombe Stream et de passer mes journées à observer les chimpanzés Kasakela. Je pourrais peut-être apporter quelque chose. Après tout ce temps, je trouverais peut-être le moyen d'employer à des fins utiles l'expérience que mon père avait menée sur moi. C'était la vie pour laquelle j'étais née, très similaire à la cabane dans les arbres que j'imaginais autrefois avant de m'endormir. Là, pensais-je, j'aurais enfin ma place. Tarzan dans la jungle. Cette simple idée me faisait bondir d'allégresse.

Puis je retombai sur terre. Je me souvins des cent soixante-dix viols en trois jours évoqués par M. Sosa. Un chercheur avait assisté à ça, il avait observé une femelle chimpanzé violée cent soixante-dix fois, il avait compté. Un bon scientifique. Pas moi.

De plus, je m'étais si bien débrouillée pour éviter les primates que cette carrière m'aurait obligée à reprendre mes études à zéro.

Et en quoi cela aiderait-il Fern ?

Je me rappelai alors que Kitch, l'ancienne petite amie de Lowell, m'avait dit un jour que je ferais une super enseignante. À l'époque, j'avais pensé qu'elle était seulement polie, et aussi un peu folle : rendue folle par sa fraternité étudiante comme tant d'autres avant elle. Cependant, après avoir passé plusieurs heures avec le guide de l'université dans une main et le détail de mes notes dans l'autre, il apparut que la voie la plus rapide, le cursus qui accepterait la plupart de mes unités de valeur, c'était l'enseignement. Bien sûr, il faudrait que je suive un cours de pédagogie. Mais je ne savais pas quel autre diplôme je pourrais obtenir avant le jour de l'apocalypse maya.

Au printemps, je tombai sur Reg à la bibliothèque et il me proposa d'aller voir le *Macbeth* transgenre. Il avait deux billets, m'expliqua-t-il, cadeau d'un ami de Harlow.

Nous nous retrouvâmes au crépuscule devant le bâtiment d'art dramatique. (Un mois plus tard, il serait rebaptisé Celeste Turner Wright Hall, et deviendrait ainsi l'un des trois bâtiments du campus à porter le nom d'une femme. Celeste, nous te remercions, nous, femmes de Davis.) La nuit était belle et, derrière le théâtre, les gainiers de Californie et les groseilliers fleuris embaumaient l'arboretum. Plus bas, les colverts se disputaient mollement.

La pièce était toujours aussi sanglante et on n'avait utilisé aucune des idées de Harlow. J'étais déçue. La mise en scène n'était pas mauvaise, mais le spectacle aurait été bien plus intéressant si on l'avait joué à sa manière. Reg, lui, n'en démordait pas : rien n'était plus marrant qu'un homme en robe.

Je trouvais cela atterrant, dégradant pour les femmes et les travestis du monde entier. Je lui dis qu'il devait être le seul imbécile sur cette terre à croire que *Macbeth* était censé être drôle.

Il agita joyeusement la main.

— Quand un mec invite une fille et l'emmène à un spectacle féministe, il sait à quoi s'attendre. Il sait que la soirée se terminera en dispute.

Il me demanda en outre si j'avais mes règles, ce qu'il trouva aussi désopilant.

Nous nous dirigions vers la voiture. Je me retournai brusquement. Je préférais marcher, lui lançai-je. Seule. Quel connard, celui-là ! J'étais presque rentrée chez moi lorsque ses mots me revinrent. « Quand un mec invite une fille… » Que voulait-il dire au juste ?

Le lendemain, il me rappela. Notre histoire dura environ cinq mois. Aujourd'hui encore, à bientôt quarante ans, cela reste un record pour moi. J'aimais beaucoup Reg, mais nous ne vécûmes jamais ensemble. Nous nous disputions constamment. Je n'étais pas aussi reposante qu'il l'espérait.

— Je ne crois pas que ça va marcher entre nous, m'annonça-t-il un soir.

Nous étions garés devant chez moi et nous attendions que la police lève le camp. Le deuxième étage avait encore pris une amende pour nuisances sonores.

— Pourquoi ? demandai-je, animée d'une noble curiosité scientifique.

— Je pense que tu es une fille géniale. Et super mignonne. Mais ne m'oblige pas à mettre les points sur les i.

Je ne sais donc pas vraiment pourquoi nous avons rompu.

Peut-être était-ce lui. Peut-être était-ce moi. Peut-être était-ce le fantôme de Harlow, qui agitait ses boucles terrifiantes. « Hors d'ici, ombre horrible ! Moqueuse illusion, hors d'ici ! »

La conversation ne fut pas aussi blessante qu'elle le paraît quand on la raconte. Lorsque je pense à Reg, c'est avec tendresse. À l'époque, j'étais à peu près sûre d'être à l'origine de la rupture, même si c'était lui qui en avait parlé le premier. Mais, plus tard, j'appris qu'il sortait avec un homme. Je m'étais peut-être vantée un peu vite, après tout.

Le fait est que je suis apparemment incapable d'avoir des relations durables. Ce n'est pourtant pas faute d'avoir essayé. Ne m'obligez pas à mettre les points sur les i.

Je me demande si Lowell dirait que mon éducation a bousillé ma vie sexuelle. Ou si, vous aussi, vous avez du mal avec les relations durables.

Peut-être pensez-vous que ça marche, alors qu'au fond vous n'y arrivez pas mieux que moi. Peut-être que l'anosognosie, soit l'incapacité d'un sujet à reconnaître l'infirmité dont il est atteint, est le propre de l'être humain et que je suis la seule à y échapper.

Si j'en crois ma mère, c'est que je n'ai pas encore rencontré le bon, l'homme qui voit des étoiles dans mes yeux.

Je l'admets. Cet homme-là, je ne l'ai pas rencontré.

L'homme qui avait vu des étoiles dans les yeux de ma mère nous quitta en 1998. Papa était parti camper une semaine en solitaire au bord du Wabash pour pêcher, faire du kayak et un peu d'introspection. Au bout de deux jours, alors qu'il portait son kayak afin de franchir un passage rocheux, il eut une crise cardiaque qu'il prit pour une attaque grippale. Il parvint à regagner la maison et son lit, où il fit une seconde crise le lendemain et une troisième à l'hôpital le soir même.

Lorsque j'arrivai à son chevet, il était reparti dans la nature, en train d'escalader une montagne imaginaire aux confins du monde. Pour nous faire entendre, il nous fallut, à ma mère et moi, lui répéter plusieurs fois que j'étais là, et encore, je ne suis pas sûre qu'il me reconnut.

— Je suis très fatigué, me dit-il. Est-ce que tu peux prendre mon sac ? Juste un petit moment ?

Il avait l'air gêné.

— Bien sûr, papa. Bien sûr, regarde, je l'ai. Je le porterai aussi longtemps que ce sera nécessaire.

C'est la dernière chose qu'il entendit.

Je suppose que cela ressemble à une scène d'agonie au cinéma : immaculée, classique, profonde, solennelle. En fait, il vécut encore une journée entière et ce fut tout sauf propre. Il y avait du sang, de la merde, de la morve, des gémissements et des heures de halètements douloureux et bruyants. Les médecins et les infirmières entraient et sortaient, tandis que maman et moi étions régulièrement chassées de la chambre avant d'y être admises à nouveau.

Je me souviens d'un aquarium dans la salle d'attente. Je me souviens des poissons dont on voyait battre le cœur, leurs écailles couleur de verre. Je me souviens d'un escargot qui se traînait sur la paroi vitrée, la bouche sur son pied se dilatant et se contractant sans fin. Le médecin sortit et ma mère avança à sa rencontre.

— Je crains que, cette fois, nous ne l'ayons perdu, dit-il, comme s'il pouvait y avoir une prochaine fois.

La prochaine fois, je prendrai le temps de me réconcilier avec mon père.

La prochaine fois, j'attribuerai à ma mère sa part de responsabilité dans ce qui est arrivé à Fern, sa dépression ayant rendu impossible tout reproche.

La prochaine fois, j'assumerai ma part de responsabilité, ni plus ni moins. La prochaine fois, je ne dénoncerai pas Fern, mais Lowell si. Je dirai à mes parents qu'il n'était pas allé à l'entraînement de basket, pour qu'ils lui parlent et qu'il ne parte pas.

J'avais prévu de pardonner à papa un jour. Il a beaucoup perdu dans cette histoire, mais moi, il ne m'a pas perdue, et je regrette de ne jamais le lui avoir dit. C'était inutile et douloureux.

Je suis donc heureuse de sa dernière requête. Il m'a fait un immense cadeau en m'autorisant à le délester d'un fardeau, même imaginaire.

Mon père avait cinquante-huit ans à sa mort. Le médecin nous confia que, à cause de l'alcool et du diabète, il avait le métabolisme d'un homme beaucoup plus âgé.

— Est-ce qu'il avait une vie stressante ? demanda-t-il.

— Parce qu'il y a des gens qui n'ont pas une vie stressante ? rétorqua ma mère du tac au tac.

Nous laissâmes le corps à l'hôpital, car il y avait encore des analyses à faire, et nous montâmes dans la voiture.

— Je veux Lowell, dit ma mère avant de s'écrouler derrière le volant, hoquetant et haletant si fort qu'il semblait qu'elle allait s'étouffer et rejoindre mon père.

Nous échangeâmes nos places et je conduisis. Il me fallut un moment avant de me rendre compte que je n'avais pas pris la direction de leur maison, mais celle du pavillon proche de l'université où j'avais grandi. J'étais presque arrivée lorsque je m'en aperçus.

Papa eut droit à une longue nécrologie respectueuse dans le *New York Times*. Il aurait été ravi. Il était question de Fern, bien sûr, mais en tant que sujet d'étude et non en tant que membre éploré de la famille. J'éprouvai un choc à la vue du nom de Fern, comme en avion, quand on traverse une poche d'air sans y être préparé. La fille-singe avait toujours peur d'être démasquée et cela ressemblait à une révélation internationale.

Mais j'étais alors à Stanford, où je ne connaissais presque personne. Et nul ne fit mention de l'article.

Quelques jours après la publication de la nécrologie, nous reçûmes une carte postale représentant un gratte-ciel, le Regions Building de Tampa, en Floride, avec son toit pointu et ses quarante-deux étages aux fenêtres teintées gris argent. *Aujourd'hui, je vois tant de choses de l'Amérique*, disait la carte. Elle était adressée à ma mère et à moi. Elle ne portait pas de signature.

4

Mais revenons à l'hiver 1996. La compagnie aérienne me livra ma valise pendant que je passais Noël dans l'Indiana. Todd, qui n'était jamais pressé de rentrer chez lui pour les fêtes, était encore là. Il put donc la récupérer en mon nom.

— C'est la bonne, m'assura-t-il. Ta valise. Je la reconnaîtrais entre toutes.

Il avait rendu l'autre. Je n'avais pas prévu que cela se produirait en mon absence et j'étais très embêtée.

Bien sûr, tout est possible. Pendant que mon avion se posait sur le tarmac dans l'Indiana, Harlow, qui était devenue coutumière du fait, se glissait peut-être dans ma chambre pour remettre Madame Defarge dans son sarcophage bleu ciel. Quand je dis « tout est possible », il faut comprendre : « même pas en rêve ».

Je m'en veux. Je suis sûre que c'était une antiquité hors de prix et irremplaçable. Je comptais mettre un mot d'excuse dans la valise avant de la rendre. Faute de mieux, je le ferai ici :

Cher joggeur marionnettiste,

Je n'ai pas volé Madame Defarge, mais elle a disparu alors qu'elle était sous ma garde. Je suis confuse. Je suis certaine que vous y étiez très attaché.

La seule consolation que je puisse vous offrir, c'est que je crois qu'elle mène aujourd'hui un incessant combat pour la justice, sur les traces de son illustre modèle. En résumé, elle est retournée à une vie de révolutionnaire aux méthodes expéditives.

J'espère toujours vous la renvoyer entière un jour. Je la cherche sur eBay au moins une fois par mois.

Avec mes excuses les plus sincères,

Rosemary Cooke

Ma propre valise était pleine à craquer et rien ne manquait. Il y avait mon pull bleu, mes pantoufles, mon pyjama, mes sous-vêtements. Et les carnets de notre mère, fatigués par le voyage : les coins étaient usés, la couverture froissée et le ruban de Noël de travers. L'ensemble un peu écrabouillé, mais intact.

Je ne les ouvris pas sur-le-champ. Le séjour chez mes parents m'avait vidée et j'étais à vif après toutes ces semaines passées à parler de Fern et à penser à elle. Je décidai de les ranger provisoirement sur l'étagère supérieure de mon placard pour ne pas les voir chaque fois que je ferais coulisser les portes miroirs.

Puis, aussitôt cette décision prise, j'ouvris le premier.

Il y avait un Polaroid de moi à l'hôpital, alors que je n'avais que quelques heures. Je suis aussi rouge qu'une fraise, luisante de la macération utérine, découvrant le monde à travers des yeux plissés dubitatifs, les poings levés au-dessus de mon visage. Je semble prête à gargouiller. Sous la photo, on a recopié un poème.

Eh bien,
elle en a une bouille ronde et réjouie,
cette pivoine !

J'ouvris le second carnet. Fern aussi avait son portrait accompagné d'un poème, ou du moins un extrait de poème. La photo date du jour de son arrivée à la ferme. Elle a presque trois mois et elle est drapée comme une algue autour du bras de quelqu'un. Notre mère, sans doute ; je reconnais sa chemise de toile verte pour l'avoir vue sur d'autres clichés.

Fern a les poils dressés sur la tête et les joues. Ils forment autour de son visage nu un halo agité. Ses bras sont comme des brindilles ; son front, plissé ; ses grands yeux, sidérés.

Une Contenance à émouvoir une Reine –
Moitié Enfant – Et moitié Héroïne –

Les carnets de ma mère n'ont rien de scientifique. Bien qu'on y trouve un ou deux schémas, quelques chiffres et mesures, les observations de terrain objectives et précises auxquelles je m'attendais en sont absentes.

Il s'agit en fait d'albums de naissance.

5

Je vous ai raconté le milieu de mon histoire. Je vous ai raconté la fin du début et le début de la fin. Par chance, beaucoup d'éléments se recoupent dans les deux parties restantes.

L'automne dernier, maman et moi avons passé plusieurs semaines à relire ses carnets ensemble, en vue d'une publication. À bientôt soixante-dix ans, elle ne porte plus que des salopettes : « Je n'ai pas vu mon ventre depuis 2001 », aime-t-elle à dire, bien qu'elle ait maigri avec l'âge, les bras plus noueux, les jambes plus osseuses. C'est toujours une femme séduisante, mais désormais on devine le squelette sous le visage. Ces vieilles photos me rappellent combien elle semblait heureuse avant qu'on la brise.

— Tu étais le plus joli bébé du monde, affirme-t-elle.

Ce n'est pas l'impression que j'ai quand je regarde le Polaroid.

— Dix, le score maximum au test d'Apgar.

Six heures de travail, selon l'album. Trois kilos deux cents. Quarante-huit centimètres. Une belle prise.

J'ai appris à tenir seule sur mes fesses à cinq mois. Il y a une photo de moi assise, le dos aussi droit qu'une aiguille à tricoter. Fern est blottie contre moi, les bras autour de ma taille. On dirait qu'elle va ou vient de bâiller.

À cinq mois, elle marchait déjà sur ses poings et ses petits pieds recroquevillés.

— Elle perdait contact avec le sol, dit ma mère. Ses mains étaient très fines. Elle les voyait, savait où elles étaient censées se poser, mais elle agitait ses petons derrière elle et cherchait le sol en l'air, à côté, partout, sauf par terre. C'était tellement chou.

J'ai marché à dix mois. Au même âge, Fern pouvait descendre l'escalier seule, en se balançant sur la rampe.

— Tu étais précoce dans tous les domaines, par rapport aux autres enfants, dit ma mère en guise de consolation. Je pense que Fern était un moteur.

À dix mois, je pesais six kilos cinq cents. J'avais quatre dents, deux en haut, deux en bas. Fern faisait quatre kilos cinq cents. Le graphique de ma mère montre que nous étions toutes les deux petites pour notre âge.

Mon premier mot a été *au revoir*. J'ai fait le signe à onze mois, je l'ai prononcé à treize. Le premier signe de Fern a été *tasse*. Elle avait dix mois.

J'ai vu le jour dans un hôpital de Bloomington, un accouchement sans incident particulier. Fern est née en Afrique, où, à peine un mois plus tard, sa mère était tuée et vendue pour la viande.

— Nous envisagions d'élever un chimpanzé depuis plusieurs années, me raconta ma mère. C'était très abstrait. Je disais toujours que je ne voulais pas qu'on arrache un bébé chimpanzé à sa maman. Que nous le prendrions seulement s'il n'avait nulle part où aller. Je n'y croyais pas. Je suis tombée enceinte de toi et nous avons cessé d'en parler.

« Puis nous avons appris l'existence de Fern. Des amis d'amis l'avaient achetée à des braconniers sur un marché, au Cameroun, parce qu'ils espéraient que nous l'adopterions. Ils disaient l'avoir trouvée à demi morte, une poupée de chiffon crasseuse, couverte de traces de diarrhée et de puces. Ils ne croyaient pas qu'elle survivrait, mais ils ne supportaient pas l'idée de l'abandonner.

« Et si elle s'en sortait, alors elle prouverait qu'elle était accrochée à la vie. Résiliente. Parfaite pour nous.

— Elle était encore en quarantaine à ta naissance. Nous ne pouvions pas risquer qu'elle apporte une maladie dans la maison. Pendant un mois, tu as été mon seul bébé. Tu étais tellement joyeuse. Et facile : tu ne pleurais presque jamais. Malgré tout, je commençais à avoir des doutes. J'avais oublié à quel point c'était fatigant, les nuits blanches, les soins constants. J'aurais refusé si on m'avait posé la question à ce moment-là, mais il était trop tard. Que serait devenue Fern ? Et à chacune de mes hésitations, on me promettait de l'aide. Un village entier. Un village d'étudiants.

« Fern a atterri chez nous par un jour de grand vent. Une petite chose minuscule et terrifiée. Une bourrasque a claqué la porte derrière elle et elle a sauté des bras de l'homme qui l'avait amenée pour se jeter dans les miens. Et voilà.

« Elle s'agrippait si fort que, pour la poser, je devais détacher ses doigts un par un. Pendant deux ans, j'ai eu des bleus sur tout le corps à cause d'elle. Mais c'st comme ça dans la nature : le bébé chimpanzé reste cramponné à sa mère pendant deux années entières.

« Elle avait une telle poigne qu'un jour, peu après son arrivée, alors que je l'avais posée, ses petites mains qui s'agitaient pour protester se sont accrochées l'une à l'autre et se sont refermées comme les valves d'une huître. Elle ne savait pas comment les séparer. Elle s'est mise à hurler et ton père a dû intervenir pour les détacher.

« Pendant la première semaine, elle passait son temps à dormir. Elle avait un berceau, mais je ne pouvais la coucher que si elle était déjà endormie. Elle se blottissait sur mes genoux, sa tête sur mon bras, et bâillait à se décrocher la mâchoire, si bien que je l'imitais. Puis la lueur dans ses yeux s'éteignait progressivement. Ses paupières papillotaient un instant puis se fermaient.

« Elle était sans énergie et ne s'intéressait à rien. Quand je voyais qu'elle était éveillée, je lui parlais, mais c'était à peine si elle semblait le remarquer. Je craignais qu'elle ne soit pas en bonne santé, tout compte fait. Ou pas très intelligente. Ou victime d'un traumatisme dont elle ne se remettrait jamais.

« Malgré tout, c'est au cours de cette première semaine qu'elle m'a conquise. Elle était si petite et abandonnée. Si triste et apeurée. Et elle ressemblait vraiment à un bébé. Elle te ressemblait beaucoup, la souffrance en plus.

« Vous étiez nées dans des mondes tellement différents, le tien accueillant, le sien cruel, que j'ai dit à ton père que je ne voyais pas comment on pouvait envisager une étude comparative. Mais il n'était plus question de faire machine arrière. J'étais éperdument amoureuse de vous deux.

« J'ai lu tout ce que j'ai pu sur les autres chimpanzés élevés dans des familles, notamment le livre de Catherine Hayes à propos de Viki et j'ai pensé que ça pouvait marcher. À la fin du livre, Catherine dit qu'ils ont l'intention de vivre avec elle pour toujours. Les gens n'arrêtent pas de lui demander si elle n'a pas peur que Viki finisse par se retourner contre eux, mais pas un jour ne se passe sans que les journaux relatent un fait divers sordide, un jeune qui a assassiné ses parents dans leur lit ou une histoire de ce genre. Nous prenons tous un risque, dit-elle.

« Bien sûr, Viki est morte avant d'atteindre l'âge adulte et ils n'ont jamais été mis à l'épreuve. Mais nous pensions la même chose, ton père et moi, nous croyions que Fern vivrait toujours avec nous. Ton rôle dans l'étude s'achèverait quand tu entrerais à l'école, mais nous continuerions à travailler avec Fern. Ensuite, vous partiriez pour l'université, Lowell et toi, et elle resterait à la maison auprès de nous. C'était l'engagement que je pensais avoir pris.

« Il y a quelques années, j'ai trouvé sur Internet une citation du père de Viki. On l'associait toujours à une expérience linguistique qui avait échoué, se plaignait-il. Une expérience condamnée à échouer dans la mesure où ils avaient tenté de lui apprendre à parler oralement, ce dont un chimpanzé est physiologiquement incapable. Comme on le sait aujourd'hui.

« Mais, selon M. Hayes, ce qui était significatif dans leur étude, la découverte primordiale que tout le monde choisissait d'ignorer était celle-ci : le langage était la seule véritable différence entre Viki et un enfant humain.

— Quelles que soient les victoires, c'est toujours l'échec qu'on retient, dis-je.

— Mon Dieu, répondit ma mère. Comme c'est déprimant. Si je croyais une chose pareille, je terminerais mon repas sur-le-champ avec un verre de ciguë en guise de digestif.

Nous venions de dîner et nous traînions à table, le temps de finir notre vin. Nous fêtions le contrat d'édition de notre livre. L'avance ne suffisait pas pour financer nos projets, mais elle avait dépassé nos espérances. La flamme de la bougie vacillait dans les courants d'air et nous avions sorti la belle vaisselle qui avait survécu aux années avec Fern. Ma mère semblait calme et pas trop triste.

— Je me rappelle avoir lu quelque chose au sujet de chercheurs qui pensaient pouvoir créer des chimpanzés miniatures pour mieux les contrôler, comme on l'a fait avec les teckels et les caniches.

Je ne lui avouai pas que, pour ma part, j'avais lu quelque chose au sujet d'un certain Ilya Ivanovich Ivanov, qui, dans les années 1920, avait tenté de créer un hybride homme-chimpanzé. Il avait inséminé des femelles chimpanzés avec du sperme humain, bien que sa première idée ait été de faire l'inverse : mères humaines, sperme de chimpanzé. Voilà les rêves qui font de nous des hommes, maman. Passe-moi la ciguë quand tu auras fini.

Ma mère :

— Quand Fern s'est réveillée, c'était pour de bon. Une toupie, un tourbillon. Un rayon de soleil qui transperçait soudain les nuages. Elle se balançait à travers la maison comme un colosse miniature. Tu te souviens que papa l'appelait notre Tornade brune ? Le tapage, les couleurs et l'ambiance du carnaval chez nous.

« En grandissant, vous faisiez une sacrée équipe, toutes les deux. Elle ouvrait les placards et tu sortais tous les plats, toutes les casseroles. Elle était capable de forcer les systèmes de blocage des portes en un tournemain, mais elle n'avait pas ton obstination. Tu te souviens de son goût pour les lacets ? Elle les dénouait toujours sans qu'on s'en aperçoive et on n'arrêtait pas de trébucher.

« Elle grimpait dans les penderies et ôtait les manteaux des cintres pour les faire tomber, tandis que tu attendais en dessous. Piquait dans mon sac des pièces que tu mordillais. Ouvrait les tiroirs pour te passer les épingles et les aiguilles, les ciseaux et les couteaux.

— Est-ce que tu t'inquiétais de l'effet que cela risquait d'avoir sur moi ? demandai-je.

Je me servis un autre verre de vin pour me donner du courage, car j'étais incapable d'imaginer une réponse que j'aurais envie d'entendre sobre.

— Bien sûr que oui. Je m'inquiétais tout le temps. Mais tu adorais Fern. Tu étais une petite fille très, très heureuse.

— C'est vrai ? Je ne m'en souviens pas.

— Je t'assure. Je m'inquiétais de ce que cela te ferait d'être la sœur de Fern, mais en même temps, je le désirais pour toi.

La bougie faisait danser des ombres chinoises dans la cuisine. Le vin était rouge. Ma mère en but une autre gorgée et détourna son visage qui s'affaissait doucement.

— Je voulais que tu aies une vie extraordinaire.

Elle alla chercher un film que les étudiants avaient fait. Nous en avions des dizaines, c'est pour cette raison que nous avons gardé un magnétoscope alors que partout ailleurs ils ont disparu. Le film débute par un long travelling dans l'escalier de la ferme. La bande-son est celle des *Dents de la mer*. La porte de ma chambre s'ouvre et un hurlement retentit.

Fern et moi sommes allongées ensemble sur un pouf poire. Notre position est identique, les bras derrière la tête, les genoux pliés, les jambes croisées, un pied par terre, l'autre en l'air. Nous semblons très contentes de nous.

La pièce a été mise à sac. Nous sommes les Romains parmi les ruines de Carthage, Merry et Pippin à Isengard. Il y a des journaux déchiquetés, des habits et des jouets éparpillés, de la nourriture piétinée. Un sandwich au beurre de cacahuète est écrasé sur le couvre-lit, les rideaux sont couverts de traces de feutre. Autour de nos petites personnes satisfaites, les étudiants rangent. Sur l'écran, les pages d'un calendrier défilent tandis qu'ils s'affairent.

Un jour, il sera possible d'inclure ce film dans un livre. En attendant, nous avons pris les photos de nos albums de naissance et tenté de transformer la liste de nos premières fois – premiers pas, premières dents, premiers mots – en récit. Nous avons un portrait de Fern arborant l'un des chapeaux de grand-mère Donna. Une autre où elle porte une pomme à sa bouche avec ses pieds. Et une où elle examine ses dents dans un miroir.

Dans chaque carnet, il y avait une série de gros plans sur nos visages : des études d'humeurs. Nous les avons classées par paires pour mettre en regard l'expression des émotions chez l'enfant et le chimpanzé. Ici, c'est moi, joueuse, dévoilant mes dents, et voici Fern, la lèvre recouvrant ses dents supérieures. Quand je pleure, ma figure se contracte. Mon front est ridé, ma bouche, grande ouverte, des larmes ruissellent sur mes joues. Fern a aussi la bouche ouverte, mais elle renverse la tête en arrière, les yeux fermés. Son visage est sec.

Je ne vois pas grande différence entre le portrait où je suis joyeuse et celui portant la mention « excitée ». C'est plus facile avec Fern. Elle a la bouche ouverte sur la première, en cul de poule sur la seconde. Son front joyeux est lisse, son front excité, ridé.

Fern apparaît sur presque toutes mes photos. Ici, je suis dans les bras de grand-mère Fredericka et Fern est en dessous, accrochée à sa jambe. Là, je suis assise sur une balançoire pour tout-petit, tandis que Fern est pendue au portique au-dessus de moi. Ici, nous sommes allongées contre notre chienne Tamara Press, les trois animaux de la ferme réunis. Nous avons toutes les deux les mains enfouies dans le pelage de Tamara et l'agrippons solidement. La chienne regarde placidement l'objectif, comme si nous n'étions pas en train de lui faire mal avec cet amour forcené.

Là, nous nous promenons avec notre père à Lemon Lake. Je suis attachée dans un porte-bébé, le dos contre sa poitrine, le visage écrabouillé par les sangles. Fern est dans un sac à dos et regarde par-dessus son épaule, le poil en bataille, l'air surexcité.

Les poèmes qui figurent dans nos albums de naissance sont écrits de la main de notre mère, mais ils sont l'œuvre des deux auteurs préférés de notre père : Issa Kobayashi et Emily Dickinson. Lorsque je les découvris pour la première fois, dans ma chambre à l'université, au début de l'année 1997, je songeai que, malgré son ferme rejet de toute forme d'anthropomorphisation, il aurait pu difficilement trouver deux poèmes qui obtenaient un score plus élevé au test de parenté de Lowell. Les insectes comptent double.

ISSA
Ne la tue donc pas –
Cette mouche a les mains jointes
Les pieds joints aussi[1] *!*

1. Issa, *Haiku*, traduction de Joan Titus-Carmel, Verdier, 1994.

DICKINSON
Abeille ! Je t'attends !
Je disais Hier
À Quelqu'un que tu connais
Que tu devais arriver –

Les Grenouilles rentrées la Semaine dernière –
Sont installées, et au travail –
Les Oiseaux revenus pour la plupart –
Le Trèfle tiède, épais –

Tu recevras ma Lettre d'ici
Le dix-sept ; Réponds
Ou mieux, sois avec moi –
Bien à toi, Mouche[1].

2012

L'année du Dragon d'eau.

Une année d'élection présidentielle aux États-Unis et, comme s'il était nécessaire de nous le rappeler, la fanfare d'Ayn Rand[2] marchant au pas et vociférant sa rengaine sur les ondes.

Et à l'échelle planétaire : Le Crépuscule des dinosaures. Dernier acte : La Revanche sur les mammifères parvenus. Voici la scène où ils nous font rôtir dans notre propre stupidité. Si la bêtise produisait de l'énergie, nous tiendrions là une ressource inépuisable. Et pendant le bref moment qu'il nous reste avant la fin du monde, les

1. Emily Dickinson, *Poésies complètes*, traduction et présentation de Françoise Delphy, édition bilingue, Flammarion, 2009.
2. Philosophe américaine dont se réclamait Paul Ryan, le candidat républicain à la vice-présidence.

tyrans religieux chez nous et ailleurs piétinent consciencieusement tout espoir de bonheur, même éphémère.

Cela dit, en ce qui me concerne, ça va. Je n'ai pas à me plaindre.

Maman et moi habitons ensemble à Vermillion, dans le Dakota du Sud. Nous louons un pavillon ordinaire, plus petit que la maison de pierre et d'air. La douceur des hivers de Bloomington me manque et les hivers californiens encore plus. Mais Vermillion est une petite ville universitaire assez plaisante.

Depuis sept ans, je suis institutrice de maternelle à Addison Elementary. À défaut de pouvoir vivre avec un groupe de chimpanzés, c'est ce que j'ai trouvé de plus proche. Kitch avait raison. À un point qu'elle n'imaginait sans doute pas. Je suis douée pour ça. Je suis douée pour interpréter le langage corporel, en particulier chez les jeunes enfants. Je les observe, je les écoute et je sais ce qu'ils ressentent, ce qu'ils pensent, et, plus utile, ce qu'ils s'apprêtent à faire.

Mes vieilles habitudes, déplorables du temps où j'étais moi-même élève, se sont avérées parfaitement acceptables chez une institutrice. Toutes les semaines, je leur apprends un mot que leurs parents, avec un peu de chance, ne connaîtront pas. C'est un exercice qu'ils adorent. Le mot de la semaine dernière était « frugivore ». Cette semaine, c'est « ébaubi ». Il n'est jamais trop tôt pour se préparer au SAT.

Je monte sur ma chaise lorsque je veux qu'ils m'écoutent. Si nous sommes assis sur le tapis, ils grimpent sur mes genoux, peignent mes cheveux avec leurs doigts. Quand il y a un gâteau d'anniversaire, nous l'accueillons avec les cris traditionnels du chimpanzé affamé.

Nous avons un cours spécifique sur le savoir-vivre chimpanzé. Quand on rend visite à une famille de chimpanzés, il faut se courber, se faire plus petit pour montrer qu'on n'est pas menaçant, leur dis-je. Je leur apprends à faire le signe signifiant « ami ». À sourire en couvrant les dents du haut avec la lèvre supérieure. Le jour de la photo de classe, j'en demande deux au photographe : une pour leurs parents et une pour nous. Sur celle destinée à la classe, nous faisons tous nos grimaces de chimpanzés amicaux.

Lorsqu'ils ont acquis un minimum de bonnes manières, nous faisons une excursion au laboratoire d'Uljevik, rebaptisé Centre pour la communication des primates. Nous entrons à la queue leu leu dans la salle des visiteurs, où une vitre blindée nous sépare des chimpanzés.

Parfois, ceux-ci ne sont pas d'humeur à recevoir des invités et ils le montrent en se jetant contre la paroi, si violemment qu'ils la font trembler. Dans ce cas-là, nous n'insistons pas. Le centre est leur maison. C'est à eux de décider qui ils veulent voir.

Mais nous avons aussi une liaison Skype dans la classe. Je la laisse allumée toute la matinée, pour que mes élèves puissent regarder les chimpanzés quand ils le souhaitent, et inversement. Les chimpanzés ne sont plus que six. Trois d'entre eux sont plus jeunes que Fern : Hazel, Bennie et Sprout. Deux sont plus âgés, des mâles : Aban et Hanu. Fern n'est ni la plus imposante ni la plus vieille, et ce n'est pas un mâle. Pourtant, d'après mes observations, c'est elle qui tient le rang le plus élevé. J'ai vu Hanu faire devant elle le geste de supplication des chimpanzés – bras tendu, poignet relâché –, en revanche, je n'ai jamais vu Fern se comporter ainsi avec quiconque. Alors, qu'est-ce que vous dites de ça, monsieur Sosa ?

Mes élèves préfèrent ma nièce Hazel à ma sœur. Mais leur chouchou est Sprout, le plus jeune, âgé de cinq ans. Sans avoir aucun lien de parenté avec elle, Sprout me rappelle la Fern d'autrefois, plus qu'elle-même aujourd'hui. Nous voyons peu d'images de chimpanzés adultes. Les bébés dociles sont tellement plus photogéniques. Fern est devenue lourde et lente. La vie l'a usée.

Mes élèves la trouvent méchante, mais à mes yeux elle est simplement une bonne mère. Elle gère les relations au sein du groupe et ne tolère pas qu'on fasse d'histoires. Quand il y a une dispute, c'est elle qui intervient. Elle force les adversaires à s'étreindre et à se réconcilier.

De temps en temps, notre mère apparaît sur l'écran pour me demander de faire une course en rentrant ou me rappeler un rendez-vous chez le dentiste. Elle va tous les jours au centre en tant que bénévole. Sa mission est de s'assurer que Fern mange ce qu'elle aime.

Le jour où notre mère est entrée dans la salle pour la première fois, Fern a refusé de la regarder. Elle était assise dos à la vitre et ne s'est même pas retournée pour voir ce que Hazel et maman se racontaient. Maman avait préparé les biscuits au beurre de cacahuète que Fern adorait, petite, mais celle-ci n'y a pas touché. « Elle ne me reconnaît pas », a protesté notre mère. D'après moi, tout indiquait le contraire. Jamais Fern n'aurait dit non à un biscuit au beurre de cacahuète sans raison.

La première fois que maman a distribué leur déjeuner aux chimpanzés – il y a un guichet juste assez large pour y glisser un plateau –, Fern l'attendait. Elle a attrapé sa main. Elle lui faisait mal. Notre mère lui a demandé de la lâcher, sans succès. Fern est restée impassible et impérieuse. Maman a dû la mordre pour qu'elle desserre son étreinte.

À force, Fern a fini par se laisser amadouer. Elles échangent des signes, à présent, et Fern guette le moindre mouvement de notre mère avec une attention particulière. Elle suit ses allées et venues comme elle peut, dans la mesure où elle est dedans et maman dehors. Elle mange ses biscuits. Dans l'album de naissance de Fern figure une photographie de la cuisine à la ferme, où nous sommes toutes les deux attablées avec chacune un fouet à lécher. Fern ronge le sien comme si c'était une cuisse de poulet.

Avant, j'avais peur de ne pas savoir quoi répondre à Fern si elle m'interrogeait au sujet de Lowell ou de notre père. À la maison de retraite, il fallait rappeler à grand-père Joe toutes les cinq minutes que papa était mort, car il n'arrêtait pas de demander d'une voix anxieuse ce qu'il avait fait pour que son fils unique ne vienne jamais le voir. Mais Fern ne les a jamais évoqués ni l'un ni l'autre.

Parfois, mes élèves et les chimpanzés font des travaux manuels ensemble, soit à l'occasion d'une visite, soit par Skype. Nous peignons avec les doigts. Nous couvrons des feuilles de colle et de paillettes. Nous réalisons des assiettes en terre en y marquant l'empreinte de nos mains. Le centre organise des collectes de fonds où nous vendons les objets fabriqués par les chimpanzés. Nous avons plusieurs tableaux de Fern à la maison. Mon préféré représente un oiseau, un trait sombre sur un ciel clair, aucune trace de cage, ni pour l'oiseau ni pour l'artiste.

Le centre possède des tonnes de vidéos qui attendent qu'on les étudie ; les chercheurs ont pris des décennies de retard. Les six chimpanzés en résidence sont donc tous à la retraite. Nos intrusions sont bienvenues, dans la mesure où elles sont un stimulant pour eux, et personne ne risque de nous reprocher de brouiller les résultats.

Ces chimpanzés reçoivent les meilleurs soins possible, cependant leur quotidien n'a rien d'enviable. Ils auraient besoin de plus de place à l'intérieur et à l'extérieur. Ils auraient besoin d'oiseaux, d'arbres, de rivières peuplées de grenouilles, du concert des insectes, de toute la nature non orchestrée. Ils auraient besoin de plus de surprises dans leur vie.

Quand je n'arrive pas à dormir, comme du temps où je m'inventais une cabane dans les arbres où j'aurais vécu avec Fern, j'imagine une maison pour les humains, un genre de poste de garde, mais plus grand, avec quatre chambres et deux salles de bains. La porte est aussi le seul accès à un immense parc. Le mur de façade est en verre blindé et donne sur huit hectares, voire plus, de cornouillers, de sumacs, de verges d'or et d'herbes à puces. Dans mon rêve, les humains sont confinés à l'intérieur tandis que les chimpanzés sont en liberté sur la propriété, les six du centre et d'autres, peut-être même mes neveux Basil et Sage. C'est là qu'on se rend compte que ce n'est qu'un rêve ; introduire deux mâles adultes au sein de notre petite communauté est une idée ridicule et dangereuse.

Au cours de ces dernières années, on a rapporté dans les médias d'effrayantes attaques de chimpanzés. Je n'ai pas peur de Fern. Cependant, je sais que jamais plus nous ne nous toucherons, elle et moi, que jamais plus nous ne nous assiérons avec nos bras enlacés, que jamais plus nous ne marcherons en tandem comme une seule personne. Le sanctuaire de mes rêves est encore la solution la plus viable : une clôture électrifiée tout autour, une vitre blindée entre nous.

Pour cela il faudra plus qu'un salaire d'institutrice. C'est notre mère qui a eu l'idée de publier ses carnets sous forme de livre pour enfants. Elle a écrit le texte et fait la majeure partie du travail d'adaptation, mais elle a tenu à ce que Fern et moi figurions sur la couverture en tant que coauteurs. Un genre de clin d'œil. Tous les profits iront au centre, pour créer une fondation destinée à l'agrandissement du parc des chimpanzés. Des cartes de dons seront également glissées dans chaque livre.

Notre éditeur est enthousiaste et optimiste. La date de publication a été choisie de manière à coïncider avec mes vacances d'été. Le service de presse prévoit un certain nombre d'événements médiatiques. J'essaie de ne pas trop y penser, car cela me fait paniquer, et je prie pour que ce soit la presse écrite plus que la radio, la radio plus que la télévision, ou, égoïstement, que la sortie passe inaperçue.

C'est en partie le résultat de ma vieille peur d'être démasquée. Je suis terrifiée à l'idée qu'après cet été il n'y aura plus moyen de se cacher, plus moyen de se défiler. Tout le monde, de ma coiffeuse à la reine d'Angleterre, pourra savoir qui je suis.

Pas qui je suis réellement, bien entendu, mais une version lissée de ma personne, plus vendable, plus facile à aimer. Le moi qui enseigne en maternelle, pas celui qui n'aura jamais d'enfants. Le moi qui aime ma sœur, pas celui qui est responsable de son exil. Je n'ai toujours pas trouvé l'endroit où je peux être vraiment moi. Mais peut-être que vous non plus.

Autrefois, je pensais que la fille-singe n'était une menace que pour moi. Aujourd'hui, je me rends compte qu'elle pourrait tout casser. Donc, à la peur d'être démasquée s'ajoute maintenant celle d'aller trop loin, de ne pas savoir où m'arrêter si je libérais la fille-singe en moi. Il n'existe aucune étude indiquant que l'on m'aimera quoi que je fasse. C'est peut-être le calvaire de l'école primaire qui va recommencer, sans les couloirs et les salles de classe, mais avec la presse et les blogs à la place.

Imaginez-moi sur vos écrans de télévision. Je serai d'une humanité exemplaire. Je ne grimperai pas sur les tables, ne sauterai pas sur les canapés, bien que d'autres humains aient déjà eu ce genre de comportement dans des émissions, sans pour autant être exclus de l'espèce. Néanmoins, vous vous direz : c'est idiot, elle a l'air parfaitement normale, elle est même jolie sous certains angles. Et pourtant, il y a un truc qui cloche chez elle. Je n'arrive pas à mettre le doigt dessus…

Je vous mettrai mal à l'aise ; c'est mon côté vallée dérangeante. Ou je vous irriterai ; c'est assez fréquent. Mais n'accusez pas Fern. Vous aimeriez Fern.

Je préférerais que notre mère se charge de la promotion, malheureusement on ne la fera jamais passer pour une victime innocente. Le public du studio la chahuterait.

C'est pourquoi la moitié humaine des incroyables sœurs de Bloomington, la fantasmagorique Rosemary Cooke, s'apprête à partir en tournée. Mais je prononcerai chaque mot au nom de ma sœur. Je serai universellement admirée. Fern sera occultement influente. C'est le plan.

C'était le plan.

6

Et si vous refusez de m'écouter…

Voici la vie de ma sœur, selon Madame Defarge.

Il était une fois une famille heureuse : la mère, le père, le fils et les deux filles. La fille aînée était intelligente et agile, couverte de poils et très belle. La plus jeune était ordinaire. Malgré tout, leurs parents les aimaient pareillement.

Mais, horreur ! Un jour, l'aînée tomba entre les mains d'un roi très méchant. Il l'enferma dans un cachot où nul ne pouvait la voir. Il jeta un sort pour la garder là. Tous les jours, il lui répétait qu'elle était laide. Le roi très méchant mourut, mais cela ne brisa pas le sort.

Seuls les gens peuvent le briser. Ils doivent venir la voir pour se rendre compte qu'elle est belle. Ils doivent envahir la prison et exiger sa libération. Le maléfice cessera le jour où les gens se soulèveront.

Il est grand temps.

Le 15 décembre 2011, le *New York Times* annonçait que le ministère de la Santé avait suspendu toutes les nouvelles bourses pour les études biomédicales et comportementales sur les chimpanzés. À l'avenir, elles ne seront financées que si elles s'avèrent réellement nécessaires pour la santé humaine et seulement en l'absence d'alternative. Avec deux exceptions possibles : les recherches en cours sur l'immunologie et l'hépatite C.

La décision se fondait sur un rapport concluant que la majorité des travaux sur les chimpanzés étaient totalement inutiles.

Une petite victoire. Fern et moi l'avons fêtée au champagne. Notre père nous autorisait à en boire une gorgée chacune à la Saint-Sylvestre. Cela faisait toujours éternuer Fern.

Je me demande si elle s'en souvient. Je sais qu'elle n'a pas confondu notre petite célébration avec celle du nouvel an. On célèbre les fêtes au centre et Fern connaît parfaitement leur ordre : d'abord le Jour-des-masques, puis le Jour-de-l'oiseau-rôti. Ensuite le Jour-de-l'arbre-à-friandises et seulement après le Jour-où-l'on-se-couche-tard.

Je m'interroge souvent sur la mémoire de Fern. Lowell a dit : « Elle m'a reconnu immédiatement. » Maman : « Elle ne m'a pas reconnue. »

Des chercheurs de l'université de Kyoto ont démontré la supériorité des chimpanzés en ce qui concernait certaines tâches sollicitant la mémoire à court terme. Une immense supériorité. Pour le dire autrement, on ne joue pas dans la même catégorie.

La mémoire à long terme est plus complexe à étudier. En 1972, Endel Tulving créait l'expression « mémoire épisodique » pour désigner la capacité d'un individu à se souvenir de certains événements de sa vie personnelle avec des informations spatio-temporelles précises (le quand, quoi, où) et à les revivre de manière consciente. Une forme de voyage mental dans le temps.

En 1983, il écrivait : « D'autres membres du royaume animal peuvent apprendre, tirer parti de l'expérience, se conformer et s'adapter, résoudre des problèmes et prendre des décisions, mais ils ne peuvent pas remonter le temps dans leur esprit. » La mémoire épisodique, selon lui, est le propre de l'être humain.

Je ne sais pas comment il peut être aussi catégorique. J'ai l'impression que chaque fois que nous, humains, pensons avoir trouvé ce qui nous rendait uniques – qu'il s'agisse de notre bipédie sans plumes, de notre utilisation des outils ou de notre langage – surgit une découverte qui remet tout en question. Si la modestie était un trait humain, nous aurions appris depuis longtemps à nous montrer un peu plus prudents.

La mémoire épisodique comporte des aspects subjectifs. Notamment la perception du temps et la certitude, parfois trompeuse, de la véracité du souvenir. Ces éléments sont difficiles à mesurer chez les autres espèces. Cela ne signifie pas qu'ils soient absents. Cela ne signifie pas non plus qu'ils soient présents.

D'autres animaux sont pourtant manifestement dotés d'une mémoire épisodique fonctionnelle, c'est-à-dire qu'ils sont capables de retenir l'objet, le lieu et la date d'un événement personnel. Les résultats sont particulièrement probants chez les geais buissonniers.

L'être humain n'est en fait pas très doué pour les dates. En revanche, il se rappelle bien les gens. Je serais prête à parier que c'est pareil chez le chimpanzé, animal social s'il en est.

Fern se souvient-elle de nous ? Est-ce qu'elle se souvient, mais ne nous reconnaît pas ? Nous avons changé, c'est certain, et j'ignore si elle comprend que les enfants grandissent, que les humains vieillissent, comme les chimpanzés. Je n'ai trouvé aucune étude portant sur la mémoire d'un chimpanzé, vingt-deux ans après.

Malgré tout, je reste persuadée que Fern sait qui nous sommes. Si les preuves ne sont pas concluantes, elles sont très convaincantes. Je n'insisterai pas, mais c'est seulement au nom de la rigueur scientifique et par respect pour le fantôme de mon père.

7

En février, mon attachée de presse m'appelait pour m'annoncer qu'elle avait reçu dans la matinée une série de demandes des plus grands médias, une nouvelle surprenante et fâcheuse. Elle débita une liste de noms connus : Charlie Rose, Jon Stewart, Barbara Walters, *The View*. La maison d'édition s'efforçait d'avancer la date de la publication, et moi, qu'en pensais-je ? Est-ce que je pourrais me libérer ? Sa voix manquait étrangement d'enthousiasme. C'est ainsi que j'appris que Lowell était sous les verrous.

Il avait été appréhendé à Orlando. Avec une liste d'accusations longue comme *Guerre et Paix*, à laquelle s'ajoutait la préparation d'une attaque contre le parc aquatique SeaWorld. La police se félicitait de l'avoir arrêté juste à temps.

Une complice non identifiée était en fuite.

C'est pour Fern que maman et moi avons décidé de publier les carnets. Réunis, ils font un très joli album pour enfants. « Fern et Rosemary sont sœurs. Elles vivent ensemble dans une grande maison à la campagne. » Dans cette histoire, il n'y a pas de femme ligotée, il n'y a pas de chaton tué. Tout est vrai : la vérité, rien que la vérité, mais pas toute la vérité. Seulement la vérité que, selon nous, les enfants peuvent entendre et dont Fern a besoin.

Ce ne sera pas assez pour aider Lowell.

Alors, ce récit est pour lui. Et pour Fern aussi, encore Fern, toujours Fern.

Mon frère et ma sœur ont eu une vie extraordinaire, mais je n'étais pas là et je ne peux pas vous raconter cette partie de l'histoire. Je m'en suis tenue à celle que je connaissais, la mienne. Cependant, tout ce que j'ai dit ne parle que d'eux, un contour à la craie de l'espace qu'ils auraient dû occuper. Trois enfants, une histoire.

Si c'est moi qui la raconte, c'est uniquement parce que je suis la seule à ne pas être en cage pour l'instant.

J'ai passé la majeure partie de ma vie à éviter de parler de Fern, Lowell et moi. Il va falloir du temps et de l'entraînement pour que ça revienne. Considérez cela comme un échauffement.

Parce que ce dont cette famille a besoin à présent, c'est de quelqu'un qui parle.

Je ne vais pas prétendre que Lowell est innocent. Je suis sûre qu'à ses yeux l'usine à orques de SeaWorld est une monstruosité sans nom. Je suis sûre qu'il pense qu'il faut arrêter SeaWorld avant qu'il y ait d'autres morts. Et je sais qu'il ne se contenterait pas de le penser.

Je ne doute pas que les accusations soient vraies, encore que le terme « attaque contre SeaWorld » puisse aussi bien désigner une bombe que des graffitis ou un entartage. Le gouvernement ne semble pas toujours bien faire la distinction.

Ce qui ne veut pas dire que Lowell ne comptait pas faire de dégâts sérieux. L'argent est la langue que parlent les humains, m'avait-il confié une fois, il y a très, très longtemps. Pour communiquer avec eux, il faut l'apprendre. Cependant, je me permets de vous rappeler que l'ALF est opposée à la violence contre les animaux, humains ou non.

Parfois, je regrette que Lowell n'ait pas été arrêté plus tôt. Je regrette de ne pas l'avoir dénoncé en 1996, quand la liste des accusations était plus courte et que ce pays ressemblait encore à une démocratie. Il serait sans doute allé en prison, mais il serait dehors aujourd'hui. En 1996, même les citoyens soupçonnés de terrorisme avaient des droits constitutionnels. Lowell est incarcéré depuis trois mois et il n'a toujours pas vu d'avocat. Il n'est pas en bonne santé mentale.

C'est ce que j'ai entendu dire, en tout cas. Ni maman ni moi n'avons été autorisées à lui rendre visite. On peut trouver des photos récentes dans les journaux et sur Internet. Il a tout du terroriste. Les cheveux ébouriffés, la barbe hirsute, les yeux enfoncés dans leurs orbites. Le regard d'Unabomber. J'ai lu qu'il n'avait pas prononcé un mot depuis l'arrestation.

Son silence déconcerte tout le monde, mais ses raisons me semblent évidentes. Il avait fait la moitié du parcours la dernière fois que je l'ai vu, il y a seize ans. Lowell a décidé d'être jugé comme un animal. Du genre non humain.

Les animaux non humains ont déjà eu affaire à la justice. L'une des premières actions de l'ALF aux États-Unis fut la libération de deux dauphins de l'université de Hawaï, en 1977. On inculpa les responsables pour vol aggravé. Leur défense originelle, selon laquelle les dauphins étaient des personnes (des humains en costume de dauphin, déclara l'un des accusés), fut rapidement rejetée par le juge. Je ne sais pas au juste quelle définition de la personne on utilise dans les tribunaux.

En tout cas, c'en est une qui exclut les dauphins, mais pas les grandes entreprises.

En 2007, une plainte fut déposée à Vienne pour le compte de Matthias Pan, dit Hiasl, un chimpanzé. L'affaire alla devant la Cour suprême autrichienne, qui statua qu'il était une chose et non une personne, tout en exprimant le regret qu'il n'existe pas une troisième catégorie – ni chose ni personne – où on aurait pu le mettre.

Un animal non humain a intérêt à avoir un bon avocat. En 1508, un certain Barthélemy Chassanée (ou Barthélemy de Chasseneuz, selon les sources) aurait gagné gloire et fortune en défendant les rats de Bourgogne, accusés d'avoir détruit les cultures d'orge et, ce qui n'arrangeait rien, ignoré la citation à comparaître du tribunal. L'éloquent juriste plaida avec succès que lesdits rats n'avaient pu se présenter devant la cour parce que celle-ci ne leur avait pas fourni la protection idoine contre les chats en embuscade sur la route.

J'ai parlé à la mère de Todd récemment et je pense qu'elle va défendre Lowell. C'est un dossier intéressant, mais épineux et susceptible de durer. Il va falloir beaucoup d'argent.

Toujours l'argent.

Il n'y a pas d'argent dans l'*Utopie* de Thomas More ni de propriété privée : ce sont des choses trop laides pour les Utopiens, qui sont au-dessus de ces détails sordides. Les Zapolètes, un peuple voisin, se battent à leur place. Les esclaves abattent leurs animaux de boucherie. Thomas More redoute que les Utopiens ne perdent leurs délicats sentiments et leurs généreuses dispositions en accomplissant ces tâches eux-mêmes. Le massacre et la rapine font le délice des Zapolètes, nous assure-t-on. En revanche, il n'est pas question de l'impact de la boucherie sur les esclaves. Il n'existe pas d'Utopie qui soit l'Utopie pour tous.

Ce qui nous ramène à Lowell. Pendant des décennies, il a travaillé dans des élevages industriels, des firmes cosmétiques et des laboratoires pharmaceutiques. Il a vu ce que nous refusons de voir, fait ce que personne ne devrait avoir à faire. Il a sacrifié sa famille, son avenir et maintenant sa liberté. Cela n'a pas fait de lui, contrairement à ce que Thomas More pensait, le pire des hommes. La vie de Lowell est le résultat de ses plus belles qualités, de nos plus belles qualités : l'empathie, la compassion, la loyauté et l'amour. Il faut que cela soit dit.

Il est vrai qu'en grandissant mon frère est devenu plus dangereux, comme ma sœur. Mais ils demeurent nôtres et nous les voulons avec nous. Nous avons besoin d'eux ici, à la maison.

Le milieu d'une histoire s'avère un concept plus arbitraire que je ne le croyais enfant. On peut le mettre où on veut. Pareil pour le début et la fin. Il est évident que mon histoire n'est pas terminée, que la fin n'a pas encore eu lieu. C'est juste le récit qui s'achève ici.

Je vais conclure avec quelque chose qui s'est passé il y a un certain temps. Je vais conclure par la première fois où j'ai revu ma sœur, après une séparation de vingt-deux ans.

Je ne peux pas vous décrire ce que j'ai ressenti ; je n'ai pas les mots pour cela. Il faudrait que vous soyez dans mon corps pour comprendre. Mais je peux vous dire ce que nous avons fait.

Notre mère lui rendait visite depuis quinze jours. Nous avions décidé que les deux d'un coup, ce serait trop, et j'ai donc attendu. L'accueil de Fern ayant été froid, j'ai attendu encore. Elles ont commencé à communiquer par signes et, quelques jours plus tard, notre mère lui annonçait ma venue.

J'ai d'abord envoyé quelques objets : mon vieux pingouin Dexter Poindexter, au cas où elle se souviendrait de lui ; un pull que j'avais porté si souvent qu'il devait avoir gardé mon odeur, et un jeton de poker rouge.

Quand je me suis présentée en personne, j'ai apporté un second jeton rouge. Je suis entrée dans la salle des visites. Fern était assise près du mur du fond, feuilletant un magazine. Je l'ai reconnue tout de suite à ses oreilles, plus hautes sur son crâne que chez la plupart de ses congénères, et plus rondes.

Je me suis courbée courtoisement et je me suis approchée de la paroi de verre. Lorsque j'ai vu qu'elle regardait, j'ai fait son nom en langue des signes, puis notre signe pour Rosemary. J'ai placé ma paume, jeton de poker au centre, contre la vitre blindée.

Fern s'est levée pesamment et est venue jusqu'à moi. Elle a mis sa grosse main contre la mienne, les doigts à peine recroquevillés, grattant comme si elle voulait attraper le jeton à travers la paroi. J'ai refait mon nom avec mon autre main et elle a répondu en faisant le sien, mais j'étais incapable de dire si elle se souvenait de moi ou si elle était simplement polie.

Puis elle a posé son front contre la vitre. Je l'ai imitée et nous sommes restées ainsi un long moment, face à face. De là, je ne la voyais qu'en morceaux détachés, flottants :

ses yeux

ses narines dilatées

les poils épars sur son menton et le bord de ses oreilles

l'infime mouvement de ses épaules qui montaient et descendaient

son souffle qui embuait la vitre.

J'ignorais ce qu'elle pensait et ce qu'elle ressentait. Son corps m'était devenu étranger. En même temps, je reconnaissais le moindre détail chez elle. Ma sœur, Fern. Dans le monde entier, mon unique jeton rouge. Comme si je me regardais dans un miroir.

Remerciements

Ils sont très, très nombreux ceux que je tiens à remercier.

Tatu, Dar, Loulis et les animaux humains du Chimpanzee and Human Communication Institute d'Ellensburg, dans l'État de Washington.

Tous les gens merveilleux de Hedgebrook Retreat, l'équipe aussi bien que les autres résidents, qui m'ont encouragée et donné l'espace dont j'avais besoin, et tout particulièrement l'extraordinaire Ruth Ozeki pour son amitié et son soutien.

Mes chères amies Pat Murphy and Ellen Klages, qui m'ont montré comment sortir de l'impasse littéraire dans laquelle je m'étais fourvoyée.

Megan Fitzgerald pour ses recherches sur Bloomington.

Tous ceux qui ont lu des passages de ce livre : Alan Elms, Michael Blumlein, Richard Russo, Debbie Smith, Donald Kochis, Carter Scholz, Michael Berry, Sara Streich, Ben Orlove, Clinton Lawrence, Melissa Sanderself, Xander Cameron, Angus MacDonald.

Micah Perks, Jill Wolfson et Elizabeth McKenzie, qui ont lu le manuscrit plus d'une fois et m'ont fait des critiques aussi judicieuses que précieuses.

Je suis également très reconnaissante au professeur de littérature Carla Freccero pour ses conseils de lecture et tout ce qu'elle m'a appris sur les études animales.

Toute ma gratitude à la défunte Wendy Weil et ses associées à la Weil Agency, Emily Forland et Emma Patterson. Et bien sûr merci à Marian Wood.

Mais surtout, je dois ce roman à ma fille. Elle m'en a donné l'idée un jour de l'an et m'a fourni d'excellents retours au fur et à mesure de son écriture. Mon fils et elle m'ont par ailleurs fourni des informations utiles sur la vie estudiantine dans les années 1990. Enfin, mon mari m'a encore une fois apporté son soutien sans faille.